中国历史名著文库

史记故事

贰

原撰◉司马迁

编写／臧瀚之等

京华出版社

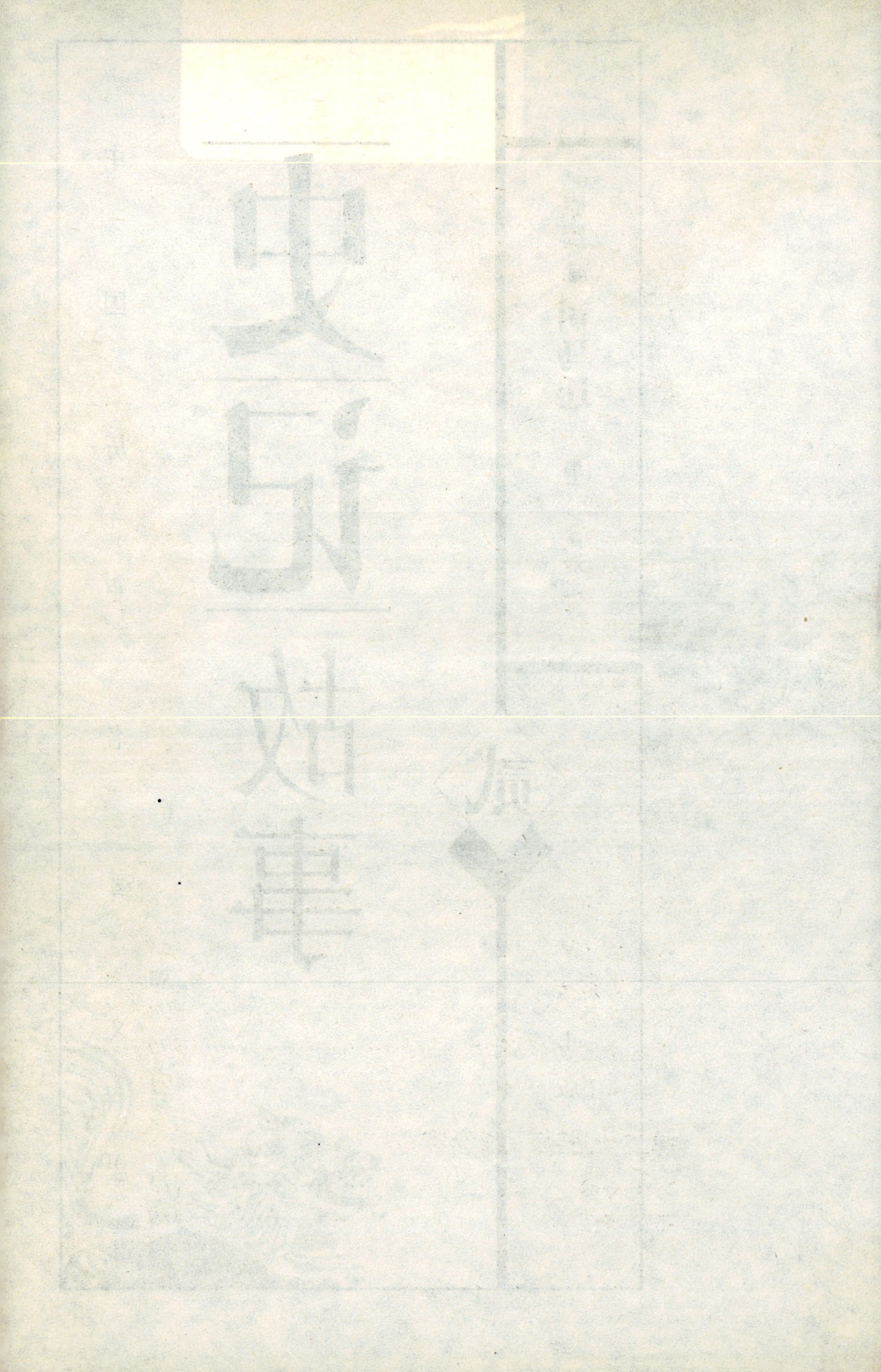

目录

目录

目 录

目 录

第三十七章　绛侯周勃世家

第三十八章　梁孝王世家

第三十九章　伯夷管晏列传

第四十章　老庄韩非列传

第四十一章　司马屈原列传

第四十二章　孙子吴起列传

第二十一章

楚世家

中国历史名著文库

黄帝的子孙

楚国的祖先，是高阳氏颛顼帝。高阳，是黄帝的孙子，昌意的儿子。高阳生了儿子称，称生了儿子卷章，卷章生了儿子重黎。重黎做高辛氏喾帝的火正，政绩突出，喾帝于是就赐给他一个名号，叫做祝融。共工叛乱，喾帝派重黎去平定叛乱，但重黎没有彻底消灭乱贼。喾帝不满，杀了重黎，让他弟弟吴回做重黎的继承人，仍然做火正，还是称祝融。

吴回生了个儿子，叫做陆终。陆终有六个儿子，长子名叫昆吾，次子名叫参胡，三子名叫彭祖，四子名叫会人，五子名叫曹姓，六子名叫季连，季连姓芈，是楚国的祖先。昆吾氏，在夏朝的时候，曾经做到了侯爵，在桀的时候被商汤灭亡。彭祖氏，在殷朝时候曾经是侯爵，灭亡于殷朝末年。季连生了儿子附沮，附沮生了儿子穴熊。从这以后，家世日见衰微，后代们有的居住在中原地区，有的跑到了蛮夷地区，无法记载他们的世系。

到了周文王的时候，季连有个后代子孙，名字叫做鬻熊。鬻熊像儿子侍奉父亲一样侍奉文王。可惜他死得早。他有个儿子叫做熊丽。熊丽生了儿子熊狂，熊狂生了儿子熊绎。

熊绎生活在周成王时期。成王封赏文王、武王功臣的后代，把熊绎封在了楚蛮地区，给他子男爵位和田地，赐姓芈，住在丹阳。

两代过去，熊绎的重孙熊胜，让弟弟熊杨继承祖业。熊杨有个儿子，叫做熊渠，熊渠生了三个儿子。

当时是周夷正的时代，王室衰微，有些诸侯不朝见周王，而是互相攻伐。熊渠深得长江、汉水地区百姓的拥戴，于是自立门户，出兵攻打庸国、杨粤，一直打到鄂地。熊渠认为："我们是蛮夷，用不着采用中原各国的名称和谥号。"于是就封他的三个儿子为王，都住在长江沿岸的楚蛮地区。后来，周厉王登位，由于厉王残暴之极，熊渠害怕厉王前来攻打楚国，于是就撤去了王号。

熊渠的继承人本来是熊毋康，但熊毋康死得早，所以，熊渠去世后，儿子熊挚红继位。熊挚红去世之后，他弟弟熊延杀死了他的继承人，登上了君位。熊延死后，儿子熊勇即位。

熊勇六年，周京有人叛乱，厉王逃往彘地。熊勇在位十年去世，弟弟熊严继位。

熊严在位十年。熊严留下四个儿子，长子叫伯霜，次子叫仲雪，三子叫叔堪，少子叫季徇。熊严去世后，长子伯霜继位，就是熊霜。

熊霜在位六年，去世之后，三个弟弟争位。结果，仲雪战败身死；叔堪逃到濮地避难；小弟季徇得胜，继承了王位，这就是熊徇。熊徇在位二十二年，儿子熊号继位。熊号之后，是熊仪继位，就是若敖。

几代过去，到了武王时期。

武王三十五年，楚国发兵攻打随国。随君说："我没得罪你，凭什么攻打我？"楚王回答说："我不是真的想打你，而是想让你帮忙。我是蛮夷国家，不受重视。现在中原各路诸侯都背叛天子，互相攻打，大开杀戒。我拥有精兵强将，想参与中原地区的政事。希望你能帮忙，请求周王室提高我的名号。"随国人答应了，马上前往周室，请求赐给楚国尊号，可是周王室不答应。楚国的熊通大怒："我们的祖先鬻熊，是文王的老师。成王欣赏我们的先公，给了他子男爵位，封赏了土地，让他住在楚地。现在所有的蛮夷都已经被我们降服，可是王室还是不愿意提高我们的爵位，那我可就自己提高尊号了！"于是自立为武王，然后和随国结盟。当时，楚国开始在濮地拓荒，据为己有。

五十一年，周王召见随侯，责备他没有经过自己同意，就擅自拥戴楚君为王。楚王在远方听说随侯去拜见周王，误认为随侯背叛了自己，大怒，于是兴兵讨伐随国。没过几天，楚武王病死在了军中，只好罢兵。儿子文王继位，迁都郢城。

文王二年，讨伐申国，经过邓国，邓国人权邓侯逮捕楚王，可是邓侯不答应。六年，楚国讨伐蔡国，俘虏了蔡哀侯，带回了楚

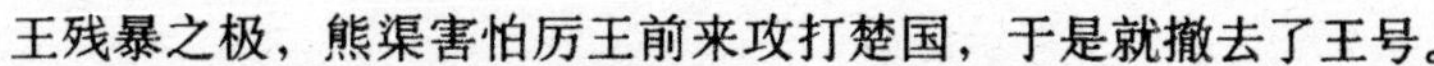

国，不久之后又放了他。

楚国越来越强大，欺凌长江、汉水流域的小国，小国都害怕它。十一年，齐桓公称霸，楚国也准备称霸。

十二年，楚国讨伐邓国，灭了它。十三年，文王去世，儿子杜敖即位。杜敖想杀掉弟弟熊恽，熊恽逃到随国，与随国联合，杀了杜敖夺取君位，这就是成王。

成王即位之初，对百姓遍施恩德，努力与各路诸侯恢复友好关系。还派人向周天子进贡，周天子赐祭肉给楚国，并说："好好镇守南方，平定夷越的叛乱，但不要侵犯中原各国。"于是楚国就向南方扩展，不久之后楚国就拥有了纵横千里的广大土地。

十六年，齐桓公率兵侵略楚国，打到陉山。楚成王派将军屈完率军抵抗，跟齐桓公签订盟约。齐桓公谴责楚国没有按规定向周王交纳赋税，楚成王认错，答应日后补交，齐桓公于是罢兵离去。

十八年，成王率军讨伐许国，许君赤裸上身前来谢罪，就释放了他。

三十三年，宋襄公想会合诸侯，充当盟主，就召见楚王。楚王说："召见我，好，我正好可以去袭击他，羞辱他。"于是带兵赶到盂地，抓住了宋襄公，狠狠地侮辱了一番，然后放他回国。

三十四年，楚成王攻打宋国，大胜，还射伤了宋襄公，宋襄公因为箭伤生病，死了。

三十五年，晋公子重耳路过楚国，楚成王用对待诸侯的礼节款待他，赐给丰厚的礼物，还送他到秦国去。

三十九年，鲁僖公前来请求出兵，准备去攻打齐国。楚王派申侯带兵前往讨伐齐国，占领了谷城，把齐桓公的儿子雍安置在那里。齐桓公的七个儿子都逃亡来到楚国，楚王把他们都任命为上大夫。

不久，楚国又攻打宋国，宋国向晋国求援，晋国出兵，前来援救，楚成王于是罢兵离去。楚国将军子玉主张与晋国交战，成王不同意，说："重耳流亡在外这么多年，最终还是得以回到晋国，这是上天的旨意，不要违反天意。"子玉坚决请战，于是成王就给了他少量的军队，去与晋军交战。子玉在城濮战败，成王很生气，杀了子玉。

成王想要立商臣为太子，与令尹子上商量。子上说："君王现在还年轻，又有很多宠妾，一旦改立，肯定会出乱子。楚国立太子，常常是立年少的。再说，商臣两眼像毒蜂，声音如豺狼，一看就知道是个残忍的人，千万不要立他为太子。”成王不听，还是立了商臣。

后来，成王又想立公子职，要废掉太子商臣。商臣听说了风声，还没证实，就告诉了他的辅相潘崇，还问潘崇：“怎样才能探听到确切的消息呢？”潘崇回答说：“你可以宴请成王的宠姬江芈，故意显出不恭敬的样子。她一生气，就什么都说了。”

商臣遵照潘崇的话，宴请江芈。江芈果然发怒说：“君王想杀你，立职为太子，确实很应该啊！”

商臣证明了消息之后，告诉潘崇说：“看来真的有那么回事！”

潘崇问：“你能侍奉职吗？”

商臣说：“不能。”

潘崇问：“你愿意离开楚国吗？”

商臣说：“不愿意。”

潘崇又问：“你有决心做大事吗？”

商臣说：“有决心。”

于是，冬天十月，商臣调动宫廷的卫兵，围攻成王，要至成王于死地。成王正在吃饭，请求吃了熊掌再死，商臣没有答应。成王于是自缢身亡，商臣取而代之，这就是穆王。

穆王即位后，把他做太子时的宫室赏赐给潘崇，任命他为太师，掌管国家大事。穆王三年，灭了江国。四年，灭了六国和蓼国。八年，攻打陈国。十二年，穆王去世，儿子庄王继位。

一鸣惊人问鼎周室

庄王即位三年，从未下达过任何一项政令，而是通宵达旦地享乐，还下令全国：“有胆敢进谏的，杀无赦！”

伍举不顾禁令，舍命入宫进谏。只见庄王左手抱着郑姬，右手抱着越女，正坐在钟鼓乐队中间。伍举说："有只鸟闲在山上，整整三年，不飞也不鸣，这是什么鸟呀？"庄王答："三年不飞，一飞就能冲天；三年不鸣，一鸣就会惊人。伍举你回去吧，我知道你是什么意思。"几个月过去了，庄王不但没有收敛，反而更加荒淫奢侈了。大夫苏从入宫进谏，庄王问："难道你没有听到禁令？"苏从回答："牺牲自身，如果能使国君清明，那是我求之不得的事情。"

于是庄王停止淫乐，开始大力整治朝政。不称职的官员，杀了好几百人，又提拔贤才好几百人，任命伍举、苏从两位忠臣处理政事，全国人心振奋。这一年，灭了庸国。六年，攻打宋国，虏获战车五百乘。

八年，攻打陆浑戎族，路过洛阳，就在周京郊外阅兵示威。周定王派王孙满出城，犒劳楚王。楚王很得意地询问九鼎的大小和轻重，王孙满回答道："重要的是德行，不是宝鼎。"庄王说："你不要以为有了九鼎就了不起。楚国只要折断兵器的勾尖，就足够铸九鼎了。"王孙满说："唉！你难道糊涂了吗？从前虞夏盛世的时候，远方各国都来朝贡，九州长官都来献上金属，铸成了九鼎，再绘上各种物象，万物皆备。到了夏桀的时代，昏庸无道，所以九鼎才转移到了殷朝，放了六百年。后来，殷纣王暴虐无道，九鼎于是又转移到周朝。如果君主德行清明，那么九鼎虽小，也一定重得搬不动；如果君王邪恶昏乱，那么九鼎再大，也一定轻得可搬动。从前，成王在安置九鼎时，占卜说可以传国三十代，历时七百年，这是上天的命令啊！现在的周室，虽然道德衰微，但天命尚未改变。鼎的轻重，还问不得啊！"楚王闻言，沉默无语，随侯就罢兵回国了。

九年，若敖氏被任命为丞相。有人在庄王面前诽谤他，若敖害怕被杀，反而进攻庄王，庄王反击，杀光了若敖氏家族。

十六年，讨伐陈国，杀死了夏徵舒，理由是夏徵舒杀了自己的国君。占领了陈国后，把陈国土地划成了县。群臣都来祝贺，只有申叔时不来祝贺。庄王纳闷，问他原因，申叔时回答说："牵牛走捷径，踩坏了庄稼，田主便把牛抢走。这样对吗？牵牛踩坏了庄稼，固然不对，可是把牛抢走，不也太过分了吗？再说，君王是因为陈国内乱，所以才率领诸侯来讨伐它的。打着正义的旗号来讨伐，却又贪图它的土地，这样以来，今后怎么号令天下呢？”庄王听了，觉得有理，就重新恢复了陈国后代的君位。

十七年春天，楚庄王围攻郑国，三个月后，攻破了它。庄王从皇门进入郑都，郑伯光着身，牵着羊，亲自来迎接他，说：“上天不保佑我，不让我侍奉您，您因此心怀愤怒，讨伐我国，这都是我的罪过！我怎敢不听从您的命令呢！即使把我流放到南海，或者把我当成奴隶赏赐给诸侯，我也愿意服从。如果您能看在周厉王、宣王和我国始祖桓公、武公的面子上，如果能不灭绝郑国的香火，允许我侍奉您，那我实在是太感激了。我知道这种想法是奢望，但还是希望能把这些肺腑之言说给您听。”楚国的群臣都对庄王说：“千万不能答应他！”庄王说：“郑君既然能够这样谦恭，那么肯定能善待百姓，这样的国君怎么能杀他呀！”于是亲自举起军旗，指挥左右军队，率军后退三十里，还答应与郑国讲和。楚国的大夫到郑国签订盟约，郑君把自己的弟弟子良送到楚国作人质。六月，晋国前来救援郑国，与楚军交战。楚军在黄河边大败晋军，一直打到衡雍才回师。

二十年，楚军攻打宋国，因为宋国杀了楚国的使臣。宋国被连续包围了五个月，城里的粮食吃完了，人们交换孩子杀了吃，劈砍人骨头当柴烧。宋国大臣华元冒死出城，把悲惨的实情告诉了楚军，楚庄王于是罢兵离去。

二十三年，庄王去世，儿子共王继位。

楚共王十六年，晋国攻打郑国。郑国向楚国求援，共王亲自率军去援救郑国，与晋军在鄢陵交战。楚军大败，共王的眼睛被射伤。在最危急的时刻，共王召唤将军子反，可是子反喝醉了，帮不上忙。共王暴怒，射杀子反，然后罢兵回国。

三十一年，共王去世，儿子康王继位。康王在位十五年后去世，儿子继位，就是郏敖。

康王宠爱三个弟弟，分别是公子围、公子比、公子皙、公子弃疾。郏敖登位三年之后，任命自己的叔父、也就是康王的弟弟公子围，让他做令尹，主管军事。第二年，公子围出使郑国，路上听说国王得病，立刻返回楚国。不久，公子围借口进宫询问国王的病情，勒死了国王，并杀了国王的儿子莫和平夏。公子比闻言，马上逃命到晋国，公子围继位，就是灵王。

灵王三年六月，楚国派人告诉晋国，说想要会合诸侯。于是各路诸侯都赶到申地，与楚王会盟。大臣伍举问灵王："从前，夏启有钧台的宴饮，商汤有景亳的诰命，周武王有盟津的誓师，成王有岐阳的狩猎，康王有丰宫的朝见，穆王有涂山的会盟，齐桓公有召陵的师，晋文公有践土的盟誓，您打算采用哪种礼仪？"灵王回答说："我要用齐桓公的礼仪。"灵王与诸侯们签订了盟约之后，显得非常骄傲。伍举见了，提醒他说："从前，夏桀主持会盟，有缗人反对他；商纣举行会盟的时候，也有东夷反叛他；而周幽王举行会盟，戎、翟两族都一起反叛。你可要慎始慎终啊！"

八月，齐国的大臣庆封杀了齐国国君，楚国出兵，囚禁了庆封，灭了他的家族。而后，把庆封拉出去示众，告诉大家说："不要仿效齐国的庆封！杀害国君，欺凌幼主，挟迫大夫跟自己结盟，结果就是这样！" 庆封反唇相讥道："不要像楚共王的庶子围那样，杀死他的国君，还杀害哥哥的儿子夺取王位。"灵王被戳到痛处，派弃疾杀了庆封。

八年，灵王派公子弃疾率军灭了陈国。十年，召见蔡侯，灌醉后杀了他，然后派弃疾征服了蔡国，让弃疾做陈蔡公。

十一年，楚国攻打徐国，以恐吓吴国。灵王亲自率军驻扎在乾溪，看吴国怎么办。灵王问大臣们说："齐、晋、鲁、卫四国，受封的时候都得到了宝器，偏偏我们楚国没有。现在如果我派人去请求周王，让他把宝鼎作为宝器分封给我，你们说，他会给我吗？"

析父回答说："他会给的！从前，我们的先王熊绎远在荆山地区，乘的是简陋的柴车，穿的是破旧的衣服，住在荒凉的草莽之中，却能够跋山涉水侍奉天子，把上好的桃木弓、棘枝箭献出来，供应王室。齐国，是周王舅舅的国家，晋国、鲁国、卫国，是周王同母弟弟的国家，所以他们都有宝器。而楚国呢，与周王室的关系很远，所以才没有得到任何宝器。现在不同了，周天子和齐、晋、鲁、卫四国都不得不侍奉君王，不得不服从你的命令，又怎么敢吝惜宝鼎呢？"

灵王又问："从前，我的祖先昆吾曾经住在许田，后来许田归了郑国所有，我要过，但郑国不肯给。如果我现在向郑国索取，你说它会给我吗？"

析父回答："既然连周天子都不敢吝惜宝鼎，那么郑国又怎敢吝惜许田呢？"

灵王再问："从前，各国诸侯都疏远我国，畏惧晋国。现在我国大力修建各地城池，每个地方都有千乘以上的兵力，这些诸侯会害怕我吗？"

析父回答说："当然害怕呀！"

灵王非常高兴："析父真是通今博古啊！"

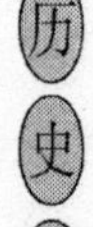

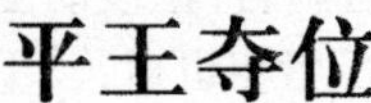

平王夺位

十二年春天，楚灵王在乾溪享乐，乐而忘返。为了享乐，只好加重徭役，弄得国人痛苦不堪。

当初，灵王在申地跟诸侯会师的时候，曾经侮辱过越国大夫常寿过，还杀死了蔡国大夫观起。后来，观起的儿子观从逃到了吴国，劝吴王攻打楚国，还挑拨越国大夫常寿过叛乱，唆使他去为吴国充当间谍。观从的意思是，让吴国和越国的军队帮助自己一起去袭击蔡国。同时，观从还派人假传公子弃疾的命令，把公子比从晋国召到到蔡国，然后让他去会见弃疾，在邓邑订立盟约。事情办好之后，观从进了郢都，杀掉了灵王的太子禄，立公子比为楚王，任命公子弃疾为司马。清除了王宫之后，观从随军赶到乾溪，向楚国官兵宣布说："国家已经有新王了。先回国的，可以保留爵位、封邑、田地和房屋，回去晚了，一律流放他乡。"楚军官兵闻言，立刻四散，离开灵王往国内赶。

灵王听说太子禄被杀，惊吓之中，摔到了车下，站起来说："别人疼爱儿子，也像我这样吗？"侍从说："比您还厉害。"灵王又说："我杀人家的儿子，杀的太多了，怎么能没有这样的报应呢？实在是我自己不好啊！"右尹安慰道："请君王别太灰心，先在郢郊等等，看国人怎么处置吧！"灵王说："众怒不可以触犯。我犯了众怒，不会得到他们的原谅，不会有好结果。"右尹说："那么暂且占据大县，然后再找机会向诸侯求救。"灵王说："大家都背叛了我，我怎么可能占据大县？"右尹说："那么，暂且投奔诸侯，然后听从大国的调解。"灵王说："算了，还是不要去自取其辱吧！"

灵王想进据鄢邑。右尹估计灵王不会采纳他的意见，害怕一起送死，所以也离开灵王逃走了。

灵王成了孤家寡人，独自一人在山里徘徊，山野百姓没有人敢收留灵王。灵王正举步不定的时候，遇到了从前的手下仆从，于是灵王对他说："替我找点吃的，我已经三天没吃饭了。"仆从说："新王下了命令，谁敢给你或你的随从提供食物，就罪及三族。再说，这里也找不到食物。"灵王无奈，就饿着肚子，枕在仆从的大腿上睡着了。

仆从用土块代替大腿，脱身逃走了。灵王醒来不见仆从，想站起来，但是已经饿得站不起来了。当时，芋邑长官申无宇的儿子申亥说："我父亲曾经两次违反了国王的命令，国王不杀，没有比这更大的恩德了！"于是他四处寻找灵王，找到了已经饿昏的灵王，便把他接回到家里。不久，灵王死在了申亥的家里，申亥让两个女儿陪葬，埋葬了他们。

当时，楚国虽然已经拥立公子比为国王，但一直没有确定灵卫已经死去，都很害怕灵王会再回来。所以，观从对新王公子比说："要是不杀掉公子弃疾，那你虽然得到了国家，还免不了出乱子。"新王说"我不忍心。"观从说："可是人家会忍心杀你！"新王不听，观从无奈，只好离去。弃疾回到京城后，国都里的人每晚都睡不着觉，担惊受怕，经常惶恐地说："灵王回城了！"

一天晚上，弃疾派人驾船，在江里高喊："灵王回来啦！"国都里的人更加惊恐万状。弃疾又派人告诉新王比和令尹子皙说："灵王到了！司马也要到了！大家都准备要杀掉你们。你们还是早作打算吧，不要自取羞辱。众怒犹如水火，无法解救啊！"新王比和令尹子皙绝望到了极点，自杀了。过了两天，弃疾即位为楚王，改名为熊居，就是平王。

平王使用欺诈手段，杀了国王夺得了王位，担心国人和诸侯会背叛他，就对百姓广施恩惠。恢复了陈、蔡两国的土地，立他们的后代为国君，就像从前一样；另外，还归还了侵占来的郑国土地。在国内，他安慰抚恤百姓，整顿政令教化。这时候，吴国趁楚国混乱，抓走了楚国的五位将领。平王对观从说："想当任什么官职，随你选！"观从想当卜尹，就当上了卜尹。

当初，共王宠爱的儿子有五个人，却没有嫡子可以继位，于

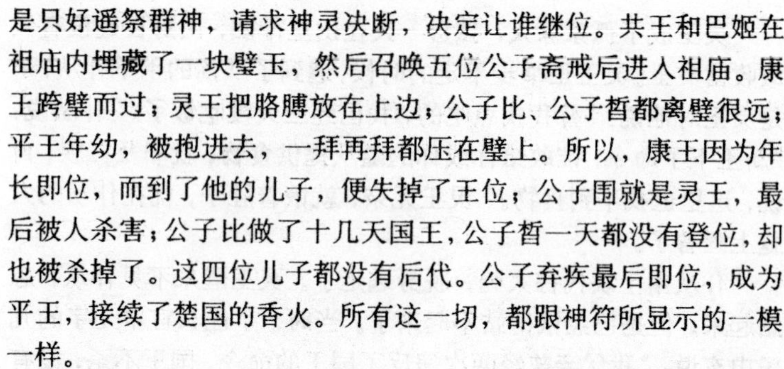

是只好遥祭群神，请求神灵决断，决定让谁继位。共王和巴姬在祖庙内埋藏了一块璧玉，然后召唤五位公子斋戒后进入祖庙。康王跨璧而过；灵王把胳膊放在上边；公子比、公子皙都离璧很远；平王年幼，被抱进去，一拜再拜都压在璧上。所以，康王因为年长即位，而到了他的儿子，便失掉了王位；公子围就是灵王，最后被人杀害；公子比做了十几天国王，公子皙一天都没有登位，却也被杀掉了。这四位儿子都没有后代。公子弃疾最后即位，成为平王，接续了楚国的香火。所有这一切，都跟神符所显示的一模一样。

当初，公子比从晋国回来的时候，韩宣子曾经问叔向："依你看，公子比会成功吗？"叔向回答："绝对不会成功。"宣子问："楚国人和公子比都厌恶楚王，都要求立新君，你为什么说他不能成功呢？"

叔向回答：

"既然没有人和他相好，那么谁肯跟他共仇呢？夺取国家不容易，至少有五个难处：

"第一难，是有高贵的地位，却没有贤人辅佐；第二难，虽然有贤人辅佐，却没有重要的力量支持；第三难，虽然有重要力量的支持，却没有通盘的谋划；第四难，虽然有通盘的谋划，却没有百姓的拥护；第五难，虽然有百姓拥护，而自己却没有德行。

"公子比在晋国已经住了十三年了，无论是在晋国，还是在楚国，跟随他的人里面都不曾有过什么通才学者，可以说是没有人才了；亲族死的死、叛的叛，可以说是没有支持力量了；没有可乘之机，却轻举妄动，可以说是没有通盘谋划了；一生在国外偷生，可以说是没有百姓拥护了；流亡在外那么多年，楚人却一点都不爱戴他，可以肯定是没有德行。楚王残暴，毫无顾忌，公子比不但面临五大难题，还要面临这样一个国王，而且想谋杀他，怎么可能成功？

"所以，据我分析，能够得到楚国的，应该是公子弃疾。公子弃疾治理陈国、蔡国，方城以外都愿意主动归附。苛刻邪恶的事，他从来不做；他的辖区里面，盗贼销声匿迹，百姓平安和乐；他从不因为私欲而违背民心，百姓对他一点怨言都没有。不但国内的百姓信任他，连祖先的神灵也让他当国君，芈姓出乱事，向来都是年纪最小的即位，这是楚国的常例。公子比的官职，不过是右尹；再尊贵，也不过是个庶子而已；另外，依据神符的预言，也不可能即位，无论如何，他都不可能即位！”

宣子问：“可是，当初的齐桓公和晋文公不也是这样吗？”

叔向回答：“齐桓公，是卫姬的儿子，得到君王的宠爱。又有鲍叔牙、宾须无、隰朋的辅佐，还有卫国等外国援助，有高氏和国氏做内应。而齐桓公自己，从善如流，广施恩泽。他能得到齐国，是应该的！以前我们的文公，是狐季姬的儿子，得到献公的宠爱，而自己也好学不倦，努力提高自己。十七岁时，就拥有五名贤士，既有子余、子犯为心腹，又有贾佗等人为左膀右臂；既有齐、宋、秦、楚四国做外援，又有栾、郤、狐、先四氏做内应。

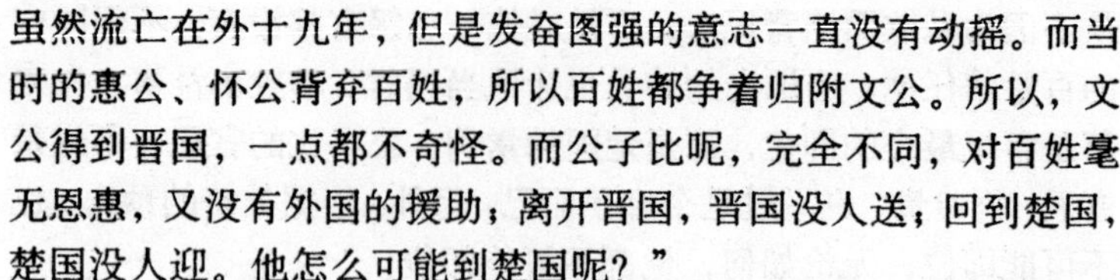

虽然流亡在外十九年，但是发奋图强的意志一直没有动摇。而当时的惠公、怀公背弃百姓，所以百姓都争着归附文公。所以，文公得到晋国，一点都不奇怪。而公子比呢，完全不同，对百姓毫无恩惠，又没有外国的援助；离开晋国，晋国没人送；回到楚国，楚国没人迎。他怎么可能到楚国呢？”

公子比果然不得善终，得以继位的是公子弃疾，与叔向所预言的一模一样。

平王二年，派费无忌前往秦国，替太子建娶妻。秦女非常漂亮，进入楚国，还没有到达都城的时候，费无忌先赶了回去，怂恿平王道：“秦女长得太美啦，你应该自己娶过去，再给太子另找一个。”平王听了他的话，自己娶了秦女，生了个儿子，取名叫做熊珍。另外给太子娶了别的妻子。当时，伍奢做太子的太傅，费无忌做太子的少傅。太子不喜欢费无忌，费无忌于是就常常向平王进谗言，诋毁太子建。太子建当时十五岁，他母亲是蔡国女子，不被平王宠爱。渐渐地，平王越来越疏远太子建。

六年，平王派太子建住到城父，去戍守边疆。太子一走，费无忌就日日夜夜地在平王面前造太子建的谣：“自从我把秦女献给君王，太子就开始怨恨我，对你也不可能毫无怨恨。所以，君王你应该防着他。再说，现在太子住在城父，手握兵权，外结诸侯，时时都想打回都城。所以，更得防着他。”平王于是召来太子建的太傅伍奢，严词责备他。伍奢知道是费无忌陷害太子，就愤愤地说：“君王您怎么能听信小臣的谗言，却疏远亲骨肉呢？太子冤枉啊！”费无忌则对平王说：“现在越来越危险了，如果现在还不处理他们，恐怕后悔都来不及了。”于是平王就把伍奢抓了起来，命令司马奋扬召回太子建，想杀死他。太子建听到风声，立刻逃到了宋国。

费无忌出谋划策说：“伍奢有两个儿子，不杀死他们，日后必然是楚国的祸患。何不假装要赦免他们的父亲，召他们回来，这样他们一定会来。”

平王于是派人告诉伍奢：“如果你能招回两个儿子，就可以活命，否则你就死定了！”

伍奢回答："伍尚会来，但伍胥不会来。"

平王问："为什么？"

伍奢说："伍尚的性格，正直无比，孝顺而且仁爱，敢为节义而死。如果他听说回来就可以赦免父亲，那肯定会来，不会顾及自己的死活。而伍胥不同，他为人机智，勇敢而有谋略，如果他知道回来就是死路一条，肯定不来。以后，会成为楚国大患的，一定是这个孩子。"

于是平王派人对他们说："只要你们能回来，我肯定会赦免你们父亲的死罪。"

伍尚对伍胥说："听说可以赦免父亲，却不回去，这是不孝；如果父亲被害，却没人报仇，那是无谋；估量自己的能力，然后按照能力来承担事端，这才是明智。你逃走吧，我去送死。"伍尚于是就回到了都城。伍胥弯弓搭箭，出来面见使臣，愤怒地说："父亲有罪，为什么召他的儿子！"拉弓就射，使臣大惊，转身逃走。伍胥随后就逃到了吴国。伍奢听到这个消息，感叹道："哀，伍胥逃走，楚国可真的是危险啦！"不久，楚国杀掉了伍奢和伍尚。

十年，楚国太子建的母亲住在居巢，暗通吴国。吴国派公子光攻打楚国，打败了陈蔡两国军队，带着太子建的母亲一起离去。楚国惶恐万分，加固了郢城。

吴国边邑卑梁与楚国边邑钟离的两个小孩争夺桑叶，弄得两家打了起来，钟离人群起，杀光了卑梁人一家。卑梁的大夫大怒，马上派兵攻打钟离。楚王知道了，也很生气，就派出大军占领了卑梁。吴王闻听这个消息，大怒，派公子光出兵攻打楚国，攻占了钟离、居巢两地。楚国惶恐，再次加固郢城。

十三年，平王去世。将军子常认为："太子珍年少无知，立不得。再说，他母亲是前太子建应该娶的，本不该属于平王。"于是就要拥立令尹子西。子西，是平王的庶弟，为人仁义慈善。子西推辞王位说："国家是有常规法度的，如果随便改立君王，肯定会出乱子，随便谈论改立，就会招来祸端。"最后，还是拥立了太子珍，就是昭王。

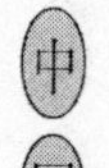

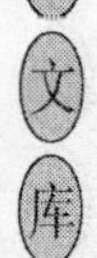

吴军伐楚

楚国百姓都不喜欢费无忌，因为他造谣生事，使太子建逃亡，还杀死了伍奢父子。伍子胥等人都逃到了吴国，所以吴国军队才得以多次侵扰楚国。因为这些原因，所以楚国百姓非常憎恨费无忌。昭王即位后，令尹子常杀了费无忌，以此来取悦国人，让老百姓皆大欢喜。

昭王四年，吴国有三位公子前来投奔，楚王封给他们土地，让他们抵抗吴国。第二年，吴军攻占了楚国的六邑和潜邑。

七年，楚国派令尹子常去攻打吴国，但是在豫章大败。

十年冬天，吴王阖闾带着伍子胥，与唐国和蔡国联合在一起，来攻打楚国，楚军大败。吴军打入了郢城，挖开平王的墓鞭尸，以解伍子胥的仇恨。吴军前来攻打的时候，楚王派子常率军迎击，双方在汉水交战，子常战败，逃到郑国。楚军溃散逃跑，吴军乘胜追杀，一直打到郢城。昭王弃城逃跑，吴军攻占了郢城。

昭王逃到了云梦，云梦的百姓不知道他是国王，射伤了他。昭王带伤逃到郧国，郧公的弟弟怀说："当初，平王杀了我们的父亲，现在我们杀他的儿子，不也是情理之中的事情吗？"郧公制止，但还是担心他会杀了昭王，就带着昭王一起跑到了随国。吴王听说昭王到了随国，立即发兵攻打随国，还劝导随国百姓说："周朝的子孙，只要是封在长江、汉水一带的，都是被楚国所灭。你们为什么还要包庇楚王？"

昭王的随从子綦把昭王藏了起来，然后自己假扮成昭王，对随国百姓说："我就是楚王，你们把我送给吴军吧！"随国人拿不定主意，就去占卜，看看把昭王送给吴军合适不合适，结果是不吉利。于是他们回复吴王说："昭王已经逃走，不在随国了。"吴王请求进入随国搜索，随国坚决不答应，吴王无奈，只好率兵离去。

昭王逃出郢城，派申包胥到秦国求援。秦国派出战车五百乘，前来救援，楚国也收集残兵，与秦军联合，共同反击吴军。十一年，在稷地打败吴军。吴王的弟弟夫概看到吴王的军队战败了，伤亡惨重，就逃回国内，自立为吴王。吴王阖闾听到这个消息，立刻率军离开楚国，回去攻打夫概。夫概战败，逃到楚国，楚王把封他在堂溪，号称堂溪氏。不久，昭王重新回到郢城。

十二年，吴国再次讨伐楚国，攻占了番邑。楚国非常恐慌，离开郢城向北迁都。

二十一年，吴王阖闾攻打越国。越王勾践射伤了吴王，不久之后，吴王病发去世。从此，吴国因为怨恨越国，集中精力对付越国，不再向西讨伐楚国了。

二十七年春天，吴国攻打陈国，楚昭王前去救援陈国，驻军在城父。十月，昭王在军中生病，恰逢天空有异象出现，一片红云像鸟一样，围着太阳飞。昭王询问周太史，太史说："这表示楚王您有灾，但是可以转移到将相们身上。"将相们听到这话，就主动建议昭王，让他去祈求神灵，都说愿意用自身来代替昭王受灾。昭王说："将相，就好比我的胳膊和大腿，即使真的能把灾祸转移到胳膊和大腿上，难道就算除掉了灾祸吗？"没有接受将相们的请求。占卜生病的原因，得知是河神作怪，大夫们于是请求昭王，让他向河神祈祷。昭王说："自从我们先王受封以来，祭祀从来不过长江和汉水，黄河神我们不可能得罪过。"于是阻止各位大夫，不准他们向黄河祈祷。孔子当时在陈国，听说了这些话，感慨说："楚昭王通晓大义，所以没有失掉国家，这是天意啊！"

昭王的病情越来越严重，于是召集各位公子和大夫们说："我实在是才能有限，所以一再让楚国军队蒙受侮辱，非常惭愧。现在得以安享天年，寿终正寝，是我的幸运啊！"随后，就让位给自己的弟弟公子申，公子申推辞，不肯接受。又让位给二弟公子结，公子结也没有接受。又让位给三弟公子闾，公子闾推让五次，最后答应了。几天后，昭王病死军中。公子闾说："昭王病得最严重时，没有顾念私情，不把位置传给儿子，而是让位给臣子，让我非常感动。我之所以答应昭王，是为了尊重他的好意。现在他

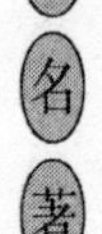

去世了，我怎么随便接受王位呢！”于是跟子西、子綦共同商量，暗中迎接昭王和越国女子生的儿子章，拥立为王，这就是惠王。

惠王二年，子西从吴国请回已故平王太子建的儿子，任命他为巢邑大夫，号称白公。白公爱好用兵之道，而且能礼贤下士，搜罗了不少人才，想替他父亲报仇。六年，白公向令尹子西请求发兵，准备攻打郑国。当初，白公的父亲太子建逃亡到郑国，郑国杀了他，所以白公怨恨郑国，想攻打郑国。子西答应了，但没有发兵。

八年，晋国攻打郑国，郑国向楚国求援，楚王派子西前去援救。子西救郑以后，接受了贿赂，然后离去了。白公胜怒不可遏，就带领敢死队在朝廷上袭杀了令尹子西和子綦，还趁机劫持了惠王，囚禁在高府，想杀他。惠王的随从屈固找了个机会，背着惠王逃走了。白公于是自立为王。一个多月后，叶公来救楚王，楚惠王的手下和叶公一起，进攻白公，杀了他。惠王于是复位。同

年，灭了陈国，设置为县。

十三年，吴王夫差强大，欺压齐国和晋国，还派兵攻打楚国。十六年，越国灭了吴国。四十二年，楚国消灭了蔡国。四十四年，楚国消灭了杞国，与秦国讲和。当时，越国虽然已经灭了吴国，但没有精力治理江淮以北地区，楚国于是趁机东犯，把版图扩展到了泗水一带。

合纵连横

楚悼王二年，韩、赵、魏三晋讨伐楚国，可是发兵到了乘丘，却又回去了。四年，楚国讨伐周。九年，讨伐韩国，夺得负黍。十一年，韩、赵、魏三晋再次攻打楚国，在大梁、榆关打败了楚军。为了缓解国家的压力，楚国用重金贿赂秦国，与它讲和。

楚宣王时期，秦国开始重新强盛。同时，韩、赵、魏三晋也越来越强大，魏惠王、齐威王尤其突出。三十年，秦国把卫鞅封在商地，又开始向南侵犯楚国。

楚威王七年，齐国孟尝君的父亲田婴欺骗楚国，于是楚威王发兵攻打齐国，在徐州打败了齐军，要求齐国必须驱逐田婴，田婴非常害怕。这时候，张丑假装站在楚王一边，建议楚王说："君王您之所以能打败齐国，是因为齐国的田盼子不被重用。田盼子对齐国有功，百姓都愿意为他效力。田婴不喜欢田盼子，而任用申纪。申纪呢，大臣不肯归附他，百姓也不肯为他效力，所以君王您才能战胜齐国。现在君王您要驱逐田婴，而田婴一旦被驱逐，那么田盼子一定会被重用。他会重新整顿齐国的军队，与君王您交战，这样会对君王不利啊！"楚王信以为真，就不再坚持驱逐田婴。

十一年，威王去世，儿子怀王继位。魏国听说楚国有丧事，就乘机发兵，讨伐楚国，夺取了陉山。

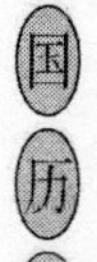

怀王元年，张仪开始出任秦惠王的丞相。四年，秦惠王开始称霸。

六年，楚国攻打魏国，在襄陵打败了魏军，夺得八座城邑。随后，又调兵攻打齐国，齐王看到楚军压境，很忧虑。恰巧，当时陈轸替秦国出使齐国，齐王问陈轸："怎么办好？"陈轸说："君王不必忧虑，请允许我说服楚国，让它罢兵。"说完，陈轸前往楚军，会见楚军首领昭阳。

陈轸说："我很想听一听楚国的军功法，对于打败敌军、杀死敌将的人，用什么来奖励他呢？"昭阳说："官做到上柱国，并封受很高的爵位。"陈轸说："还有比这更高的吗？"昭阳说："还可以做到令尹。"

陈轸说："如今你已经是令尹了，这是一个国家里面最高的官职。请允许我打个比方。有个人送给他的门客们一杯酒，门客们商议说：'这么多人饮这一杯酒，不可能都喝到，请各位在地上画一条蛇，谁先画成，谁就独饮这杯酒。'有一个人先画完，说：'我最先画成！'他端着酒杯站起来，看到大家都没有画完，于是又说：'我还能给蛇添上足。'等到他画完蛇足，后画成蛇的人夺过酒杯，一饮而尽，说：'蛇本来没有足，可是你偏偏要给它添足，那就不是蛇了。'你担任楚国的令尹，攻打魏国，打败魏军，杀死魏将，功劳没有比这更大的了，就好比戴了帽子之后，不能再加什么了。如今你又来攻打齐国，即使战胜了齐国，官爵也不可能比现在更高；如果攻齐不利，丧失了生命，丢掉了官爵，就会给楚国带来损失，这跟画蛇添足一样。不如把兵撤回，施德于齐国，这是保持功业的好办法。"昭阳想一想有道理，就领兵回去了。

不久之后，燕国、韩国开始称王。秦国派张仪与楚、齐、魏三国会面，并且结盟。

十一年，苏秦合纵六国，一起去攻打秦国，楚怀王担任纵长。走到函谷关，秦国出兵迎击，六国军队初战不利，撤退回国了，齐国的军队撤在最后。十二年，齐王打败赵魏两国，秦国也出兵打败了韩国，与齐国争当霸主。

十六年，秦国想攻打齐国，但楚国和齐国合纵相亲，秦惠王对此忧心忡忡，最后想了个主意，对外声称罢免张仪的丞相职务，然后派他南去会见楚王。张仪来到楚国，对楚王说："我们秦王最钦佩的人，莫过于大王；我张仪最愿意服侍的，也莫过于大王。我们秦王最憎恨，莫过于齐王；我张仪最憎恨的，也莫过于齐王。但是，大王你和齐王关系很好，因此我们秦王不能侍奉大王你，我张仪也不能辅佐你。大王你如果能和齐国绝交，那么现在就可以派使臣随我西去，收回以前秦国夺走的六百里商於地区，这样齐国就削弱了。如此一来，在北边可以削弱齐国，在西边可以跟秦国搞好关系，而且还可以得到商於，增加自己的财富。这是一举三得的妙策啊！"

怀王大喜，就把相印交给张仪，天天摆酒设宴陪他欢饮，还宣扬说："我又收回我的商於地区了。"群臣都来道贺，只有陈轸前来吊慰。怀王不高兴地问："你这是为什么？"陈轸回答："秦国现在之所以重视君王您，是因为君王您跟齐国有同盟关系。现在商於地区还没有得到，如果先跟齐国绝交，楚国就会立刻孤立无援。秦国怎么可能重视孤立无援的国家呢？它一定会轻视楚国。如果让秦国先交出土地，然后我们再跟齐国绝交，那么秦国的诡计就不会实现。反过来，如果我们先和齐国绝交，然后再向秦国索取土地，那么我们一定会被张仪欺骗。被张仪欺骗了，那么君王您肯定会怨恨他。怨恨他，就等于与西边的秦国发生争端。北边断绝与齐国的邦交，西边再让秦国有了挑战的理由，这样一来，韩、魏两国的军队一定会趁机来攻打楚国。所以我来吊慰。"楚王不听劝告，还是先跟齐国断绝了关系，然后派一位将军去秦国接受土地。

张仪回到秦国，假装喝醉了酒，从车上摔下来，然后就声称有病，整整三个月不出门，楚国自然就无法得到商於的土地。楚王奇怪，说："莫非张仪觉得，我跟齐国绝交还不够彻底？"于是就派勇士北上，专门去辱骂齐王。齐王大怒，折断了楚国的符节，跟秦国结盟。秦、齐两国建立盟友关系之后，张仪立刻出来上朝，对楚国的将军说："你为什么不接受土地呢？从某地到某地，长宽六里。"楚国将军大怒说："我奉命接受的是六百里，从来没听说过六里！"随后立即回国，把受骗的情况报告给怀王。

怀王暴怒，准备兴兵讨伐秦国。陈轸说："现在攻打秦国，不是上策，不如拿出一个名城去贿赂秦国，引诱它跟我们一起去攻打齐国。我们现在已经丢掉了给秦国的土地，但是可以从齐国得到补偿，这样我们还不至于吃大亏。君王您已经跟齐国绝交了，现在而要去谴责秦国，这等于是协助秦齐两国的联合，并且要引来天下的众兵，国家肯定会受到伤害的啊！"楚王还是不听，坚决跟秦国绝交，然后发兵攻打秦国。

十七年春天，与秦军在丹阳会战，秦军大胜，斩杀楚军士兵八万，俘虏了将军逢侯丑等七十余人，还夺取了汉中郡。楚怀王大怒，调动了全国兵力，再次出击秦军，在蓝田交战，再次大败。韩、魏两国听说楚军受挫严重，就趁机南下，来袭击楚国，一直打到邓地。楚怀王听说，只好回师守卫。

十八年，秦国派使臣出访楚国，又要与楚国和好，答应把汉中地区的一半退还给楚国。楚王余怒未消地说："我只要能得到张仪就行，能不能得到土地都无所谓。"张仪听到这话，就向秦王请求，说愿意前往楚国。秦王奇怪地问："楚王不抓住你，不可能甘心，你自投罗网，准备怎么办？"张仪回答说："我跟楚王的亲信靳尚关系很好，靳尚侍奉楚王的宠姬郑袖，郑袖说的话，楚王没有一句不听的。我可以通过这种关系，让楚王不杀我。再说，我上次出使，背弃了归还楚国商於土地的诺言，现在秦、楚两国大战，结下了深仇大恨，如果我不亲自去向楚王谢罪，这种仇恨无法消除。退一步说，有大王你在，楚王应该不会贸然抓我。即使楚王真的抓了我，把我杀了，只要能对秦国有利，我也无怨无悔。"张仪于是就出使楚国。

到了楚国，楚怀王拒不接见，还把他关了起来，想杀他。张仪暗中与靳尚取得了联系，于是靳尚替他请求怀王说："囚禁张仪，秦王肯定会发怒。天下各路诸侯如果看到楚国没有了秦国这个大朋友，肯定会轻视君王，这对我们楚国不利。"又对怀王的夫人郑袖说："秦王特别重视张仪，而怀王却准备杀他。现在秦国已经拿出了上庸六县的土地，准备用来贿赂楚国，还要送美女给怀王，并献出秦宫里面能歌善舞的人做侍女。怀王贪得土地，秦女也肯定会受到宠爱，而夫人您就会被排斥失宠。夫人不如前去进言，说服怀王无条件释放张仪。”

郑袖真的替张仪进言，楚王于是释放了他。张仪被释放后，怀王还设宴款待张仪，张仪趁机劝说怀王，建议他背弃合纵盟约，而与秦国联合，通婚往来。张仪离开楚国后，屈原从齐国出使回来，问怀王："为什么不杀掉张仪？"怀王突然也感到后悔，马上派人去追张仪，可惜已经来不及了。

二十年，齐王想当纵长，不喜欢楚国和秦国联合，于是就派使臣送信给楚王，说：

"现在秦惠王去世，秦武王继位，张仪去了魏国，樗里疾、公孙衍得到了武王的重用，而楚国侍奉秦国。樗里疾跟韩国关系很好，公孙衍和魏国感情不错；如果楚国一定要侍奉秦国，那么韩、魏两国就会担心，就一定会通过樗里疾、公孙衍二人和秦国联合；这样下去，燕、赵两国也会去侍奉秦国。如果四国都争着侍奉秦国，那么总有一天，楚国会变成秦国的郡县。

"大王为什么不跟我一起去联合韩、魏、燕、赵四国，跟他们一起合纵，以便尊崇周室，号令天下？如果那样，天下人就没有敢不从命的，那么大王就会声名大震。那时候，大王如果愿意率领诸侯一起去讨伐秦国，就一定可以打败秦国。大王可以夺取武关、巴蜀、汉中的土地，拥有吴越两国的财富，还可以独占长江、东海的利益，而韩魏两国，就会割让上党的土地给您，那么，楚国的西边就会接近函谷关，那样的话，楚国的国力就会比现在强大百万倍。

"况且，大王曾被张仪欺骗，丧失了汉中地区，而楚国大军也曾在蓝田受到秦国的挫败，全天下没有人不替大王感到不平。可是，你现在却要率先侍奉秦王！希望大王好好考虑一下，应该怎么做。"

楚王本来已经准备与秦国讲和，见了齐王的信，又有些犹豫不决，就交给群臣讨论。大臣有的坚持主张与秦国讲和，有的觉得还是齐王的意见有道理。昭睢说：

"大王即使真的能得到越国的土地，也不足以洗刷耻辱；必须

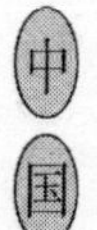
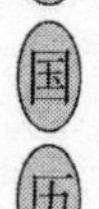

得夺回被秦国占领的土地，才能真正在诸侯面前洗刷耻辱，昂起头来。建议大王您跟齐韩两国加强交往，以便提高樗里疾的声望，这样，大王就可以得到韩、齐两国的支持，重新收回被秦国侵占的土地。秦国曾经打败韩国，而韩国却仍然侍奉秦国，原因是韩国的祖坟坐落在平阳，秦国的武遂距离平阳只有七十里，因此韩国特别害怕秦国，不得不顺从秦国。

“如果韩国不顺从，那么，如果秦国攻打三川，赵国攻打上党，楚国攻打河外，韩国就一定会灭亡。即使楚国出兵援救韩国，也无法保证韩国不灭亡；然而，话说回来，能够保存韩国的却只有楚国。我认为韩国一定会愿意侍奉大王。齐国之所以相信韩国，是因为韩国的公子眛正在做齐国的丞相。大王可以借助齐、韩两国的力量，提高樗里疾的声望，樗里疾得到齐、韩两国的敬重，秦王就不敢废掉樗里疾；如果再加上楚国也敬重他，樗里疾必定会向秦王进言，再次退还侵占的楚国土地。”

怀王同意了昭雎的建议，最终没有跟秦国联合，而与齐国联合，亲善韩国。

二十四年，楚国背叛了齐国，和秦国联合。当时，秦昭王刚即位，拿出了很多财宝来贿赂楚王，还送了个美丽的女子给他。二十五年，怀王亲自赶到秦国，与昭王在黄棘会盟，签订了盟约。秦国重新归还楚国的上庸。因为楚国背叛了合纵盟约而和秦国联合，所以齐、韩、魏三国共同来讨伐楚国。楚王派太子到秦国做人质，请求秦国援助。秦国派客卿通率军援救楚国，三国退兵。

二十七年，在秦国做人质的楚国太子与一个秦国大夫争斗，楚国太子杀死了那个大夫，逃亡回国。秦国有了讨伐楚国的借口，于是联合齐、韩、魏三国一起来讨伐楚国，杀死了楚将唐眛，还攻占了楚国的重丘，然后大胜而归。二十九年，秦国再次攻打楚国，杀死楚军官兵两万多人，还杀了楚国大将景缺。楚怀王惊慌失措，马上就派太子到齐国去做人质，请求讲和。

三十年，秦国再次出兵，攻打楚国，占领了楚国的八座城邑。秦昭王还送信给楚怀王说：“当初，我和君王您结为兄弟，在黄棘会盟，君王送太子来做人质，双方关系非常融洽。可是您的太子不知好歹，欺凌并杀死我的大臣，连个错都不认，就逃走了。我实在是无法压抑自己的愤怒，不得已才出兵攻打。现在听说君王您竟然又把太子送到齐国去做人质，想与齐国讲和，我非常懊悔。我们秦国跟楚国接壤，有婚姻关系，而且，这种亲戚关系历史悠久，不是一般关系可以代替的。现在我们秦楚两国关系不好，已经无法号令诸侯了，这对我们各自来说，都是个巨大的损伤。我希望能跟你在武关相会，当面签订条约结盟，这是我最大的愿望，希望能得到您的配合。"

楚怀王接到秦王的这封信，很忧虑，去吧，怕上当受骗，不去吧，又怕触怒秦王。昭雎说："大王千万去不得，只要派军队去严防边境就行了。秦国的狠毒，就像虎狼一样，不可信任，它早有吞并诸侯的野心，对我们是虎视眈眈啊！"怀王的儿子子兰不同意昭雎的看法，而是劝怀王去："为什么要拒绝秦国的好意呢？"

怀王最后还是决定去会见秦昭王。昭王得知怀王要来，就派一位将军在武关设下伏兵，打着秦王的旗号。怀王一到，秦兵立即关闭武关，然后挟持他到了咸阳，在章台朝见秦王，就像蕃臣朝见君王一样，昭王根本就不以平等礼节来接待他。楚怀王恼羞成怒，后悔没听昭雎的话，大骂秦王。秦王于是顺理成章地扣留了楚怀王，胁迫他必须割让巫和黔中的郡县，否则就不放他回去。楚怀王想先跟秦国签订盟约，而秦国却要求先得到土地。楚怀王愤怒地说："你欺骗我，又强迫我割让土地！不可能！"不再应许秦王。秦王于是把楚怀王囚禁起来。

楚国大臣听说了，都非常忧虑，相互商议道："现在我们楚国太危险了。君王被扣在秦国回不来，秦国以此要挟割地；而太子呢，也不在国内，而是在齐国做人质；假如齐、秦两国合谋，那我们可就亡国了。"于是就想拥立怀王在国内的儿子。

昭雎不同意："国王和太子都被诸侯扣留，如果我们在这个时候又违背国王的命令，私自拥立庶子，太不妥当。"最后，大家做了决定，先派人赶到齐国，谎称报丧。齐湣王对他的丞相说："正好，我们可以扣留楚国的太子，以此来索取楚国的淮北地区。"丞

相说："不行。如果楚国另立新王，那么我们等于抱着无用的人质，而且会在全天下留个恶名。"有人反对道："不对。楚国如果立了新王，我们可以借机与新王交易说：'给我下东国，我就替你杀死太子；不然，我就和三国共同拥立太子。'这样，楚国的新王为了免除对自己地位的威胁，肯定答应我们，我们就可以得到下东国的土地。"

齐王最终采纳了丞相的建议，放回了楚国太子。太子横回到楚国，立刻成为国王，这就是顷襄王。楚国有了新王，马上通知秦国："依赖社稷神灵的保佑，我国有新王了。"

顷襄王元年，秦国要挟怀王，想要得到楚国的土地，楚国拥立新王，来对付秦国，秦昭王无法得逞，怒不可遏，出兵攻打楚国，大败楚军，杀了五万楚国官兵，攻占了十五座城邑，然后离去。

第二年，楚怀王找了个机会，逃出秦国，往楚国赶。秦国发觉了，派兵拦截通向楚国的道路。怀王就从小道跑到赵国，请求赵国护送自己回国。当时，赵国国王正在代地，他的儿子惠王刚刚即位，代行赵王的大权。惠王很怕秦国，所以不敢接纳楚怀王。怀王无奈，又想逃到魏国，但秦军已经追到，就被抓回了秦国。从此，怀王就一病不起。

顷襄王三年，怀王病死在秦国，秦国送回了尸体。楚国人都很可怜他，非常悲伤，就像自己的亲人死了一样。秦、楚两国绝交。诸侯国也从此不再相信秦国。

六年，秦国派白起讨伐韩国，大胜，斩杀韩军二十四万。然后，秦王写信给楚王说："你们楚国背叛了秦国，秦国的将军们准备率领各路诸侯去攻打楚国，决一胜负。你赶快整顿军队，我们痛痛快快地打一仗。"楚王见信，忧虑万分，考虑重新与秦国议和。几个月后，楚王派人到秦国去迎娶新媳妇，秦楚两国再次和好。

十一年，齐王、秦王各自称帝。不久，觉得太犯众怒，又取消了帝号，还是称王。

十四年，楚顷襄王和秦昭王在宛地相会，结为友好关系。十五年，楚国和秦、韩、赵、魏、燕等国联合，一起去讨伐齐国，攻占了淮北地区。

楚国有个人善于使用小弓细绳射箭，却能射中天上飞过的大雁。顷襄王听说，就把他召来询问。他回答说：

“小臣喜欢射小雁、小鸟，我的小弓箭只能射到这些，哪里值得向大王陈说呢？以楚国的强大，还有大王您的贤能，所要获得的东西可比我大得太多了。对您来说，秦、魏、燕；赵等国，等于是小雁；齐、鲁、韩、卫等国，等于是小野鸭；邹、费、郯、邳等国，等于是小鸟。此外余下的小国就不值得一射了。

“看见这六只小鸟，依大王的意见，应该怎么猎取呢？大王为什么不以圣人之道为弓，用勇士做箭绳，抓住时机，拉弓射箭，猎取它们呢？这六只小鸟，可以射下来，然后再用袋子装回来。这种收获不是一只小鸟一只小雁的收获，这种乐趣也绝不是一朝一

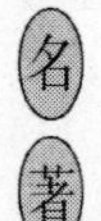

夕的快乐。

“大王可以在早上张弓射中魏国大梁的南部，射伤它的右臂，直接牵动韩国，这样，中原的道路就可以断绝，上蔡郡县就不攻自破了。回身可以再射圉地的东部，砍断魏国的左肘；再向东攻击定陶，那么，魏国的东部就可以到手了。况且，魏国断了左右两臂，形势就会动荡不安；再出兵攻打郯国，大梁就垂手可得了。大王在兰台收拢箭绳，到黄河西岸饮马，平定魏都大梁，这是射出第一枝箭的快乐。

“如果大王对射箭真有兴趣，那就拿出宝弓，换上新绳，到东海射击尖嘴的大鸟，回身修整长城做为防线，然后多箭齐发，那么长城以东、太山以北就到手了。西边和赵国接壤，北边直达燕国，齐、赵、燕三国就像鸟张开翅膀，那么，用不着什么合纵、什么盟约，多国联盟就自然而然地形成了。形成之后，大王您向北可以雄视辽东，向南可以眺望越国，这是发出第二枝箭的快乐。

“至于泗水流域的十二诸侯，就不足挂齿了，三下五除二，一个早上就可以全部到手。现如今，秦国虽然打败了韩国，占领了一些城邑，但是不敢据守；讨伐了魏国，但是没捞到什么好处；攻击赵国，其实吃了亏；实际上，现在秦、魏两国的实力和气势已经耗尽了。这个时候，如果楚国奋起，那么就可以收回原先失去的汉中、析、郦各地，还可以趁秦国疲倦的时候，统一山东、河内地区。然后，就可以安抚百姓，南面称王了。

“不过，您还没有奋起，就现状而言，可以说：秦国是一只大鸟，背靠大陆居住，面向东方，左臂控制着赵国西南部，右臂控制着楚国的鄢郢，胸前俯视着韩国、魏国，还有其他中原各国。它有非常优越的地理位置，如果它展翅飞翔，那么它就可以纵横三千里，所向披靡。所以说，秦国是不可能被一朝擒住，或者一夜射杀的。”

本来，这番话是想激怒顷襄王的，但是顷襄王没有生气，反而又召见他详谈。于是他接着说：“先王被秦国欺骗，客死在秦国，没有什么仇恨比这更大。如今，连一个普通百姓都有仇恨，而且能以自身渺小的力量，去报复万乘大国的君王，比如，伍子胥就是例子。而现今的楚国，土地纵横五千里，士卒要以百万计，实力雄厚，可以在战场上做出一番事业。但是在事实上，这样一个楚国，竟然无所作为，处境困窘。大王你实在是不该这样啊！”

顷襄王深思良久。然后，派使臣到诸侯国，重新合纵，想联合讨伐秦国。秦国听到这个消息，急忙发兵，来攻打楚国。

楚王想与齐、韩两国联合，一起去讨伐秦国，趁机谋取周室。周王派武公对楚国丞相昭子说：“楚、齐、韩三国想用武力夺取周室的土地，还想把周室的宝器运到南方去，想送给楚王，表示尊崇。这样做好象不是很妥当。任何一个国家，如果它杀害天下人共有的君主，想去奴役这个统治天下好几代的周王，恐怕没有人会去亲近它；如果它依仗人多势众，去欺凌弱小的国家，那么小国也不会归附它。这样，它不可能获得威望和实惠。威望和实惠都得不到，就不应该去做。”

昭子说：“如果有人说我们楚国想打周室的主意，那完全是无中生有。您不要听信谣言。不过，为什么就不可以打周室的主意呢？”武公回答说：

“从军事上讲，如果兵力不超过敌人的五倍，就不应该发动进攻；如果兵力不超过敌人的十倍，就不要妄想围城。周朝因为是大家的君主，所以，力量很大，相当于二十个晋国，这你是知道的。韩国曾经以二十万人之多，在晋国城下丢尽了脸面，精锐部队战死，大量的士兵受伤，可是晋国的城邑却一直都没有攻下来。你拿不出一百个韩国的兵力，却要打周室的主意，这是天下人都知道的。

“再说，如果你们和东西二周结下怨仇，得罪了邹国和鲁国等礼仪之邦，再加上和齐国断绝邦交，恶名将传遍天下。如果你们真的到了那个地步，可就太危险啦！再说，西周的土地，实际上完全被周室控制的，不过区区百里；瓜分它的土地，不能使你的国家更富庶；俘虏它的百姓，也不能使你的军队更强大。

“另外，好事的君王，还有好战的权臣，每次调兵遣将，都始终以周室为攻击目标。这是为什么呢？这是因为，他们看见祭器在周室，想得到祭器，于是才忘记了弑君的恶名。现在，韩国要把祭器搬到楚国，那么，天下人肯定会因为祭器在楚国而仇视楚国。打个比喻：老虎的肉腥臊难咽，不好吃，而且又有尖牙利爪防身，但是人们还是要捕杀它，那是因为老虎身上有珍贵的虎皮。假如说，草泽中的麋鹿都披一身虎皮，那么人们就不会再去打老虎，因为，猎取麋鹿要轻松容易得多。

"话又说回来，如果楚国得到祭器，必然引起别国的贪婪之心，那么楚国就遭殃了。《周书》说：'要想有所作为，切莫领导骚乱。'我可以肯定，只要周室的宝器南迁楚国，讨伐的大军就会接踵而至。"

楚国觉得有道理，就放弃了图谋周室的计划。

可是，秦国却屡次侵略楚国。楚顷襄王十九年，秦国攻打楚国，楚国战败，把上庸、汉北割让给了秦国。二十年，秦将白起占领了楚国的西陵。二十一年，白起又攻占了楚国的郢都，还烧毁了楚国先王的坟墓。楚军全线崩溃，逃到楚国东部的陈城坚守自保。二十二年，秦军再次占领楚国的巫郡和黔中郡。

二十三年，襄王收集散兵，约十余万人，向西进军，收复了被秦军攻占的十五座城邑，然后设置郡县，抵御秦军。二十七年，又与秦国讲和，派太子到秦国去做人质，还派左徒与太子一起到秦国，侍奉太子。

三十六年，顷襄王生病，垂危，太子为了即位，逃回楚国。秋天，顷襄王病死，太子继位，就是考烈王。考烈王任命左徒为令尹，把吴地封给他，号为春申君。

考烈王元年，把好几个州县割让给秦国，以求和解。这时楚国更衰弱了。六年，秦军围攻赵国的邯郸，赵国向楚国求援，楚王派将军景阳率军救赵，到达了新中之后，秦军解围离去。十二年，秦昭王去世，楚王派春申君到秦国凭吊。十六年，秦庄襄王去世，赵政继位。二十二年，楚国跟其他诸侯联合，一起去讨伐秦国，结果被秦军打败。楚国为了安全，迁都寿春，命名为郢。

二十五年，考烈王去世，儿子幽王继位。幽王三年，秦、魏两国共同讨伐楚国。十年，幽王去世，同母弟弟继位，就是哀王。

哀王继位两个多月，就被庶兄负刍杀掉。然后，负刍成为楚国国王。负刍二年，秦国讨伐楚国，大败楚军，攻占了十座城邑。四年，秦将王翦在蕲地打败楚军，杀死楚国大将项燕。五年，秦将王翦、蒙武攻破了楚都，俘虏了楚王负刍，灭掉了楚国。

第二十二章
越王勾践世家

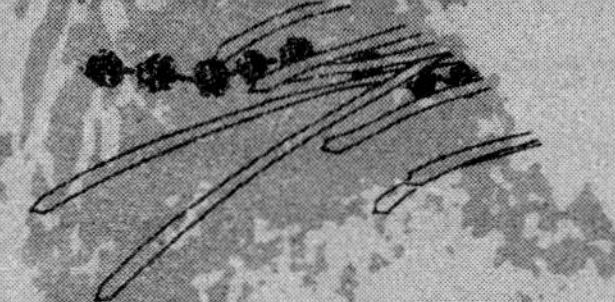

中国历史名著文库

卧薪尝胆

越王勾践，祖先是夏禹的后代，夏后帝少康的庶子。少康把他的庶子封到会稽，以便供奉夏禹的香火。他们到了会稽，就在身上刺了花纹，剪短了头发，开疆拓土，建立了城邑。二十多代过去了，传到了允常。允常在位时期，与吴王阖庐发生冲突，结下了怨仇，相互攻伐。允常去世之后，儿子勾践继位，这就是越王。

越王元年，吴王阖庐听说允常去世，就趁机发兵，来讨伐越国。越王勾践派敢死队向吴军挑战，队伍分成三批，依次冲到吴军阵前，然后呐喊着刎颈自杀。吴军非常惊讶，目不转睛地看越军敢死队自杀。趁这个机会，越军袭击吴军，打败了吴军，并且射伤了吴王阖庐。阖庐在弥留之际，告诫儿子夫差说："一定不要忽视越国！"

三年，勾践听说吴王夫差日日夜夜地操练兵马，准备要报复越国。于是，越王想先发制人，抢在吴国出兵以前，先去讨伐它。大臣范蠡不同意，反对先出兵讨伐。可是越王勾践不听劝告，一意孤行，出动了军队。吴王听说越兵来了，立即调动全部精兵，全力迎击，在夫椒大败越军。越王勾践带领剩下的五千名残兵败将，退到会稽山上坚守。吴军乘胜追击，将他们团团围住。

越王勾践惭愧地对范蠡说："怪我当初没有听你的话，所以落到这个地步。该怎么解脱呢？"范蠡回答说："现在只有低声下气，忍辱负重，赠送厚礼给吴王夫差，请求讲和；如果他不答应讲和，就只好把自身作为抵押，去侍奉吴王。"勾践同意了，派大夫文种到吴国去求和。

文种见吴王的时候，恭恭敬敬地跪地前行，磕头说："君王的亡国臣子勾践，派小臣文种，斗胆请求作您的臣仆，妻子也甘愿

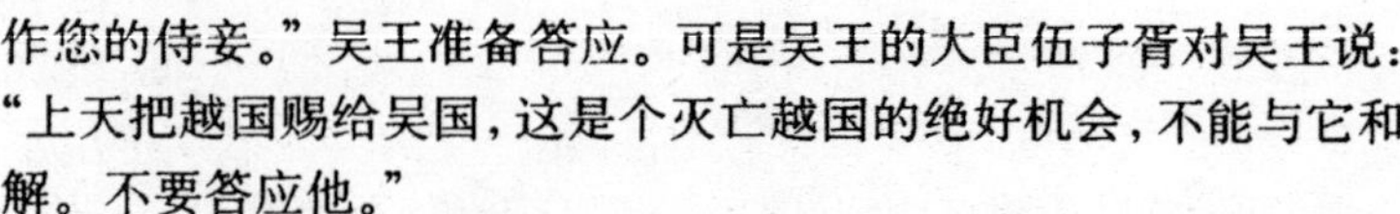

作您的侍妾。”吴王准备答应。可是吴王的大臣伍子胥对吴王说：“上天把越国赐给吴国，这是个灭亡越国的绝好机会，不能与它和解。不要答应他。”

文种回国后，把结果告诉了勾践。勾践怒目圆睁，准备杀掉妻子，焚毁所有宝物，与吴军决一死战。文种制止勾践说：“别急，还不到这个地步！吴国太宰伯嚭贪财图利，我们可以用利益引诱他，请您派人偷偷去贿赂他。”于是，勾践准备了美女、金银财宝，派文种偷偷献给太宰伯嚭，伯嚭接受后，就带着文种去见吴王。

文种见到吴王，磕头说：“希望大王您能赦免勾践的罪过，勾践愿意把他全部的金银财宝都献给吴国。如果您不能赦免他，那么，勾践就会杀尽他的妻妾子女，焚毁全部金银财宝，率领剩下的五千人马和吴军决一死战，那么吴军必定要付出相当的代价。”伯嚭趁机在旁边劝吴王说：“越王已经自愿做您的臣子，如果您能赦免他，这对我们吴国是有百利而无一害呀！”吴王准备答应他。这时候，伍子胥又进谏说：“如果现在不消灭越国，以后您肯定会追悔莫及。勾践是明君，文种、范蠡是良臣，如果让他们返回越国，将会后患无穷。”吴王不听，最后还是赦免了越王，然后撤军回国。

勾践被围困在会稽时，曾经伤感地叹息道：“难道我要在这个地方了结我的一生吗？”文种安慰他说：“当初，商汤曾经被拘禁在夏台，周文王曾经被囚禁在羑里，晋文公重耳曾经逃亡到翟国，齐桓公小白曾经逃亡到莒国，可是，他们最终或者称王，或者称霸，都成就了事业。由此看来，说不定祸患可以转化成好运呢！”

吴王赦免了越王之后，越王勾践返回了越国。回国之后，勾践在自己的座位旁边，悬挂了一颗苦胆，无论在坐着的时候还是在躺着的时候，他都时常凝视苦胆。吃饭时还要尝尝胆汁，提醒自己说：“你忘了在会稽遭受的耻辱了吗？”在生活上，他勤俭耐劳，亲自耕种劳作，夫人亲自纺织，日常饮食不吃肉，穿衣不穿有色彩的华丽衣服，谦虚恭敬地对待贤人，厚礼接待宾客，救济穷困的百姓，悼慰死者，与百姓同甘共苦。

勾践想让范蠡主持国家的政务，范蠡回答说：“在用兵打仗方面，文种不如我；可是要说治理国家，安抚百姓，我不如文种。”于是，勾践就把整个国家的大政委托给文种，派范蠡与柘稽去吴国，留在吴国作人质。两年后，吴王放松了警惕，把范蠡放了回来。

勾践从会稽回国以后，整整七年的时间里，一直在全心尽力地安抚他的士卒和百姓，想有朝一日报复吴国。大夫逢同进谏到：“我们的国家刚刚遭遇败绩，现在刚刚恢复了殷实富裕的生活。这个时候，如果我们修整军备，吴王肯定会害怕，那么对我们来说，灾难就会降临。凶猛的鸟，在袭击目标时，一定要故意隐藏它的凶相，我们也应该这样。现在，吴国的军队打败了齐国和晋国，又与楚国和越国结下了深仇大恨，所以，虽然在表面上看，它的名声高于天下各国，实际上却与天下人都结下了仇恨。吴国没有德行，却有战功，他们肯定会骄横狂妄。为越国打算，我们应该努力结交齐国，亲近楚国，依附晋国，并且厚待吴国。吴国很贪婪，以后肯定会轻易地发动战争，侵略别国。我们联络这些势力，让齐、晋、楚三国出兵讨伐吴国，然后，越国趁它疲惫的时候突袭，完全可以打败它。”勾践非常欣慰地说：“好！就这么做。”

两年后，吴王果真准备去讨伐齐国。

伍子胥进谏说：“不能去打齐国。我听说，越王勾践这几年来，食不甘味、寝食难安，与百姓同甘共苦。这个人不死，肯定会成为我们吴国的祸患。有越国存在，是我们吴国的心腹大患。而齐国对于吴国来说，只不过是像疥癣似的小毛病，不足挂齿。希望大王能放弃攻打齐国的计划，先去消灭越国。”

吴王不听，还是出兵讨伐齐国，在艾陵打败齐军，俘虏了齐国两位重臣。凯旋而归之后，吴王特别高兴，就很得意地责备伍子胥。伍子胥说：“大王别高兴得太早了！”吴王闻言大怒，大骂伍子胥。伍子胥觉得委屈，想自杀，吴王知道他是个人才，制止了他。

越国的大夫文种听说这些事，就对越王说：“依我看，吴王现在太自以为是。我们可以试着向他借粮，以便试探他对越国的态度。”于是文种就去吴国请求借粮，吴王想借，但伍子胥劝吴王不要借。最后，吴王还是把粮借给了越国，越王非常高兴。

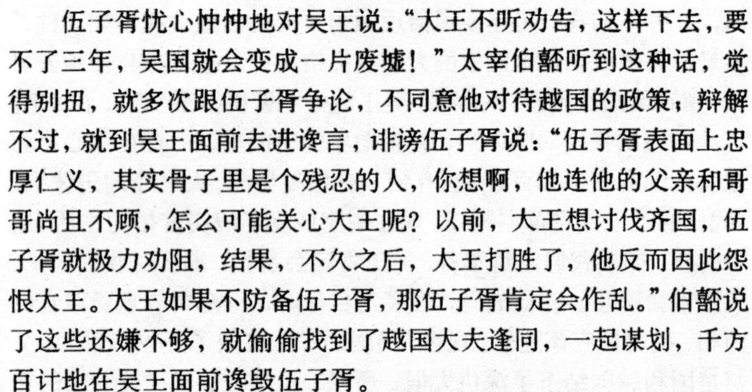

伍子胥忧心忡忡地对吴王说："大王不听劝告，这样下去，要不了三年，吴国就会变成一片废墟！"太宰伯嚭听到这种话，觉得别扭，就多次跟伍子胥争论，不同意他对待越国的政策，辩解不过，就到吴王面前去进谗言，诽谤伍子胥说："伍子胥表面上忠厚仁义，其实骨子里是个残忍的人，你想啊，他连他的父亲和哥哥尚且不顾，怎么可能关心大王呢？以前，大王想讨伐齐国，伍子胥就极力劝阻，结果，不久之后，大王打胜了，他反而因此怨恨大王。大王如果不防备伍子胥，那伍子胥肯定会作乱。"伯嚭说了这些还嫌不够，就偷偷找到了越国大夫逢同，一起谋划，千方百计地在吴王面前谗毁伍子胥。

刚开始，吴王不相信谗言，仍旧派伍子胥出使齐国。后来，听说伍子胥行把自己的儿子托付给了齐国的鲍氏，吴王终于大怒："他妈的！伍子胥果真是在欺骗我！"等到伍子胥完成任务回国，吴王就派人赐给伍子胥一把剑，让他自杀。伍子胥狂笑说："我伍子胥辅佐你父亲称霸，现在又立你为王。当初你要把吴国的一半分给我，我没有接受。可是，现在你反而听信谗言，要杀掉我！唉，你一个人根本没有能力支撑这个国家！"

说完之后，伍子胥告诉使者说："等我死后，一定要取出我的眼睛，放在吴国都城的东门，我要看看越国的军队是怎么进城的！"然后，伍子胥自杀。随后，吴王起用伯嚭主持国政。

三年过去了，勾践召来范蠡，问到："吴王已经杀了伍子胥，大臣们都只会阿谀奉承。现在可以进攻吴国了吗？"范蠡回答说："还不行，再等等。"

到了第二年春天，吴王北上，与诸侯会盟。吴国的精兵都随吴王北上了，只剩下老弱残兵和太子留守都城。勾践又问范蠡，范蠡答："可以了。"于是勾践调动善战的水兵二千人，训练有素的陆军四万人，君王的卫兵六千人，军官一千人，大举讨伐吴国。吴国军队大败，吴国太子战败身亡。吴国派人出城，北上向吴王告急。

当时，吴王正在和诸侯会盟，害怕天下诸侯知道吴国大战失败的消息，就严守秘密，没有声张。会盟完毕，吴王就派人带着厚礼与越国讲和。越王估计自己也无法吞并吴国，就与吴国讲和了。

四年以后，越国再次讨伐吴国。当时，吴国的军队和百姓都已经疲惫不堪，精锐部队都死在了与齐国和晋国的战争中。结果，越军大败吴军，然后，没有撤军，而是留了下来，包围吴军长达三年，直到吴军彻底没有了还击的能力。吴王被围困在姑苏山上，对战况无能为力。

于是，吴王派公孙雄赤裸着上身，跪地前行，向越王求和说："孤立无援的臣子夫差，冒昧地向您吐露心里话。从前，我曾经在会稽得罪过您；如今，我对您惟命是从，不敢违背您的任何命令。如果能与君王您讲和，如果我能回归国都，那么我今生今世都感激您的恩德。如果君王您要诛杀孤臣，孤臣也没有什么可说的。我的心意是，希望您能像当年会稽山一样，赦免孤臣的罪过。"

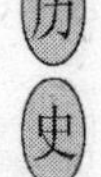

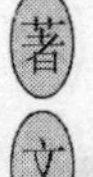
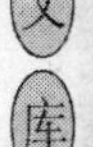

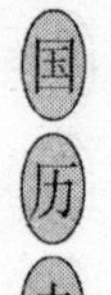

勾践听了，不忍心杀掉他，想答应夫差。范蠡说："会稽的事，是上天把越国赐给吴国，吴国没有抓住这个机会。如今上天把吴国赐给越国，越国难道可以违背天意吗？况且，君王您这么多年来，很早就起来上朝，很晚才休息，不就是为了灭掉吴国吗？谋划伐吴国二十二年，今天却要放弃它，怎么能这样做？何况，上天赐予你的东西，你不接受，必然会受到上天的惩罚。难道君王您忘了会稽山上的厄运吗？"勾践说："我听你的，不过，我还是不忍心这样对待他的使臣。"

范蠡于是击鼓进兵，说："越王已经把政事委托给其他人办理了。吴国的使臣赶快离去，不然就不得不得罪你了。"吴国的使臣知道大势已去，哭泣着回去了。勾践觉得夫差可怜，就派人对夫差说："我可以把你安置到甬东，做个一百户人家的君王。"吴王夫差辞谢说："我已经老了，不能侍奉君王！"然后就自杀了。自杀时捂着脸说："我真的是没脸去见伍子胥呀！"越王安葬了吴王，然后，杀死了太宰伯嚭。

勾践灭了吴国之后，率军北渡淮河，与齐国和晋国的诸侯在徐州会盟，并向周王进贡。周元王派人赐给勾践祭肉，赐他为伯爵。然后，勾践离开徐州，渡过淮河南下，把淮河流域的土地让给了楚国，把吴国侵占宋国的土地归还宋国，又送给鲁国土地纵横一百里。当时，越军横行于长江、淮河以东，天下各路诸侯都前来祝贺，勾践开始号称霸王。

这个时候，范蠡离开了越国，从齐国给大夫文种寄信来说："飞鸟尽，良弓藏；狡兔死，走狗烹。越王脖子很长，嘴尖得像鸟嘴一样，这种人，只能跟他共患难，无法和他共享乐，你为什么还不离去呢？"文种见信后，假装生病，不再上朝。有人于是向越王进谗言，说文种准备谋反。越王赐给文种宝剑，说："你教我讨伐吴国，告诉了我七种计策，我只用了其中的三种，就消灭了吴国。还有四种在你那里，请你到死去的先王那里，去试试那些计策吧。"文种只好自杀了。

勾践去世之后，很快过了五代，到了越王无强的时代。

越王无强的时候，兴师北伐齐国，向西攻打楚国，并与中原诸侯争雄。越国讨伐齐国，齐威王派人对越王说："越国如果不去讨伐楚国，大则不能称王，小则不能称霸。我估计，你们越国之所以不去讨伐楚国，是因为得不到魏国和韩国的援助。可是，韩、魏两国是不可能帮您去攻打楚国的。因为它们两国势力弱小，如果攻打楚国，它们的军队会覆灭，国家会更危险。也正因为这样，所以韩、魏两国才追随越国。可是，您为什么非得等待韩、魏两国的帮助，然后才出兵攻击楚国呢？"

越王说："我们需要韩、魏两国做的，并不是要让他们出兵与楚国打仗，更不需要它们去攻城。我们希望它们做的，只是希望它们能防守好自己的土地，牵制楚国，使楚国无法毫无顾忌地打我们越国的主意，无法集中力量对付我们越国。另外，我们与韩魏搞好关系，也是为了不让它们被齐、秦两国所利用。"

齐国的使臣说："我知道了。大王您希望韩、魏两国做的，并不是让它们建立汗马功劳，也不是要与它们联兵结盟，只是希望用它们来分散楚国的兵力。可是，现在楚国的兵力已经分散了，何必还要等待韩、魏两国帮助呢？"

越王问："怎么讲？"

齐国的使臣回答："楚国的三位大夫已经排开了他们的军队，向北围攻曲沃、於中，战线一直拉到了无假关，长达三千七百里。楚国的兵力分散到这个程度，还有可能比这更分散吗？这个时候，您还不抓住机会去进攻楚国，从大处说，让您无法称王，从小处说，让您无法称霸。再说，雠邑、庞邑、长沙，是楚国的产粮地区，而竟泽陵，是楚国的木材产区。如果越国出兵打通无假关，那么这四个城邑就不能再向楚国进献粮食和木材了。这是个大好机会，希望大王您转而进攻楚国。"

越王听信了使者的话，于是放弃攻齐，转而攻打楚国。楚威王出兵迎击，大败越军，杀死了越王无强，夺得了原来吴国的全部土地，一直打到浙江岸边。从此以后，越国开始分崩离析，各族子弟争相自立，有的称王，有的称君，零零散散地分布在江南沿海一带，都臣服于楚国。

从此以后，直到第七代，都是这样。到了闽君摇的时期，摇帮助诸侯推翻了秦朝。汉高帝刘邦于是封摇为越王，让他供奉越国的祭祀，越国重新有了香火。东越，闽君，都是越国的后代。

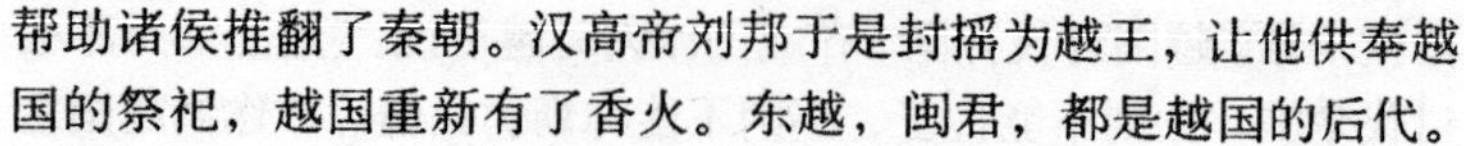

富可敌国陶朱公

当初，范蠡侍奉越王勾践，全力以赴，不畏艰辛，帮助勾践深谋远虑二十多年，终于灭掉吴国，洗雪了会稽之耻。不但如此，还北渡淮河，胁迫齐晋，号令中原各国，尊崇周室，辅佐勾践称霸，范蠡自已则成为上将军。事成之后，返回越国，范蠡认为威名之下，很难安居乐业。而且，勾践的性格，可以与他共患难，很难与他同安乐，所以写信辞别勾践说：

"我听说，君主有忧，臣子就该分忧，君主受辱，臣子就该死难。从前，君王曾在会稽受辱，我之所以不死，是为了报仇雪耻。现在已经洗雪了耻辱，我该走了。"勾践说："你还是来和我分享越国吧！不然的话，就要惩罚你。"

最后，范蠡偷偷地装上他的轻便家当和金银财宝，带着他的随从，乘船飘海而去，再也没有返回越国。勾践为了表彰范蠡，把会稽山作为他的封邑。

范蠡飘洋过海，到了齐国，更名改姓，自称叫做鸱夷子皮。他在海边生活，耕作，吃苦耐劳，努力生产，父子两人共同治理产业。没有多久，就积聚了几千万的财产。齐国人听说他贤能，就来请他做齐国的丞相。范蠡叹息道："当百姓能积聚千金，当官能做到丞相，这是普通百姓所能达到的顶点了。长久地享受荣华富贵，不吉祥。"

于是拒绝了齐国的相印，散发了全部家产，分给朋友和乡亲，自己只带了一些贵重的珍宝，偷偷离开，到陶地定居。他觉得陶地是天下的中心，道路畅通，做生意可以致富。在那里，他自称陶朱公。父子两人又开始耕种、畜牧，等待时机转卖货物。没过多久，就积聚了上亿的财产。天下人都很羡慕陶朱公。

朱公在陶地生下小儿子。小儿子成年的时候，朱公的二儿子因为杀人，被楚国抓了起来。朱公说："杀人偿命，欠债还钱，这是情理之中的事情。不过，我听说，家有千金的子弟，不应该被处死在闹市上。"于是就准备让他的小儿子前往楚国，去探视二儿子。还装了黄金一千镒，藏在褐色的器皿中，用一辆牛车载运。

小儿子要启程的时候，朱公的长子坚决请求让他去，朱公不答应。长子说："弟弟犯罪，父亲不让我去，却派小弟去，这说明我无能。"长子想不开，想自杀。他母亲劝朱公说："现在派小儿子去楚国，未必能救活二儿子。可是长子要自杀，要白白丧命了，这怎么行！"朱公不得已，只好改派长子去，并且替他写了一封信，让他交给自己从前的老朋友庄生，交待说："到楚国后，马上把千金送到庄生住处，一切都听他的，千万不要跟他争论。"长子走时，自己也带了几百镒黄金。

到了楚国，朱公的长子立刻去见庄生，发现他的房子背靠外城墙，要拨开满地的杂草才能进他的家门，居住条件非常差。然而他还是送上书信和千金，按父亲吩咐的办理。庄生说："你该回去了，千万不要继续留在这！即使你弟弟被放出来，也不要问为什么。"长子离开了庄生家，但是并没有按照庄生的话做，而是偷偷留在了楚国，把他自己携带的黄金送给了楚国当权的贵族。

庄生虽然居住在贫穷的小巷里，但是他的廉洁正直，却闻名全国，从楚王以下，都像尊重老师一样尊重他。其实，朱公送给他的黄金，他并不准备接受，而是想等事情办成之后，再物归原主，以示信用。所以，黄金送来后，庄生告诫妻子说："这是朱公的黄金。如果我突然病死，来不及返还，那你一定要记住归还原主，千万不要动用。"虽然不动用黄金，但是庄生有自己的办法。不过，朱公的长子不了解庄生，以为黄金送给他不会起作用，所以才带了黄金去拜访权贵。

庄生找了个适当的时机，进宫拜见楚王，说："最近几天来，天上的某星移到了某位置，这种天象对楚国有害。"楚王向来相信庄生，急忙问道："那现在该怎么办？"庄生说："只有施行恩德，才能消除灾害。”楚王说：“先生不用说了，我马上就推行恩德。”于是楚王派出使臣，把国库严密地封闭起来。楚国受贿的贵族知道了，立刻惊喜地告诉朱公的长子说：“国王准备大赦全国了。你弟弟有救了！”

朱公的长子问：“何以见得？”贵族回答说：“国王每次实行大赦之前，常常首先要封闭国库。昨天晚上，国王派人封闭了国库。”朱公的长子听了，心里想，楚国既然大赦，那么弟弟自然会被释放，可惜那一千金，白白送给了庄生，毫无作用，于是就又去见庄生。庄生惊讶地问：“你怎么还没有走？”朱公的长子回答说：“当初是为弟弟的事而来的，现在听说国王要大赦，弟弟自然会被放出来，心里高兴，所以特来向先生告辞。”庄生知道他是想收回黄金，就说：“你自己进屋，把黄金都拿走吧！”朱公的长子于是就自己进屋，取走黄金，心底里暗自庆幸。

庄生被小辈戏耍，心里不舒服，于是又进宫见楚王说："我上次说的某星宿的事，大王说想修治德政来改变它。我今天在外边走，听路人都在议论纷纷，说陶地富人朱公的儿子杀了人，被囚禁在楚国，他家拿出很多钱，贿赂大王身边的人，所以大王并不是因为体恤楚国百姓而实行大赦，而是因为要找理由释放朱公的儿子。"楚王大怒说："我虽然没有什么大德大行，但怎么也不至于因为朱公的儿子而大赦啊？"于是就命令先杀掉朱公的儿子，然后才下达大赦的命令。朱公的长子只好带着弟弟的尸体回去了。

回到家里，他母亲和陶邑人都很伤心，而朱公却独自发笑，说："我就知道他肯定会致弟弟于死地！他并不是不爱护自己的弟弟，只是他舍不得花钱。他小时候跟我一起生活，吃过苦，知道谋生艰难，所以过于重视金钱。至于他的小弟弟，生下来看到的是我家财万贯，乘坚车，驾良马，根本不知道钱财是如何来的，所以他才挥金如土，毫不吝惜。前些天，我之所以派小儿子去，就是因为他舍得花钱。而大儿子却做不到，所以害了他弟弟，这些都在我的预料之中，没有什么好悲伤的。我早就日日夜夜地等待着，等他把二儿子的尸首运回来。"

范蠡一生，总共迁移了三次。每定居一地，他都功成名就，闻名天下。最后老死在陶地，所以后世的人们都叫他陶朱公。

[illegible]

[illegible]

第二十三章

郑世家

中国历史名著文库

外患内忧

郑桓公友，是周厉王的小儿子，周宣王的庶弟。宣王二十二年，友被封到郑地，在那里统治了三十三年，很受百姓拥戴。到了周幽王的时候，友被任命为司徒，他仁慈地对待周室百姓，百姓对他都深怀感激。

当时，周幽王宠爱褒姒，荒淫无度，国家大政多偏离正道，有些诸侯因此而背叛了幽王。于是，桓公向太史伯请教出路："王室太多变故，我怎么做才能逃脱厄运呢？"

太史伯回答说："只有洛河以东，黄河、济水的南边，可以安居乐业。"

桓公说："为什么这么说？"

太史伯回答："那片地区紧挨着虢国和郐国，虢郐两国国君贪财好利，百姓都不爱戴他们。可是，百姓都爱戴你，你如果迁居到那里，那么虢郐两国的百姓都会抢着归顺你，变成你的百姓。两过国君怕你，也会主动献出土地。"

桓公问："我还是希望能到南边长江一带发展，你看怎么样？"

太史伯说："从前，祝融做高辛氏的火正，功劳很大。楚国就是祝融的后代。现在周朝已经衰落了，楚国必定会兴盛起来。而如果楚国兴起，那就肯定会与郑国的利益发生冲突。你不要到那里去。"

桓公又问："那么，西方怎么样？"

太史伯回答说："那里的百姓贪财好利，不适合长久居住。"

桓公说："周朝已经衰落了，哪个国家会兴盛起来呢？"

太史伯回答说："可能会是齐国、秦国、晋国、楚国吧！齐国，姓姜，是伯夷的后代，伯夷曾经帮助尧帝掌管礼仪。秦国，姓嬴，是伯翳的后代，伯翳曾经帮助舜帝驯服百兽。楚国的先人，也曾经有功于天下。周武王消灭了商纣王以后，成王把叔虞封在唐地，与衰落的周室并存，成为晋国，它也必定会兴盛起来。”

桓公听取了太史伯的意见，思考再三，然后向幽王提出请求，要求允许他把自己封地的百姓迁到洛河以东，虢、郐两国果然献出了一大片土地，于是桓公就在那里建立了郑国。

两年后，犬戎在骊山下杀死了周幽王，郑桓公作为周朝的司徒，也被杀掉了。郑国人于是拥立他的儿子掘突，这就是武公。

武公十年，娶了申侯的女儿做夫人，叫做武姜。武姜生了太子寤生，因为难产，所以等到生下以后，她很不喜欢寤生。后来又生了小儿子叔段，叔段降生时很顺利，所以武姜喜爱他。二十七年，武公生病。武姜请求武公，想要立叔段为太子，武公没有答应。同年，武公去世，寤生继位，就是庄公。

庄公元年，把弟弟叔段封到了京邑，号称太叔。大臣祭仲说：“京邑比郑国的都城还要大，不应该封给你弟弟。”庄公说：“我母亲武姜想这样封，我不敢违背啊！”

叔段被封到了京邑后，整顿军备，操练兵马，跟他母亲武姜密谋，准备袭击郑国的都城。二十二年，叔段发兵袭击郑都，武姜在城内接应。庄公出兵迎战，叔段战败逃走。庄公乘胜追击，攻打到了京邑，京邑的百姓都背叛了叔段，叔段只好逃亡到鄢邑。鄢邑的士卒溃败，叔段只好逃到共国。

庄公怨恨母亲反叛，于是把武姜迁移到了颍城，发誓说：“不到黄泉，誓不相见！”过了一年多，庄公很思念母亲，后悔自己说了那样的话。当时，颍谷的考叔向庄公进献礼物，庄公赏赐他吃饭。考叔说：“我有老母健在，请你把这些食物赏赐给我母亲吧！”庄公于是想起了自己的母亲，很伤感地说：“我非常想念母亲，但又不想违背誓言，该怎么办好呢？”考叔说：“挖地挖到有泉水的地方，你们就可以在那里见面了。”庄公依照考叔的办法，见到了母亲。

二十四年，宋穆公去世，公子冯逃亡到了郑国。同一年，郑国侵犯了周室的地盘，收割了那里的庄稼。二十五年，卫国和宋国联合，借口郑国收留了宋国的公子冯，所以共同来讨伐郑国。二十七年，庄公去朝见周桓王，周桓王对他三年前抢割庄稼一事很不满，一直怨气未消，不以礼相待。二十九年，庄公怨恨周桓王不以礼相待，就拿出一个城邑，换取了鲁国的一片田地来种庄稼。三十七年，庄公不去朝见周桓王，周桓王于是率领陈、蔡、虢、卫四国军队，来讨伐郑国。庄公和大臣祭仲、高渠弥等人配合，率军抵抗，大败周王的联军。庄公的军官射中了周桓王的臂膀，还要继续追击，被郑庄公制止。庄公说："即使是冒犯一般的长辈，尚且要受到谴责，何况是冒犯天子呢？"于是不再追击。当天晚上，庄公还派祭仲前去慰问周恒王，探视伤情。

二十八年，北戎侵略齐国，齐国派人到郑国请求援助，郑国派太子忽率军前去救援。齐国国君感激，想把女儿嫁给忽，忽谢绝说："我们是小国，配不上齐国。"当时，祭仲与太子忽在一起，劝他娶齐国的公主，说："你父亲有很多宠妾，太子您如果得不到大国的援助，就将很难继位。因为，三位公子都可能成为未来的国君。"所谓三位公子，是指太子忽，忽的弟弟突，另外还有一个弟弟。

四十三年，郑庄公去世。庄公在世时，一直宠信祭仲，让他做上卿，还派他去迎娶邓国的美女，后来生了太子忽。所以，庄公去世后，祭仲就拥立太子忽继位，就是昭公。

庄公生前，还有一个宠妾，是宋国雍氏的女儿，生了厉公突，他们都很受宋国国君的宠爱。宋庄公听说祭仲已经拥立了太子忽，就派人以诱骗的办法召来祭仲，逮捕了他，威胁道："如果不立公子突，就杀了你。"同时，也逮捕了公子突，向公子突索要财物。祭仲为了保命，答应了宋国的要求，并与宋国订立了盟约。然后，祭仲带公子突回到郑国，立为郑君。昭公忽听说祭仲受到宋国的要挟，准备拥立他的弟弟突，于是逃往卫国。公子突回到郑国，成了郑君，就是厉公。

厉公时期，祭仲掌握了国家大权。厉公担心祭仲威胁自己的统治，就暗中派祭仲的女婿雍纠去杀掉祭仲。雍纠把这件事告诉了自己的妻子，也就是祭仲的女儿。祭仲的女儿得知这件事后，就去问她的母亲："父亲和丈夫，哪个更亲？"母亲回答说："父亲更亲，因为父亲只有一个，但是所有的男人都可以成为丈夫。"女儿于是就把厉公准备谋杀祭仲的事通知了祭仲，祭仲立刻杀了雍纠，并在集市上暴尸示众。厉公对祭仲无可奈何，只好暗地里怒骂雍纠："他妈的，把这么秘密的事情告诉给妇人，死了活该！"夏天，厉公被祭仲赶出了国都，住到了边城栎邑。祭仲迎接昭公忽回国，代替厉公，重新即位。

诸侯听说厉公被赶出了国度，流亡边城，于是就出兵讨伐郑国，可是，还没有取得胜利就撤离了。宋国给厉公派去很多援兵，守卫栎邑，因为栎邑守兵很多，郑昭公也就不再攻打栎邑。

当初，在昭公还是太子时，父亲庄公就想让高渠弥担任上卿，可是太子忽讨厌高渠弥，不同意。庄公不听太子忽的劝阻，还是让高渠弥做了上卿。等到昭公继位以后，高渠弥怕昭公杀他，就趁着与昭公外出打猎的机会，在野外射死了昭公。昭公死了之后，祭仲和高渠弥都不敢迎接厉公回来复位，于是就改立昭公的小弟公子亹为君，这就是子亹。

子亹元年，齐襄公在首止与诸侯集会。子亹赴会，丞相高渠弥随行，祭仲托病不去。其实，祭仲没有什么病，他之所以不去，是因为子亹与齐襄公有仇。当初，在齐襄公即位之前，子亹曾经和他斗殴，二从此结下仇怨。所以，这次襄公会合诸侯，祭仲请求子亹不要去，而子亹则说："齐国强盛，而且我们的厉公占据着栎邑，如果我不去，齐国就会借机率领诸侯来攻打我们，送厉公复位。我还是去看看，即使受到羞辱也没什么大不了的，总不至于像你说的那样严重！"祭仲还是担心，怕齐襄公把他跟子亹一块杀了，所以称病不去。子亹到了首止，没有主动向齐襄公谢罪，齐襄公很生气，就埋伏军队，杀了子亹。高渠弥逃回国，回来和祭仲商议。然后，两人从陈国召回子亹的弟弟公子婴，立为郑君，这就是郑子。

郑子十二年，祭仲去世。

十四年，逃亡到栎邑的厉公突，派人劫持了郑国的大夫甫瑕，要挟甫瑕协助厉公复位。甫瑕答应了："只要放了我，我就替你杀

死郑子，迎你回来复位。”厉公于是就放了他。六月，甫瑕果然履行诺言，杀了郑子和他的两个儿子，迎接厉公突，厉公突就从栎邑回朝，重新登位。

厉公复位后，谴责他的伯父原说："我被夺去了君位，居住在都城之外，已经好几年了。这几年，伯父从没有想到要迎我回来，也太过分了！"原回答说："侍奉君主，不能存有二心，这是做臣子的职分。我知道自己有罪！"说完就自杀了。

厉公还对甫瑕说："你侍奉国君，存有二心。"然后杀了他。甫瑕死前，悔恨万分："我没有报答当初郑君的恩德，这是我应得的下场！"

厉公复位当年，齐桓公开始称霸诸侯。第五年，燕国、卫国联合周惠王的弟弟颓，一起攻打周惠王，惠王逃亡，惠王的弟弟颓成为周王。六年，周惠王向郑国求援，郑厉公出兵讨伐周王，没有取胜，于是就把周惠王带回郑国，让他住在栎邑。七年春天，郑厉公和虢叔杀掉了周王，护送惠王回国复位。

秋天，厉公去世，儿子文公继位。

文公二十四年，文公的一个叫做燕姞的贱妾，梦见天帝送给她一株兰草，说："我是你的祖先。这株兰草就是你的儿子，兰草有浓郁的香气，你的儿子也会这样。"燕姞把梦告诉了文公，文公很高兴，并且赐给她一株兰草作为纪念。后来，燕姞生了儿子，取名叫做兰。

三十六年，晋公子重耳路过郑国，文公不愿意以礼相待。文公的弟弟叔詹说："重耳有德有才，而且又是我们的同姓，他现在穷困潦倒，流亡在外，来拜访君王，对他不该轻慢。"文公不以为然地说："诸侯流亡的公子，路过这里的不知道有多少，怎么可能都以礼相待呢！"叔詹说："如果你实在不愿以礼相待，那就杀了他，如果不杀他，让他回到晋国，那可是郑国的隐患啊！"文公不听。

三十七年春天，重耳返回晋国，登上君位，就是晋文公。秋天，郑国攻打滑国，滑国不战投降。不久，滑国又反抗郑国，归附卫国，于是郑国再次讨伐滑国。周襄王派使臣伯服出使郑国，替滑国求情。郑文公一直对周惠王心怀怨恨，因为，当初惠王在栎邑流亡的时候，送他回国复位的是文公的父亲厉公，而惠王复位之后，却没有报答厉公，没有赏赐爵位和俸禄；而现在，周襄王又要帮助卫国和滑国，并没有替郑国考虑。因为这些原因，所以郑文公没有理睬周襄王的请求，反而把他的使臣伯服抓了起来。周襄王大怒，联合翟人一起攻打郑国，没有取胜。冬天，翟人反戈，又攻打周襄王，周襄王只好逃到郑国，郑文公把周襄王安置在汜邑。三十八年，晋文公把周襄王迎回了成周。

四十一年，郑国帮楚国讨伐晋国。因为，当初晋文公路过郑国的时候，郑文公没有以礼相待，结下了怨恨，所以，郑国干脆就背叛晋国，帮助楚国。四十三年，晋文公和秦穆公联合起来，讨伐郑国，原因是郑国帮助楚国攻打晋国，还有，就是晋文公路过郑国时，郑国没有以礼相待。

郑文公有三位夫人，曾经有五个宠爱的公子，但是五个公子都因为犯罪早死。文公很失望，就把其他所有的公子都赶跑了。公子兰逃到了晋国，随从晋文公前来围攻郑国。当时，公子兰对待晋文公非常恭敬而周到，很讨晋文公的喜欢。公子兰于是就在晋国暗中活动，想找机会回郑国当太子；晋国也想帮公子兰的忙，准备抓住叔詹，把他杀掉。

郑文公知道这些，很害怕，但又不敢对叔詹说。叔詹从别处听说了这些事情后，就主动对郑文公说："我以前劝过你，可是你偏偏不听我的话，现在晋国果然成了祸患。晋国现在围攻郑国，号称是为了抓住我。如果我的死真的能挽救郑国，那我死也心甘！"说完，叔詹自杀。郑国人马上把叔詹的尸体送给晋国。晋文公说："我一定要见郑君一面，羞辱他以后才愿意撤军。"郑国人对此非常担心，就暗中派人去游说秦国："打夺郑国，只会增强晋国的力量，这并不符合秦国的利益。"秦国军队于是就撤走了。

晋文公想送公子兰回国当太子，并把这个想法告诉了郑国。郑国的大夫石癸说："文公的儿子已经死尽，剩下的庶子都不如公子兰有才有德。现在郑都被晋军团团围住，他们提出要送公子兰回国做太子，这对我们郑国一点坏处也没有啊，还有比这更宽容的条件吗？"于是答应了晋国的要求，与晋国签订了盟约。公子兰被立为太子，然后，晋军撤离。

四十五年，郑文公去世，子兰继位，就是郑穆公。

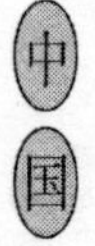
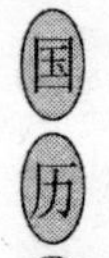
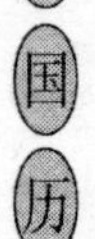

郑穆公元年，秦军来攻打郑国。三年，郑国派兵随晋国一起去讨伐秦国，打败了秦军。

二十一年，郑穆公讨伐宋国，宋国大将华元率军抵抗。华元杀羊犒劳士兵，忽略了替他赶车的羊斟，羊斟没有喝到羊肉汤，很生气，于是在战场上把车赶进了郑国的营房，车上的华元被郑军俘虏。宋国出钱赎买华元，赎金还没有交完，华元已经逃回来了。

二十二年，郑穆公去世，儿子夷继位，就是灵公。

郑灵公元年，楚国送了一只鼋鱼给灵公吃。子家、子公要去朝见灵公，子公的食指突然颤动了一下，子公于是对子家说："我的食指只要一颤动，肯定就有好东西可以吃。不知道今天是不是这样。"等到进入宫殿之后，正好看见灵公在吃鼋鱼羹，子公笑着说："果然如此！"灵公问他为什么发笑，子公就原原本本地告诉了灵公。灵公召子公过来说话，却偏偏忘了给他一点鼋鱼羹吃。子公心里很憋气，就用手指沾了一下鼋鱼羹，尝了尝，然后就退出了宫殿。灵公认为子公的举动对自己不恭敬，很生气，想杀掉子公。子公和子家密谋，决定抢先下手。不久之后，他们杀掉了灵公。

灵公死后，郑国人想拥立灵公的弟弟去疾，去疾推让说："应该拥立贤能的人即位，而我不够贤能，应该按长幼顺序即位，而公子坚比我年龄大。"公子坚，是灵公的庶弟，去疾的哥哥。于是郑国人就拥立公子坚，这就是襄公。

襄公即位后，准备把缪氏全都驱逐出境。缪氏，也就子公的家族，他们杀了灵公。去疾不同意："如果你非要驱逐缪氏家族不可，那我就离开郑国。"襄公这才罢休，并把他们都任命为大夫。

襄公元年，楚国怨恨郑国接受宋国的贿赂而释放华元，发兵前去攻打郑国。郑国于是与楚国对立，跟晋国亲善。五年，楚国再次出兵郑国，晋国前来援救。六年，子家去世，因为是他杀死了灵公，所以郑国人就驱逐了他的整个家族。七年，郑国与晋国结盟。

八年，因为郑国和晋国结盟，所以楚庄王发兵讨伐郑国，包围郑国的都城达三个月之久，郑国献出了都城，向楚国投降。楚庄王从皇门入城，郑襄公赤裸上身，牵着羊去迎接楚庄王，低声下气地说："我没有亲自到边境去迎接您，使君王您怀着恼怒来到我的国都，这是我的罪过。我怎敢不惟命是从呢！君王即使把我流放到江南，即使把郑国的土地都赏赐给其他诸侯，我也没有怨言。如果君王能看在我们先祖的面子上，怜悯我们，不灭绝他们所建立的国家，能给他们的后代子孙一些贫瘠的土地，使我们有机会侍奉君王，那我就感恩戴德啦。"楚庄王听后，命令楚军后撤三十里，安营扎寨。

楚国的群臣不解，问楚庄王："从郢都打到这里，大家都筋疲力尽了。现在总算打下了郑国，却又放弃它，这是为什么呀？"楚庄王说："我们楚国之所以要出兵讨伐，是因为郑国不服从我们。现在它已经服服帖帖，我们的目的达到了，还要怎么样呢？"最后，楚庄王撤兵南返。

这个时候，晋国听说楚国攻打郑国，就发兵来救援。但由于晋国做决定太慢，所以军队来迟了，等晋军到达黄河岸边时，楚军已经解围离开了。晋国的将军想法不一致，有的想渡河追击，有的想班师回朝，最后，还是渡过了黄河去追击。楚庄王听到消息，就回师还击晋军。这时候，郑国也派出了军队，却反而帮助楚国，在黄河上大败晋军。

十年，晋国来讨伐郑国，因为郑国背叛了晋国，亲近楚国。

十一年，楚庄王出兵攻打宋国，宋国向晋国求援。晋景公想发兵，但伯宗劝谏晋君说："上天正在帮助楚国扩张，我们不能违背天意，不能讨伐它。"于是晋国寻找勇士，找到了解扬，命令他去欺骗楚国，让宋国不要投降。解扬出发，故意路过郑国，郑国跟楚国关系好，就逮捕了解扬，押送给楚军。楚庄王用重金贿赂解扬，与他签订盟约，让他假传晋国的意思，叫宋国赶快投降。刚开始，解扬不答应，楚王威胁他好几次，解扬才勉强同意。楚军于是请解扬登上楼车，让他向宋军喊话。可是，解扬违背了与楚庄王的盟约，还是传达了晋景公的命令，喊话说："晋国正在调动全国所有的兵力，马上就来援救宋国。虽然现在情况危急，但千万要挺住，不要向楚军投降，晋国军队今天就要赶到了！"

楚庄王大怒，要砍他的头。解扬说："君王能制定命令，这就是义；臣子能执行命令，这就是信。我受命于自己的国君，出国办事，宁肯死也不能违背君命。"楚庄王说："你也答应过我了，可是却转眼之间就背叛了承诺，你的信在哪里？"解扬说："我之所以答应你，就是想借此来完成我国君王的命令。"

解扬将要被处死时，回头对楚国的军队说："做人臣子的，千万不要忘记尽忠，宁死不悔。"楚庄王的兄弟们大为感动，都劝庄王赦免他。于是解扬得到赦免，被释放回国。晋君很感激解扬的忠心，拜他为上卿。

十八年，襄公去世，儿子悼公继位。

悼公元年，有人在楚王面前说郑悼公的坏话，悼公派自己的弟弟到楚国去申辩。申辩不但毫无结果，悼公的弟弟反而被楚王关了起来。郑悼公为了威胁楚国，就去晋国讲和，和晋国结成友好关系。同时，悼公的弟弟因为与楚国的子反关系很好，子反为他说情，所以楚共王释放了他。

二年，楚国攻打郑国，晋国赶来搭救。同年，悼公去世，弟弟继位，就是成公。

成公三年，楚共王说："当初我放了郑成公，我对他有恩。"便派人来与郑国结盟。成公也很愿意，就暗中与楚国结成盟友关系。秋天，成公去朝拜晋君，晋君知道郑国已经暗中与楚国结盟，便逮捕了成公，然后派栾书去讨伐郑国。

成公四年，郑国害怕晋国来打，公子如就拥立成公的庶兄为君。晋国听说郑国立了新君，就释放成公，让他回国争权。郑国人听说成公又回来了，就杀掉新君，迎接成公复位。

十年，郑国背弃了与晋国签订的盟约，与楚国正式结盟。晋厉公大怒，出兵攻打郑国。楚共王听说，马上发兵援救郑国。晋军和楚军在鄢陵交战，楚军战败，楚共王的眼睛被晋军射伤，罢兵离去。十三年，晋悼公讨伐郑国，郑国据城坚守，晋军久攻不下，只好撤走。十四年，成公去世，儿子继位，这就是釐公。

良相子产

郑釐公五年，郑国丞相子驷来拜见釐公，受到了釐公的怠慢。子驷生气，就偷偷让厨师用药毒死釐公，然后派人给诸侯各国送去讣告说："釐公暴病，已经去世。"同时，拥立釐公五岁的儿子嘉，就是简公。

简公元年，众公子在一起密谋，想除掉丞相子驷。子驷发觉，反而杀掉了所有公子。

二年，晋国前来攻打郑国，郑国屈服，与晋国签订了和约，晋军撤走。冬天，郑国又跟楚国结盟。当时，郑国实际上是丞相子驷当权，子驷害怕自己的地位不稳固，害怕有朝一日被诛杀，所以和晋国、楚国都亲近。

一年后，子驷认为时机成熟了，就想自立为郑君。这件事被公子子孔发觉了，就派人杀掉了子驷，由自己来担任丞相。不久，子孔也想自立为国君，子产进谏说："子驷这样做行不通，被你杀掉了；现在你又效法他，这样下去，郑国肯定会一直动乱下去。"子孔听从了子产的话，打消了自立为国君的念头，仍旧做简公的丞相。

四年，晋君因为怨恨郑国与楚国结盟，所以出兵攻打郑国。郑国害怕得罪晋国，于是又和晋国结盟。楚共王不知道双方已经和解，所以就发兵援救郑国，打败了晋军。简公想为此向晋国道歉，楚国不许，于是就囚禁了郑国的使臣。

十二年，简公对丞相子孔独揽国家大权很愤恨，杀掉了他，改任子产为卿。还准备封给子产六个城邑，子产再三推让，最后只接受了三个城邑。

二十二年，吴国的使臣延陵季子来到郑国，见到了子产，非常亲密，像老朋友相会一样。延陵季子对子产说："郑国的当权者

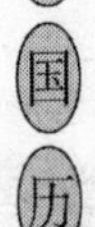
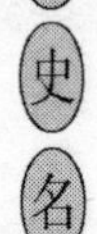

生活奢侈，不加节制，这样下去，肯定会大难临头。执政的重任只能落到你的身上。你如果执掌政权，一定要按礼法行事，否则郑国肯定会灭亡。”子产诚恳地接受意见，非常恭敬地接待季子。

二十三年，众公子争宠，互相残杀，还有人想诛杀子产。有的公子坚持说：“子产是志士仁人，郑国之所以还没有衰败，全靠子产，子产杀不得！”这样，子产才逃过一劫。

二十五年，郑国派子产出使晋国，去慰问晋平公的病情。平公问子产：“占卜说，我的病是因为实沈和台骀在作祟，史官不知道他们是什么来头，请问他们是什么神？”

子产回答：

高辛氏有两个儿子，大儿子名叫阏伯，小儿子名叫实沈，都住在大森林里。两个人互不相容，每天都干戈相见，打个没完。帝尧认为他们都不是好东西，就把阏伯迁到商丘，主持祭祀辰星，后

代的商族人继承了这个职务，所以，辰星又可以称为商星；实沈被迁到了大夏，主持祭祀参星，后来的唐国人继承了这个职务，服事夏朝、商朝，唐的末世君王名叫唐叔虞。当初，周武王的夫人邑姜怀了太叔时，曾经梦见天帝对自己说：'我给你儿子起名叫作虞，可以把唐国封给他，让他在那里祭祀参星，并在那里繁衍后代子孙。'等到太叔生下来的时候，掌心里有个'虞'字，于是周武王就给他起名叫作虞。后来，周成王灭掉了唐国，就按照天帝的旨意，把唐国封给了太叔。而这个唐国，就是后来的晋国；所以，参星也称为晋星。由此可见，所谓实沈，实际上就是指参星神。至于台骀，有另外的来源。从前，金天氏有个后代叫昧，管理水渠，他生有允格和台骀两个儿子。台骀继承了父亲的官职，负责疏导汾水和洮水，围堵大的湖泽，居住在太原。他的功劳得到了颛顼帝的嘉奖，颛顼帝让他在汾水流域建国。由此可见，所谓台骀，是指汾水和洮水的神。上面所说的这两位神灵，其实都不会危及你的身体。对于河神，遇到有水旱灾害的时候，祭祀他们，可以祈求免灾；对于日月星辰神，遇到风霜雨雪不合时令的时候，祭祀他们，可以祈求调整。至于你的疾病，是由于饮食、情绪、还有女色不当造成的，与这两位神灵没有多大关系。

晋平公和叔向都赞叹不已："先生真是博学多闻的君子！"晋平公很感激，用丰厚的礼物报答子产。

二十七年夏天，郑简公朝见晋君。到了冬天，简公害怕强大的楚国，又去朝见楚君。二十八年，郑简公生病，派子产去与诸侯相会，和楚灵王在申地签订了盟约。三十六年，简公去世，儿子定公宁继位。秋天，定公朝见了晋阳公。

定公元年，楚国公子弃疾杀了楚灵王，夺得王位，就是平王。平王想通过德行来收买诸侯，就把灵王侵占的郑国土地归还给了郑国。

八年，楚国太子建来投奔郑国。十年，太子建和晋国合谋，来偷袭郑国。郑国杀掉了太子建，建的儿子胜逃亡到了吴国。

十一年，定公出使晋国，与晋君合谋，出兵杀死了周朝作乱的臣子，把周敬王送回了成周。

十三年，定公去世，儿子献公继位。献公在位十三年去世，儿子声公继位。在这段时期，晋国的六卿非常强大，侵夺了郑国的很多领土，郑国于是就衰弱了。

郑声公五年，丞相子产去世，郑国人都痛哭流涕，悲痛得像自己的亲人去世一样。子产，是郑成公的小儿子。他仁慈厚道，侍奉君王忠诚可信。孔子曾经路过郑国，与子产亲如兄弟。子产去世的消息传到孔子那里，孔子为他悲泣说："子产，多么像是从古代遗留下来的仁爱之人啊，现在这种人越来越少了！"

八年，晋国的范氏、中行氏谋反，攻打晋君，晋君向郑国求救，郑国立刻出兵援救。晋国于是派兵讨伐郑国，打败了郑军。三十六年，晋国又讨伐郑国，攻占了九座城邑。

三十七年，声公去世，儿子哀公继位。八年后，郑国人杀掉了哀公，拥立声公的弟弟，就是共公。三十一年后，共公去世，儿子幽公继位。

幽公之后，郑国几次变换君主，国力越来越微弱。到了郑君乙的时代，郑国国内有反叛，国外有韩国等诸侯虎视眈眈。后来，韩哀侯灭掉了郑国，占领了郑国的全部领土，郑国灭亡了。

第二十四章

赵世家

中国历史名著文库

赵氏孤儿

赵国的祖先，与秦国的祖先是同一个人。到了后代中衍的时候，曾为商朝的大戊帝赶车。中衍的后代蜚廉留下了两个儿子。一个儿子名叫恶来，他侍奉殷纣王，后来周武王灭了殷纣王，恶来也被周人杀死，他留下的后代姓嬴，就是秦国。恶来的弟弟名叫季胜，季胜的后代就是赵国人。

季胜的儿子是孟增，也就是宅皋狼。他生了衡父，衡父生了造父。造父深受周穆王的宠信。造父曾经精选了八匹骏马，再加上盗骊、骅骝、绿耳等良马，一起进献给穆王。穆王让良马拉车，让造父驾御，一起到西方巡见各位诸侯。在西方，穆王见到了西王母，高兴得不想回朝了。徐偃王趁此机会，发动了叛乱，穆王听说，驾良马日行千里，突然攻击徐偃王，彻底消灭了他。这件事，造父立下大功，穆王把赵城赏赐给他，从此以后，造父后代就开始姓赵。

造父往下六代，是奄父。奄父字公仲，周宣王讨伐戎族的时候，他给宣王赶车。在千亩战役中，由于奄父机智，使宣王脱离险境，立了大功。奄父的儿子是叔带。叔带在世的时候，周幽王荒淫无道，于是他就离开了周幽王，到了晋国，侍奉晋文侯，开始在晋国建立赵氏基业。

从叔带开始，赵氏家族日渐巩固强大。五代之后，到了赵夙的时候，赵氏家族已经很兴盛了。

赵夙，在晋献公的时候曾是将军，奉命讨伐霍国，霍国战败，霍公逃亡到了齐国。那一年，晋国大旱，晋献公请人占卜，卜辞说："是霍太山的神灵在作怪。"献公于是就派赵夙出使齐国，召回了霍公，叫他恢复霍国，主持霍太山的祭祀。之后，晋国果然不再干旱，而且获得了丰收。赵夙在这件事上有功，所以，晋献公把原来耿国的土地赏赐给了赵夙。

赵夙的儿子是共孟，共孟的儿子是赵衰，赵衰字子馀。

赵衰不知道该辅佐谁，就去占卜。结果，卜辞说，侍奉晋献公和诸位公子，都不吉利；只有侍奉公子重耳，吉利。于是就去侍奉重耳。重耳因为骊姬的叛乱，逃亡到了翟国，赵衰随从前往，一起住在翟国。当时，翟国讨伐别国，俘获了两位女子，翟君把年少的女子嫁给重耳，把年长的嫁给赵衰，生了儿子赵盾。当初，赵衰在随重耳逃亡之前，还住在晋国的时候，已经有了妻子，而且已经生了儿子赵同、赵括、赵婴齐。

赵衰随从重耳出国流亡，一共十九年，才返回晋国。重耳做了晋文公，赵衰做原大夫，居住在原地，执掌国家大权。晋文公之所以能够回国并且称霸，赵衰功不可没。

赵衰回到晋国后，在晋国娶的原配夫人很高兴，而且坚决要求他把在翟国的妻子接过来。不仅如此，还让翟妻的儿子赵盾做继承人，自己的三个儿子都侍奉他。

晋襄公六年，赵衰去世，谥号成季。

赵盾代替成季执掌国政才两年，晋襄公去世。当时，国家多事，襄公的太子夷皋年纪还小，所以，赵盾想拥立襄公的弟弟雍。雍当时在秦国，于是赵盾就派使臣去迎接他。太子的母亲日夜哭泣，叩头企求赵盾："先君难道有什么罪过吗？为什么要抛弃他的嫡子，却要立别人为国君呢？"这件事很让赵盾伤脑筋，担心太子母亲的家族和宗室大臣会杀了他，于是只好让太子继位，这就是灵公。赵盾一方面拥立太子为君，另一方面派出军队，去截击到秦国迎接襄公弟弟的人。

灵公即位之后，赵盾独揽了国家大权。

灵公在位十四年，越来越骄奢淫逸，肆无忌惮。赵盾多次劝谏，灵公置若罔闻。有一次，灵公吃熊掌，因为熊掌没有熟透，就杀了厨师，让人把尸体抬出宫外扔掉。正巧，这件事被赵盾发现了。灵公心里害怕，想杀掉赵盾。情况危急，好在赵盾一向富有爱心，以前曾经救助过一个饿汉，这个时候，这个饿汉出现，奋不顾身地救助赵盾，赵盾才得以脱逃。赵盾还没等逃出国境，赵穿就杀掉了灵公，拥立襄公的弟弟黑臀，就是成公。赵盾又回到国都，重新执掌国家大政。

晋景公的时候，赵盾去世，谥号为宣孟。儿子赵朔继承了爵位。

当年，赵盾还在世的时候，曾梦见祖辈叔带扶着腰痛哭，悲哀之极，可是，一会儿又放声大笑，还拍手唱歌。赵盾醒来，马上去占卜梦的吉凶，龟甲上呈现出先断后续的征兆。占卜的人解释说："这个梦很凶。不过，灾祸不是发生在你身上，而是在你儿子身上，但也是因为你的过错带来的。到了你的孙子，赵氏家族会更加衰弱。"

晋景公三年，大夫屠岸贾想锄掉赵氏家族。屠岸贾，是原先灵公时代的宠臣，到了景公的时候，他当上了司寇，就开始追究诛杀灵公的罪犯，株连到了赵盾。屠岸贾对众臣说："赵盾虽然不知情，但灵公被杀，是他的过失造成的，他仍然是罪魁祸首。身为臣子，却杀了国君，这样的人，他的子孙却在朝廷当官，这样下去，还怎么惩治罪犯呢？请各位一起诛杀赵氏。"另外一位大臣韩厥不同意："灵公被害时，赵盾在外面，我们的先君认为他没有罪，所以才没有杀他。现在诸位要杀他的后代，恐怕算是违反先君的意愿。如果违反先君的意愿，胡乱诛杀大臣，那就是作乱；而且，臣子做这么大的事情，却不让国君知道，就是无视国君的存在。"

屠岸贾不听，还是准备杀掉赵盾的后代。韩厥把情况告诉了赵朔，让他快逃。赵朔不肯，交代韩厥说："你一定要帮我的忙，不能让赵氏断了香火，这样，我死也瞑目了。"韩厥答应了他的请求，然后谎称有病，不再出门。

屠岸贾没有请示国君，就擅自与将领们在下宫袭击赵氏，杀死了赵朔、赵同、赵括、赵婴齐，并灭了他们整个家族。

赵朔的妻子是成公的姐姐，怀有赵家的遗腹子，她逃到景公的宫里，藏了起来。赵朔有个门客叫公孙杵臼，公孙杵臼问赵朔的朋友程婴："你为什么没有死？"程婴答："赵朔的妻子有个遗腹子，如果幸运，是个男孩，那我就侍奉他；如果是女孩，我就慢慢老去吧。”不久，赵朔的妻子生了个男孩。屠岸贾听到消息，急忙赶到宫里搜索。赵朔夫人把婴儿藏在裤裆里，祷告说：“如果赵氏宗族应该灭绝的话，你就哭；如果不该灭绝，就别出声。”等到搜索时，婴儿竟然没有出声。

脱险之后，程婴问公孙杵臼：“这次没有搜到，以后他们肯定还会再来，怎么办？”

公孙杵臼问：“扶立孤儿，让他日后能继承祖业，与死相比，哪个更难？”

程婴说：“死容易，扶立孤儿太难啦！”

公孙杵臼说：“赵氏先君对你有恩，你就勉强承担难的吧！我做容易的，让我先死。”

于是，二人想方设法找来另外一个婴儿，给他披上华丽的襁褓，藏到了山里。然后，程婴出来，故意对屠岸贾手下的将军们说：“我程婴没出息，没有能力扶立赵氏孤儿。谁给我千金，我就告诉他赵氏孤儿藏在什么地方。”将军们很高兴，答应了他，然后派兵跟随程婴，去攻打公孙杵臼。公孙杵臼假装怨恨地说：“小人呀，程婴！当初，你我共谋藏匿赵氏孤儿，如今你却出卖我！你即使不愿意和我共同扶立赵氏孤儿，那么你退出就罢了，你怎么忍心出卖他呢？”说完，公孙杵臼抱着婴儿大呼道：“苍天哪！苍天！赵氏孤儿有什么罪过？请让他活下来，只杀我好了。”将军们不答应，杀了杵臼和孤儿。将军们以为赵氏孤儿真的已经除掉，都很高兴。实际上，真正的赵氏孤儿还活着，程婴带着他一起躲到了深山里。

十五年过去了。

晋景公患病，请人占卜。占卜的人说，有一个大家族，因为断绝了香火，所以它的神灵在作祟。景公向韩厥咨询，韩厥知道赵氏孤儿仍然活着，就说：“晋国断绝香火的大家族，只有赵氏，卜辞说的是赵氏吧？赵氏历史很久，自从中衍以来，子孙都姓嬴。中衍人面鸟嘴，辅佐殷代大戊帝，他的子孙辅佐周天子，都立下了功德。直到周幽王、周厉王荒淫无道，叔带才离开周王，来到晋国，侍奉先君文侯，一直到成公。他们世世代代都建立功勋，从未断绝过祭祀。而现在，在您执政的时候，偏偏灭绝了赵氏宗族。全国的百姓都为赵氏家族感到悲哀。正因为这样，所以才显现在龟策上。希望国君能考虑一下这件事。”

景公问道：“赵家现在还有后代吗？”韩厥于是就把真实情况和盘托出。景公就和韩厥商议，准备扶立赵氏孤儿，并把他召来，先藏在了宫里。将军们入宫问候景公病情的时候，景公就让韩厥安排士兵，胁迫将军们拜见赵氏孤儿。将军们迫不得已，只好说：“下宫事变，是屠岸贾干的，是他假传圣旨，命令群臣。否则，我们怎么敢那样做？要不是国君您身体不好，不便烦扰，我们早就想请求您扶立赵氏的后代。如今国君有令，正合我们的心愿啊！”于是，景公召来赵氏孤儿赵武，还有程婴，一起来拜谢各位将军。之后，将军们反过来和程婴、赵武攻打屠岸贾，灭了他的宗族。景公重新把原来赵氏的封地赐给了赵武。

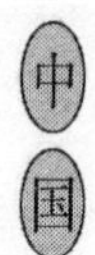
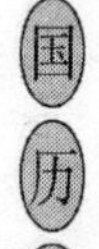

五年之后，赵武二十岁，已经成年，程婴就向各位大夫辞别，对赵武说："以前下宫事变，大家都已殉难。我并不贪生怕死，我之所以活下来，是为了扶立赵氏的后代。如今，你已经长大成人，延续了赵氏的香火，恢复了赵氏过去的爵位，我也该到九泉之下去了，去向你爷爷和公孙杵臼报告现在的好消息。"

赵武痛哭流涕，叩头请求程婴留下，说："我愿意以一生来报答您的恩德，难道您忍心丢下我去死吗？"程婴说："我非走不可。公孙杵臼认为我能办成大事，所以比我先走一步，我如果还不去回报，他会误以为我的事还没办成。"说完，就自杀了。赵武为他守丧三年，并为他设置专供祭祀之用的封地，每年春秋两季祭祀，世代不绝。

赵武复位十一年，晋厉公杀掉了他的三个大夫。大臣栾书怕牵连到自己，就杀死了厉公，另立襄公的曾孙周，这就是悼公。从此，晋国的大夫势力越来越大。

晋平公即位之后，赵武升任正卿，赵氏越来越强大。十三年，吴国的延陵季子出使晋国，曾说："晋国的政权，最终会落在赵武子、韩宣子和魏献子的后代手中。"

赵武去世，谥号为文子。文子生了景叔。景叔生了赵鞅，就是简子。

赵简子叛乱

赵简子在位时期，曾经率领晋军会合诸侯，戍守周朝的边境，还曾经护送周敬王回到成周，为周室立下了功劳。

有一次，赵简子生病，整整五天不省人事，大臣们都很担忧。名医扁鹊来给他诊断，说："简公血脉畅通，用不着大惊小怪。从前，秦穆公也曾经这样，过了七天才苏醒，苏醒之后，告诉公孙支和子舆说：'我到天帝那里去了，很快乐。我之所以在那里逗留那么久，是因为刚好碰天帝教育我。天帝告诉我说：晋国将要发生大乱，接连五代都不会安宁；晋公的后代将会称霸于诸侯，但霸主没有一个能够寿终正寝；霸主的儿子会使你们国家的男女关系很混乱。’公孙支把这些话记录起来。后来，世道果然如天帝所说，献公时的变乱，文公的称霸，还有襄公在殽山打败秦军，回去之后就开始放纵淫乱，这些事情你都听说过。现在简公的病和秦穆公的病一样，不出两天，一定痊愈，痊愈之后，一定有话要说。”

过了两天半，简子苏醒了。他告诉大家说：“我到天帝那里去了一趟，玩得很愉快，和众神一起在天庭的中央游览，仙乐飘飘，众神翩翩起舞，千姿百态，有一只熊要来抓我，天帝叫我射它，我射中了熊，把它射死了。又有一只罴扑过来，我又射中罴，罴也死了。天帝非常高兴，赏赐给我两个竹箱子，而且还都有备用的。我见一个小孩在天帝身旁。天帝托付给我一只翟犬，说：‘等你儿子长大了，把这只翟犬赐给他。’天帝还告诉我：‘晋国将一代比一代衰弱，再传七代，就会灭亡。嬴姓族人将大败周人，但不会取而代之。现在我很思念虞舜的丰功伟业，到时候，我准备把他的嫡女孟姚嫁给你的七世玄孙。’”史官把这些话都记录并收藏起来。然后，他把扁鹊说的话告诉了简子，简子赏了四万亩田地给扁鹊。

一天，简子外出，有个人前来挡道，赶也赶不走，随从很生气，拔刀要杀他。挡道人说：“我不是无理取闹，是有事要面见主君。”随从禀告了简子。简子马上召见，一见面就说：“哎呀！我见过你，很面熟。”挡道人说：“让随从们离开，我有话要单独跟你说。”

随从离开后，挡道人说：“你生病时，我正在天帝身边。”简子说：“对，有这么回事。你看见我时，我正在干什么？”挡道人说：“天帝让你射杀熊和罴，都射死了。”简子说：“对，是这样。这意味着什么呢？”挡道人说：“意味着晋国将有灾难，你首当其冲。天帝想帮你，所以叫你灭掉二卿，熊和罴就是他们的祖先。”简子问：“天帝还赐给我两个竹箱子，而且还都有备用的，这是什么意思呢？”挡道人说：“这是说，你的儿子将在翟地打败两个国家。”简子又问：“我看见一个小孩在天帝身旁，天帝送给我一只翟犬，说：‘等你儿子长大成人之后，就把这只翟犬赐给他。’为什么要把翟犬赐给小孩呢？”挡道人答：“那个小孩，是你儿子；而翟犬呢，是代国的祖先。你的儿子将来会占有代地。你的后代，将要改革政治，提倡全国人穿胡人的服装，并且要在翟地吞并两个国家。”

简子询问挡道人的姓名，并且请他做官。挡道人说：“我是个粗人，只是来传达一下天帝的旨意而已。”说完就不见了。简子把这些话都记录下来，收藏在秘府里。

还有一天，子卿来拜见简子，简子把他的儿子都叫来，让子卿看相。子卿说：“他们都当不了将军。”简子说：“那么，赵氏会灭亡吗？”子卿说：“我曾在路上看见一个孩子，他是你的儿子

吧？”简子闻言，立刻召来儿子毋恤。毋恤一到，子卿就起身说：“这才是真正的将军啊！”

简子不相信：“这个孩子的母亲地位低贱，只是个翟人的婢女，凭什么说他能尊贵呢？”子卿回答说：“因为这是上天赐予的，所以，虽然现在低贱，但日后必定尊贵。”从此以后，简子每次召见儿子们谈话，都会注意到毋恤最聪明。有一次，简子告诉儿子们说：“我把宝符藏在常山上，看谁先找到，有奖！”儿子们马上登山寻宝，到处寻找，却一无所获。毋恤回来之后，对简子说：“我找到了。”简子说：“递上来。”毋恤说：“从常山上攻伐代国，可以占领代国。”简子感叹，知道毋恤果然贤能，于是就废了太子伯鲁，改立毋恤为太子。

晋定公十四年，范氏、中行氏叛乱。一年后，简子跟邯郸大夫赵午说：“请把卫国进贡来的五百户士民还给我，我准备把他们安置在晋阳。”赵午答应了。可是，赵午的父兄不同意，于是赵午就违背了诺言。简子把赵午抓了起来，囚禁在晋阳，并告诉邯郸人说：“我准备杀了赵午，各位想拥立谁来继位？”不久，杀了赵午。赵午的儿子赵稷，还有家臣涉宾，调动了整个邯郸的力量，起来叛乱。晋定公于是派兵围攻邯郸。荀寅、范吉射和赵午是亲戚，所以，不但不帮助平叛，反而暗中参与谋划叛乱，大臣董安于知道这件事，但没有制止。十月，范吉射、中行寅讨伐赵简子，赵简子逃到了晋阳。

不久，晋定公派人包围了晋阳。大臣荀栎对晋定公说：“最先叛乱的人，应该处死。现在范吉射、荀寅、赵简子三位大臣最先叛乱，而只驱逐赵鞅一个人，这样处罚他们不公平。应该把他们都驱逐。”十一月，晋定公派人率军讨伐范氏、中行氏，没有如愿。范氏、中行氏反攻，定公还击，范氏、中行氏战败逃走，逃到了朝歌。

这时候，韩氏和魏氏替赵简子向定公求情，于是赵简子得以重回绛城，在定公宫中签订了和约。

第二年，知伯文子对赵简子说：“范氏、中行氏虽然确实作乱，但这是董安于挑起的，董安于也参与了谋划。晋国有法，最先叛乱的人应该处死。现在，范氏、中行氏两人都已经治罪，可是董安于还在逍遥法外。”赵简子对此很忧虑。董安于知道后，说：“我死了，赵氏就可以平安，晋国也能长治久安，看来，我早该死了！”于是自杀。

赵简子把这件事告诉了知伯，然后赵氏才放下心来。

三家分晋

赵简子有个大臣，名叫周舍，性格耿直，喜欢直言劝谏。周舍死后，简子上朝听政，常常心情不快，臣子们不知道自己错在哪里，就向简子请罪。简子说：“你们没有罪。我听说，一千张羊皮，也不如一块狐腋皮。诸位大夫上朝来，我只听到唯唯诺诺的恭惟声，听不到周舍的争辩声，我就是为这事而忧虑。”

晋定公十八年，赵简子围攻范氏、中行氏，中行文子、范昭子逃亡到了邯郸。三年后，赵简子攻占邯郸，中行文子和范昭子又逃亡到柏人。赵简子又围攻柏人，中行文子和范昭子只好又逃亡到齐国。赵氏于是占有了邯郸和柏人。范氏、中行氏的其他城邑归入了晋国公室。赵简子名义上还是晋国的卿，但实际上独揽晋国政权，所占有的封地与诸侯相等。

三十七年，晋定公去世，出公即位。

出公十一年，晋国准备攻打郑国。当时，赵简子生病，就让知伯和太子毋恤一起率军出征。在军队里，知伯喝醉了，拿酒灌毋恤喝，还打他。毋恤的大臣们要求杀了知伯，可是毋恤说：“主君之所以立我为继承人，就是因为我能忍辱负重。”但是实际上，他在心底里也怨恨知伯。回国后，知伯恶人先告状，要求简子废黜毋恤，简子不同意。从此以后，毋恤更加怨恨知伯。

晋出公十七年，赵简子去世，太子毋恤继位，就是襄子。

安葬了简子之后，襄子连丧服都没来得及脱掉，就北登夏屋山，邀请代王赴宴。在宴会上，襄子让厨师用铜器装上食物，送给代王和他的随从。斟酒的时候，命人用铜器砸死了代王及其随从。随后，发兵占领代地。襄子的姐姐是代王的夫人，她听到了这件事，伤心之极，悲痛难耐，于是把头发上的簪子磨尖，用簪子自杀了。代国人可怜她，把她死去的地方取名叫做磨笄山。襄子占领了代地之后，把代地封给了伯鲁的儿子周，称为代成君。伯鲁，是襄子的哥哥，原来的太子。太子死得早，只好封他的儿子。

襄子四年，知伯和赵、韩、魏三家合谋，把范氏、中行氏原来的封地全都瓜分了。晋出公非常生气，准备依靠齐、鲁两国来讨伐四卿。四卿恐慌，联合起来，抢先攻打出公。出公逃亡齐国，死在了路上。知伯于是就拥立昭公的曾孙骄，是晋懿公。知伯多次取得胜利，更加骄横无理，向韩、魏要求割地，韩、魏都给了他。又向赵提出割地要求，赵坚决不给，因为当初赵襄子围攻郑国的时候，知伯曾经侮辱过他。赵襄子不给地，知伯很生气，就率领韩、魏前来攻打。赵襄子撤退，逃往晋阳坚守。

在逃亡的过程中，大臣原过跟随襄子，落在了后边。在王泽地区，原过看见了三个人，三个人不同于一般人，只有腰带以上可以看见，腰带以下却看不见。这三个人给了原过两节竹子，竹子里面有东西，但被竹节封藏着，他们说："请替我们把它交给赵毋恤。"原过到了晋阳之后，把这件事告诉了襄子。襄子斋戒两天，亲自剖开了竹子，看见里面有红字，写着："赵毋恤，我们是霍泰山山阳侯的使者。三月丙戌日，我们可以帮你反守为攻，让你消灭知氏。你要在百邑建庙祭祀我们，我们会把林胡的土地赐给你。你的后代子孙里面，将会出现强大的王，他面色红而发黑，龙脸鸟嘴，头发、眉毛和胡子都非常茂密，肩宽体阔，下身修长，上体壮实，衣襟向左开，披甲骑马，占有广大的土地，一直到远方的蛮荒之地，向南，会占领晋国的其他城邑，向北，会消灭黑姑。"襄子读了，拜谢不止，领受了三神的命令。

三国围攻晋阳，围了整整一年多，还是无法攻克，于是就引来汾水灌城，全城被水淹没，没有被水浸泡的只剩下了一点点。城里人只好把锅挂起来煮饭，没有粮食，就互相交换子女杀了吃。在这种危难的情况下，襄子的群臣越来越各自为政，对襄公也越来越怠慢，只有高共没有对襄子失礼。襄子恐慌了，就派丞相张孟同趁着夜色出城，偷偷联系韩、魏。三月丙戌日，韩、魏、赵三国合谋，灭掉了知氏，一起瓜分了他的土地。胜利之后，襄子论功行赏，高共位居头等。张孟同不高兴地说："晋阳最危难的时候，只有高共没有立功。"襄子说："晋阳处境最危险的时候，群臣都对我懈怠无礼，只有高共不违背作为人臣的礼节，我就因为这个赏赐他。"

这个时候，赵氏土地广阔，北边占有代地，南边兼并了知氏，比韩、魏两国强大。稳定之后，襄子在一百个城邑给三神建庙，派原过主持霍泰山的祭祀。

襄子有五个儿子。因为哥哥伯鲁没能继位，所以襄子不肯立自己的儿子，而是准备传位给伯鲁的儿子代成君。代成君死的早，襄子就把代成君的儿子浣立为太子。襄子在位三十三年后去世，浣继位，就是献侯。

献侯当时年纪还小。襄子的弟弟桓子见有机可乘，就赶走了献侯，自己即位，可是只在位一年，就去世了。赵国人认为，桓子即位违背了襄子的遗愿，于是就杀死了桓子的儿子，又重新迎立献侯。

十五年，献侯去世，儿子烈侯继位。

烈侯爱好音乐，想赏赐从外国来的歌手。烈侯几次询问相国公仲："我很喜爱某个人，想让他尊贵，这样合适吗？"公仲回答说："使他富裕可以，但是尊贵不可以。"烈侯说："你说的对。从邻国来了两个歌手，一个叫枪，一个叫石，很不错，我想赐给他们田地，每人一万亩。"公仲说："好吧。"可是，公仲说完之后，并没有分给二人田地。一个月后，烈侯从代地回国，询问给歌手田地的事。公仲解释说："正在寻找合适的田地，但是还没有找到。"不久，烈侯又问。公仲始终不愿分田地给歌手，又怕烈侯问，就装病不上朝。

这时候，番吾君从代地回来，问公仲："你确实喜欢推行德政，但是却不懂得怎么做。你做赵的相国，已经四年了，这四年，你推举过贤才吗？”公仲说：“没有。”番吾君说：“牛畜、荀欣、徐越都值得推荐。”公仲于是就向烈侯推举了这三个人。

上朝时，烈侯又问公仲：“给歌手田地的事，办得怎么样了？”公仲拖延说：“正在派人挑选最好的田地呢！”当天，牛畜侍奉烈侯左右，建议他推行仁义，用王道约束自己，烈侯欣然同意。第二天，荀欣侍奉烈侯，建议他选拔贤才，起用能人。第三天，徐越侍奉烈侯，建议他处处节俭。三个人所说的话，都是晓之以理，动之以情，很有说服力。烈侯很高兴，派人告诉公仲说：“给歌手的田地不要找了，到此为止。”之后，烈侯任命牛畜为师，荀欣为中尉，徐越为内史，赏给相国公仲两套衣服。

很多年过去了，诸侯之间互相征战，各有胜负，动荡不安。转眼，到了赵武灵王时期。

武灵王元年，阳文君赵豹出任相国。当时，武灵王年少，无

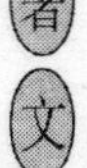

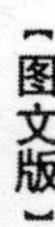

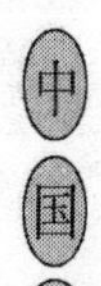

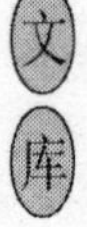

法亲自处理政事，只好由见多识广的老臣们辅佐，代理朝政。等到他能亲自处理朝政的时候，他总是要先向老臣肥义请教，还提高了他的俸禄；同时，国内的几个老臣，凡是年满八十岁的，每月都赠送礼物。

武灵王八年，韩国、秦国、齐国、魏国等大国，都开始自称为王，彼此之间也互相称王。

只有赵武灵王不这样做，他说："既然没有帝王的实质，又何必徒有虚名呢？"并且下令全国，要人称他为君，不许称王。

九年，赵国与韩、魏联合，去攻打秦国。秦军打败了联军，斩首八万。同年，齐军在观泽打败了赵军。十年，秦国夺取了赵国的中都和西阳两城。当时，燕国的丞相子之当上了国君，而原来的燕君反而成了臣子。武灵王趁此机会，到韩国迎接燕太子，立为燕王，然后派兵护送他回燕国。十三年，秦军攻占赵国的蔺地，俘虏了将军赵庄。

十六年，武灵王游览大陵。有一天，武灵王梦见一个年轻女子弹琴唱歌："美人啊，美人！光彩照人！容颜如玉啊，比春花更鲜艳！命呀！命呀！可惜无人知我嬴女的芳名！"武灵王醒后，对这个梦印象很深。有一天，武灵王饮酒到了兴头上，就谈起了这个梦，说很想见到梦中的女子。吴广听说了，就通过关系，把自己的女儿娃嬴送进宫中，这就是孟姚。孟姚很受武灵王的宠爱，她就是惠后。

十八年，秦武王与别人比力气，举大鼎，摔断了腿，后来病重，死掉了。赵武灵王派赵固到燕国迎接秦公子稷，送回秦国，立为秦王，就是秦昭王。

赵武灵王胡服骑射

十九年春天，武灵王召见老臣肥义，与他探讨天下大事，谈

了五天才谈完。之后，武灵王向北夺取了中山国的土地，一直打到了房子县，然后又进攻代地，向北到达无穷地区；向西，则到达了黄河，登上了黄华山顶。

武灵王踌躇满志，召见大臣楼缓谋划道："当初，我的先王趁着世道的变迁，统治了南方，还修筑长城，夺取了大片土地，打败了林胡。但是，这还不能算是大功告成。如今，中山国插在我国的腹心部位，北边有燕国，东边有东胡，西边有林胡、楼烦、秦、韩等等，可是，我们却没有强大的兵力，这样下去，会亡国的。我该怎么办呢？要想成就非凡的功名，应该有抛弃成规俗见的勇气。我准备改穿胡人的服装！"楼缓同意武灵王的想法，但群臣都不愿意。

当时，肥义侍坐在武灵王旁边。武灵王说："简子、襄子两位先人，之所以能成就功业，就在于能从胡人、翟人那里获得利益。如今，我想继承两位先人的业绩，但是，我只怕找不到能支持我的贤臣。我要改穿胡服，是为了增强自己，削弱敌人，达到事半功倍的效果，这样，就可以既不耗尽百姓的劳力，又可以继续简、襄的功业。一般说来，要成就高于世人的功业，就必须敢于抛弃陋俗；智慧独特、谋略出众的人，往往要遭受群臣和百姓的怨恨。如今，我想教百姓改穿胡服，练习骑射，但凡夫俗子肯定会议论纷纷，我该怎么办呢？"

肥义说："遇事犹豫不决，就不会成功。君王既然已经决定，准备承担俗人的谴责，那就用不着顾虑天下人的议论了。追求最高道德的人，不会附和世俗的观点；成就大业的人，也不会与凡夫俗子商议。古时候，虞舜在苗人中跳舞，夏禹光膀子进入裸国，他们并不是为了满足一时的娱乐，而是为了便于成功。愚蠢的人，即使在事成之后，还不明白事情的真谛；可是，聪明的人在事成之以前，就可以明察秋毫。君王何必再犹豫呢？"

武灵王说："必须改穿胡服，这我并不犹豫，但我有点担心天下人讥笑我。穿胡服的功效，肯定是不可估量的。即使世上的人都来讥笑我，我也要改穿胡服。我一定得占有胡地和中山国！"于是就以身作则，首先改穿胡服。

武灵王穿上胡服之后，派人告诉公子成："我已经穿上了胡服，准备这样朝见群臣，也希望叔父您穿上它。在家听从父母，在朝官听从国君，这是古今一致的行为准则。儿女不准反对父母，臣子不准背叛君王，这是古今通用的道理。现在我发布命令改变服装，如果叔父不穿，天下人就会议论纷纷。治理国家有常规，都要以有利于百姓为根本；从事政治有原则，以命令能推行为关键。实行德政，首先要让平民百姓明白；而推行政令，首先要先取信于贵族。我之所以要改穿胡服，目的不是为了纵情享乐。等待日后，改穿胡服的效果显现出来，我们会知道这样做的好处。如今，我怕叔父违背从政的原则，因此特地提出来，希望叔父考虑一下。这是有利于国家的事情，不会损伤您的名望，希望我可以借助您的威望，来把改穿胡服的大事办成。"

公子成回复说："君王已经穿上胡服，这个我已经听说了。我没有什么才能，现在卧病在床，不能亲自到君王面前进言。为了尽臣子的责任，臣想斗胆表示一下自己的看法。我听说，中国聚集了很多聪明睿智的人，也是八方财货聚集的地方，圣人在这里推行教化、施行仁义；同时，中国也是远方来客争相奔赴的地方，蛮夷全心学习的地方。可是，君王您置这些优越于不顾，却要改穿落后的服装，改变古带流传下来的教化，去违背百姓的心愿，使学者们疏远中国传统。对于这件事，希望君王能更慎重。"使者把这些话转告给武灵王，武灵王并不着急："我早就听说叔父身体不好，现在正好去看看他。"

武灵王于是前往公子成家里，亲自请求他：

"服装，要便于穿戴；礼法，是为了便于做事。圣人观察时势，顺应时势，根据现实需要制定礼法，这样做，可以方便百姓，也有利于国家。剪短头发，身体刺上花纹，在臂膀上绘画，衣襟向左开，这些是瓯越的民俗；染黑牙齿，在额头上刺字，戴鱼皮帽子，穿粗劣的衣服，这是吴国的习俗。虽然，两国习俗不同，但都是为了生活上的方便。实际生活不同，那么礼法当然要不同，要有变化。正因为这样，所以圣人认为，只要有利于国家，就不必强求方法一致；只要能便于行事，那么礼法就不必相同。

“儒生们都是从一个老师那里学东西，而中国各地的实际情况却各不相同，他们的礼法和各种规定不见得符合各地的实际情况。所以说，事物的取舍变化，不能强求一致。越是穷乡僻壤，风俗就越是奇特；越是学识浅陋，说起话来就越多诡辩。因为世界很大，所以，对于不懂的事，不要轻易怀疑；对于不同的意见，也不要妄加非议；应该公之于众，博采众长，以求完善。

“如今，关于改变服装一事，叔父的意见是为了维护旧的风俗，而我是为了改变旧俗。我国东有黄河，洛河，与齐国、中山国共有，但我们却没有船只可以使用。从常山到代地、上党一线，东边有燕国和东胡，西边有楼烦、秦国和韩国，可是，现在我们连善于骑射的军队都没有。没有船只使用，那么沿河的百姓，怎么守卫河水和自己的利益呢？而我之所以要让国人都改穿胡服，练习骑射，是为了防守边疆。

“以前，中山国曾经依仗齐国的强大兵力，侵占践踏我国土地，掳掠我国百姓，如果不是神灵保佑，我们会非常危险。先王对于这件事耿耿于怀，视为耻辱，而我们至今未能替他报仇。现在，如果设置骑射防守边疆，近可以观察上党的形势，远可以报复中山国。而叔父您，只想维护中国的旧俗，却忘了简、襄二主的遗志，只想摆脱改服的恶名，却忘记了国家的耻辱，这不是我所希望看到的。”

公子成听了，非常惭愧，叩头说：“我愚蠢，没有理解君王的良苦用心，这是我的罪过。如今君王要继承简、襄二主的遗志，了却先王的心愿，我怎敢不听从命令呢！”武灵王于是赐给他胡服。第二天，公子成穿了胡服去上朝。于是，武灵王开始颁布改穿胡服的命令。

赵文、赵造、赵俊等大臣都劝阻武灵王，反对改穿胡服，认为还是老样子比较方便。武灵王说：

“先王们各有各的习俗，我们应该仿效哪种古法呢？帝王们互不沿袭，我们应该遵循哪种礼仪呢？伏羲、神农注重教化，不重用刑罚；黄帝、尧、舜使用刑罚，但不残暴。到了夏、商、周三王，随着时代变化而制订法规，根据实际情况来确定礼制。法制、诏令都顺应时代的需要，衣服、器械都方便百姓使用。其实，礼制不必沿袭古法，只要能便利国家就可以。圣人称王，却并没有互相沿袭；夏、殷的衰微，并没有改变礼制，却被灭亡了。所以说，违背古制，未必就不好；遵循旧礼，也不见得就值得称道。

“况且，假如真像你们所说，服装奇特，就会产生淫荡的想法，那么邹、鲁一带就不该有离奇古怪的行为了，因为那一带的服装一点也不奇特；假如真像你们所说，要是风俗怪异，百姓就会轻率，那么吴、越一带就不该产生出类拔萃的人物，可是实际情况并非如此。

“更进一步说，圣人认为，有利于身体的，才叫做衣服，有利于行事的，才叫做礼制。礼节与衣服，都是用来方便百姓的，并不是用来衡量一个人是否贤能的。谚语说，用书本知识赶车的人，不可能摸透马的脾气，效法古人的学说，也不可能治理今世。这

些道理，你们不懂啊！”

不久之后，武灵王让全国人改穿胡服，并招募士卒训练骑射。

二十年，武灵王夺取了中山国的土地，到达宁葭；又向西夺取了胡人的土地，势力扩大到榆中。林胡王屈服，开始向武灵王朝拜，主动献贡马匹。

武灵王回国后，向各国派出使臣，楼缓出使秦国，仇液出使韩国，王贲出使楚国，富丁出使魏国，赵爵出使齐国。还任命代相赵固主管胡地，征调胡人的兵马。

二十一年，攻打中山国，武灵王亲自出马，做总指挥。军队势如破竹，中山国无法抵抗，献出四座城邑求和。武灵王答应了中山国的请求，停止进攻。两年后，武灵王违背前约，又攻打中山国，中山国又割地求饶。三年过去了，武灵王再次攻打中山国，中山国毫无办法。几年之间，武灵王把土地扩张到了北至燕、代地区，西到云中和九原。

二十七年五月，武灵王立王子何为王。新王拜祭完祖先的灵位，上朝听理。大夫们都叩拜称臣，肥义担任相国，同时兼任新王的老师。新王就是惠文王，惠文王登位后，武灵王开始自称主父。

主父把国家交给儿子治理，自己则身穿胡服，率领臣下到西北地区征战，攻打胡地，想从云中、九原直接南下，去袭击秦国。为了探听秦国的虚实，察看秦国的地形，顺带观察秦王的为人，主父就冒充使臣，进入秦国。秦昭王开始被蒙住了，过后，越来越觉得他长相雄伟，不像是当人臣的气度，于是立即派人追赶，而主父已经飞驰离开了秦国的关卡。详细地询问关卡上的兵将，才知道是主父。这让秦国人非常惊恐。

惠文王三年，终于灭了中山国。当时，北方也刚刚臣服，北方各地也畅通无阻。回国后，主父论功行赏，大摆酒宴，畅饮五天，封长子章为安阳君。章向来霸道放肆，内心对弟弟继位不服，所以主父封他为安阳君来安慰他。主父还派田不礼辅佐安阳君。

大臣李兑跟肥义商量说：“公子章身体强壮，自以为是，野心勃勃，而且，有很多人跟随他。他肯定会怀有大的想法，恐怕私

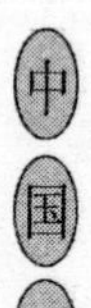
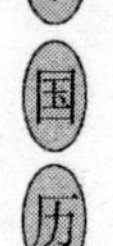

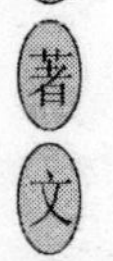

下里会有阴谋。而田不礼呢，其人残忍好杀，而且飞扬跋扈。这两个人在一起，肯定会阴谋叛乱，一旦他们想凭侥幸来获取成功，就会铤而走险。小人有野心，往往只看到利益而看不到祸害，于是就会轻举妄动。据我观察，这肯定不会很久了。你身肩要职，权势最大，变乱者一旦开始反叛，你就是首先要攻击的目标，肯定会首先遭受祸害。聪明的人，要防患于未然。你为什么不称病在家，把政事都交给公子成呢？千万不要做众怒的焦点。”

肥义说：“不行，我不能扔下朝政不管。以前，主父把新王托付给我，让我坚持法度，坚守职责，直到去世。我郑重地接受了托付，并把主父的话记录在案。现在，如果我因为害怕田不礼作乱，而忘记了主父的重托，那我就是变心。还有比这更恶劣的背叛吗？变心背叛的臣子，为刑罚所不容。谚语说的好：‘如果死人能复生，那么活人面对他的时候，应该丝毫不感到惭愧，这才是正人君子。’我已经有言在先了，我必须要实现自己的诺言，哪里能只顾保全自己的身体呢！况且，臣子有没有贞节，要在灾难临头的时候，才能显现出来，忠臣也只有在大祸来临的时候，才能被人认识到。你向我提出了忠告，我很感激。但是，我已经有言在先，不敢食言。”

李兑没有办法，只好说：“那么你尽力而为吧！说不好，明年我就见不到你了。”说完，就哭泣着离去了。后来，李兑多次去会见公子成，都是为了防备田不礼。

肥义做好了保护国君的准备。他对信期说：“公子章和田不礼非常让人不放心。他们表面上和和气气地待人，实际上阴险恶毒，这种人是不孝不忠的奸臣。奸臣在朝，是国家的祸害；谗臣在宫中，是君王的蛀虫。这种人贪得无厌，在朝廷里投合君主，骗取信任，在外边则陷害忠良。他们有时候会擅自发号施令，为非作歹。现在我很忧虑这样的事情发生，夜不能寐。我们不得不防备叛乱的发生。从今以后，如果有召请君王的，一定要先见我的面，我要先去探听虚实，如果没有变故，君王才能进来。”信期说：“好的，你的话我都记住了！”

四年，主父召见群臣，公子章也来朝见。主父让惠文王处理政事，自己则在旁边偷偷观察群臣和宗室贵族的行为举止。主父注意到，长子章北面称臣，屈服于他弟弟，所以显得垂头丧气。主父心里可怜他，就想分割赵国，封长子章为代地王，但是，这个计划还没定下来，就因事中止了。

主父和惠文王去游览沙丘，住在不同的宫室里。趁这个机会，公子章率领手下和田不礼作乱，假传主父的诏令，召见惠文王。肥义先进去探听虚实，被杀害。事发之后，高信和惠文王一起对公子章开战。公子成和李兑从国都赶来，调发重兵来沙丘镇压叛乱，杀死了公子章和田不礼，消灭了他们的党徒，安定了王室。公子成平定叛乱有功，被惠文王任命为相国，号称安平君；李兑也有功，任命为司寇。

公子章被打败时，曾逃到主父那里，主父开门收容他，公子成、李兑因而包围了主父的宫室。公子章死后，公子成和李兑商议说："我们为了杀掉公子章，所以包围了主父。现在不好办了，如果解除包围，放主父出来，我们这些人就有灭族的危险。"于是就继续包围主父的宫室，命令宫中的人"后出来的人灭族"，宫中的人于是都走出来。主父想出来，但得不到允许，又找不到吃的，饿得只好掏鸟窝，抓幼雀充饥，三个多月以后，终于饿死在沙丘宫里。外围的人确信主父已经去世之后，才向诸侯国发出讣告。

当时，惠文王年少，公子成和李兑专政，他们害怕被杀，所以包围主父。主父当初立公子章为太子，后来娶了吴娃，很宠爱她，为了陪她，好几年不外出。吴娃生了儿子何，主父就废黜了太子章，而立何为王。吴娃去世之后，主父对何的爱护就越来越淡了，于是开始怜悯原来的太子章，想让何、章都当王。正因为犹豫不决，引来了灾祸，以至于父子二人双双不得寿终正寝，被天下人嘲笑。这是多么让人痛惜的事情啊！

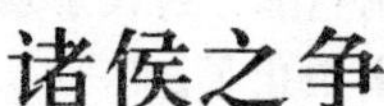

诸侯之争

惠文王十年，秦王自立为西帝。十二年，赵国派赵梁攻打齐国，十三年，又派韩徐攻打齐国。十四年，相国乐毅率领赵、秦、韩、魏、燕联军攻打齐国，占领了灵丘。赵王和秦王在中阳相会。十五年，燕昭王朝见赵王。赵国和韩、魏、秦三国联合攻打齐国，齐王战败逃走。

十六年，秦国又和赵国共同出兵，多次进攻齐国。齐国人很害怕，于是苏厉替齐王写信给赵王说：

赵国与秦国并没有很深的交情，与齐国也没有什么仇恨。而秦赵两国，却凭借强大的军力来讨伐我们齐国。表面上看，现在秦国对赵国非常友好，对齐国非常憎恨。可是，秦国的这种举动并没有什么理由。秦国的举动不合常理，有虚假的成分，值得赵国认真考虑，辨别其中的真伪。实际上，秦国并不是喜欢赵国而憎恨齐国，是想灭掉韩国而且吞并东西二周，所以用齐国作诱饵，引诱天下。秦国担心自己势单力薄，怕事情办不成，所以胁迫赵国一起行动。表面上看，是施恩于盟国，实际上是想乘机向韩国征兵，抽空兵力空虚的韩国，然后占有它。这种指东打西的策略古已有之，当初，楚国久被讨伐，灭亡的却是中山国，如今，齐国久被讨伐，灭亡的却一定是韩国。如果灭亡了韩国，那么秦国就会独占韩国。治国之道，应该精细计算自己的行为，看能带来什么样的功效，君王您为什么不计算一下，攻打齐国，到底是谁在受益？

有见识的人分析说："如果韩国的三川一带，还有魏国的安邑一带被占领，那么，不用多久，大祸就将降临赵国。"假设说，燕国占领齐国的北部，那么，他们与赵国的沙丘和巨鹿，距离就不到三百里了，如果韩国的上党被占领，那么，距离赵国的邯郸还不到一百里。这种情况如果发生，那么燕秦两国可以迅速攻入赵国内地，占领君王的江山。另外，秦国的上郡与君王的上党不远，秦国如果进攻君王的上党，那么，羊肠以西，句注以南，就不归君王所有了。如果秦国再越过句注，攻占常山，那么只要再走三百里，就能到达燕国。这样一来，代地的马，胡地的犬，从此就无法东下赵国，昆山的玉也无法运过来，这三种宝物就不再归君王所有了。如果君王您不停地攻打齐国，跟着强秦进攻韩国，那么日后一定会落到这种地步。希望君王您能真考虑一下。

况且，齐国之所以被秦国讨伐，正是因为齐国侍奉君王您；天下诸侯联合行动，正是为了图谋大王您。当初，齐、秦、韩、魏、燕五国联盟，是想瓜分君王您的土地。后来，齐国退出了盟约，牺牲自己，以解除君王的祸患，还出兵扼制强秦，使秦王把高平、根柔两地还给了魏国，把至分、先俞两地还给了赵国。无论怎么说，齐国对待君王您，应该说是最好的了。而您却反而怪罪。这样下去，天下诸侯以后不可能再对您忠心了。希望君王您认真考虑这件事。

如今，君王您如果不和诸侯攻打齐国，那么天下人必定认为您主持正义。齐王会拿出江山社稷，忠实地侍奉您，天下各国也肯定会敬重您的正义之举。这样，您就会享有伟大的名誉，受到无比的尊宠。

这封信产生了作用，赵国停止了与秦国的合作，不再进攻齐国。

十七年，秦国怨恨赵国不再与自己联合攻齐，所以讨伐赵国，攻占了两座城邑。一年后，秦军又攻占了赵国的石城，又一年，秦国占领了另外两座城邑。赵国连续被秦国打败，但是，在对魏国的战争中获得了胜利，攻占了魏国的几城、房子、安阳、高唐等地。之后，调集魏国的军队，联合起来进攻秦国。秦将白起在华阳打败了联军，俘虏了一位将军。二十九年，秦韩两国联合进攻赵国，赵国派赵奢带兵迎击，大败秦军。赵惠文王于是赐封赵奢为马服君。

三十三年，惠文王去世，太子丹继位，就是孝成王。

孝成王元年，秦军又来进攻，攻占了赵国三座城。当时，孝成王刚刚即位，太后当权。秦军急攻赵国，赵国向齐国求救，齐王说："必须让长安君来当人质，齐国才发兵救援。"太后不答应，大臣们就极力劝谏。太后生气，明确地对左右侍臣说："谁再说让长安君当人质，老妇我肯定把唾沫啐到他脸上。"

左师触龙说要拜见太后，太后知道他要来权谏，就怒气冲冲地等着他。触龙进入宫中，缓慢地小步走过去坐下，然后谢罪说："老臣的腿脚不利索，有毛病，没办法快走，所以很久没来拜见了。我总是宽恕自己的怠慢，但又担心太后的身体也有所不适，所以才来拜见太后。"

太后说："老妇我也老了，总是坐车行走。"

触龙说："饭量还行吧？"

太后说："只是喝点稀粥，维持生计罢了。"

触龙说："老臣近来非常厌食，就勉强散散步，每天走上三四里，稍微增加了点食欲，身体也感觉舒适些了。"

太后说："这个老妇办不到。"

太后的脸色稍有缓解。触龙说："老臣的儿子舒祺年龄最小，没有出息，而我已经衰老，心里很疼爱他，希望让他添补卫士的缺额，来保卫王室。希望太后您能帮忙。"

太后说："好吧。他多大了？"

触龙说："十五岁了。虽然年龄还小，但我希望能在去世之前把他托付给太后。"

太后问："男人也疼爱小儿子吗？"

触龙说："要超过妇人。"

太后笑着说："妇人爱得特别厉害。"

触龙说："可是老臣觉得，你爱燕后要超过爱长安君。"

太后说："你弄错了，远不如爱长安君厉害。"

触龙说："父母疼爱儿女，就应该替他们考虑长远。你当年送燕后出嫁，抚摸着她，为她哭泣，想到她要远走高飞，就伤心得不得了。走了以后，更是想念她，可是祭祀的时候，反而要祈祷说：'千万不要让她回来'。这难道不是为她长远打算，希望她的子孙世世代代都做王吗？”

太后感叹：“是啊！”

触龙说：“从现在看三代以前，往上推到赵王的封侯的子孙，他们的继承人还有在世的吗？”

太后回答说：“没有。”

触龙说：“不单赵国是这样，其他诸侯国，有在世的吗？”

太后说：“老妇没有听说过。”

触龙说：“原因是什么呢？难道是国君的儿子被封侯之后，都变坏了吗？不是，这是因为，他们虽然地位尊贵，却没有做出什么成绩，虽然俸禄优厚，却没有立下什么功劳。如今，你使长安君拥有尊贵的地位，封给他肥沃的土地，还给他许多贵重的财宝，却不趁现在使他为国家立功。这样下去，你一旦离开人世，那长安君靠什么在赵国安身呢？你为长安君计划得太短浅，所以老臣认为你爱他不如燕后。”

太后被说服了：“好吧，就听你的，你派遣他吧！”于是为长安君准备了一百辆车，送到齐国做人质，然后，齐国才派出了救兵。

子义听说这件事，感叹不已：“即使是国君的儿子，尚且不能无功受禄而，不能平白无故就享受荣华富贵，何况我这样的人呢？”

四年，孝成王梦见自己身穿左右异色的衣服，骑着飞龙上了天，可是还没到达天庭，就掉下来了，看见地上金银珠宝堆积如山。第二天，孝成王占梦，占卜的人说：“左右异色的衣服，表示残缺不全。骑飞龙没有到达天庭就掉下来，表示有气势但没实力。金玉堆积如山，表示有隐患。”

过了三天，韩国上党郡守冯亭派使臣前来，对孝成王说：“韩国无力保住上党，要割让给秦国。可是，那里的官民都愿意归附赵国，不喜欢秦国。上党有城邑十七座，愿意划归赵国所有，请赵王裁决，满足上党官民的愿望。”

孝成王非常高兴，马上召见平阳君赵豹，把这个好消息告诉他：“冯亭进献城邑十七座，接受它好不好？”

赵豹回答:“无缘无故就得到这么大的好处,其中必有隐患。”

孝成王不以为然:“那里的百姓都怀念我的恩德,怎么能说无故呢?”

赵豹回答说:“秦国蚕食韩国的土地,已经断绝了上党与韩国其他部分的通道,上党现在已经是一个孤岛,被秦国控制在手里。秦国以为这样就可以靠上党的土地谋利。韩国之所以不承认上党已经是秦国的,是想嫁祸于赵国。秦国付出了军力人力,获得了上党,而赵国却坐享其成,这可能吗?即便是强大的国家,也不可能轻易地从小国弱国那里占到便宜,难道小国弱国反而能占强国大国的便宜?这怎么能说不是无缘无故的利益呢!况且,秦国实力强大,用精兵强将蚕食韩国,吞没韩国的土地,它是志在必得,不要跟它作对。上党一定不能接受!”

孝成王还是于心不甘:“即使出动百万大军,攻城略地,战斗一年半载,也不见得能攻下一座城。今天冯亭把十七座城白送给我国,这可是个大便宜啊!”

赵豹出去之后,孝成王召见平原君和赵禹,告诉他们这件事。他们的看法和孝成王一致:“派百万大军出战,一两年也打不下一城,现在坐着休息,就有人送十七座城来,这是大便宜啊,不能错过。”孝成王于是让赵胜去接受上党土地。

赵胜告诉冯亭:“敝国的君王派遣我来传达命令,封给太守三个万户的城邑,封给各位县令三个千户的城邑,可以世袭为列侯,官吏百姓也一概加封三级,官吏百姓能平安相处的,赏黄金六斤。”冯亭流着泪,不肯接见使臣,派人来说:“我不愿陷入三不义的境地:为国君守卫城邑,不能拼死坚守,这是一不义;把上党划归给秦国,违背了君命,这是二不义;出卖国君的土地,为自己换取食邑,这是三不义。”赵国于是派军攻占了上党。为了防备万一,大将廉颇率领军队驻扎在长平。

七月,廉颇被免去大将职务,赵括取而代之。不久,秦国大将白起率军围攻赵括,赵括阵亡,全军投降,四十余万已经投降的士兵被活埋。孝成王懊悔没有听从赵豹的意见,所以才有长平之祸。

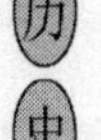

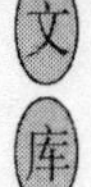
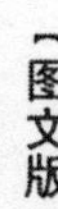

长平大败之后，秦国提出割地要求。孝成王不同意，于是秦军包围了邯郸。平原君到楚国请求救兵，楚军前来援助，魏公子信陵君无忌也率军来救援，秦军于是解除了对邯郸的包围。

十五年，燕王派丞相栗腹来赵国缔结盟约，还送了五百斤黄金给赵王，作为礼物。栗腹回国后，向燕王报告说："赵国的青壮年都死在了长平，他们的孤儿还没有长大，可以趁这个时候讨伐它。"

燕王动心，于是召见乐间，征求他的意见。乐间回答说："赵国是个能够四面作战的国家，它的百姓能征善战，讨伐不得。"

燕王不甘心："那我以多攻少，两个打一个，还不行吗？"

乐间回答："不行。"

燕王说："那我就以五个打一个，难道还不行吗？"

乐间回答说："还是不行。"

燕王大怒。又问群臣，群臣都说行。于是燕国派出两支军队，战车两千乘，栗腹率领一支军队，卿秦率领另一支军队，分别攻打。赵国派出老将廉颇，大败燕军，栗腹被杀，卿秦和乐间被俘。

十六年，廉颇包围了燕都。七年，大将军乐乘再次打败燕国，包围了它的都城。十八年，廉颇等人帮助魏国打败了燕国。十九年，赵国和燕国交换土地：赵国把龙兑、汾门、临乐给燕国，燕国把葛地、武阳、平舒给赵国。

二十年，秦王嬴政即位，也就是秦始皇。不久，秦军攻占了赵国的晋阳。

二十一年，孝成王去世，孝成王的儿子偃继位，这就是悼襄王。赵王让乐乘取代廉颇为将，廉颇于是攻打乐乘，乐乘逃走，廉颇则逃亡到了魏国。

悼襄王二年，秦国召见赵国的春平君，然后找了个理由扣留了他。泄钧暗地里想帮助春平君，于是就对秦国丞相吕不韦说："春平君这个人，深得赵王的欢心，而其他大臣却妒忌他，所以那些大臣谋划说：'春平君到秦国，秦国一定会扣留他。'所以，他们把春平君送到了秦国。现在秦国扣留了春平君，断绝和赵国的关系，正中了那些大臣的奸计。你不如放回春平君，扣留平都。春平君在赵王那里有发言权，赵王必定会相信春平君的话，割出赵国的土地来赎回平都。"吕不韦说："好。"于是送春平君回赵国。

三年，赵国派兵攻打燕国。四年，率领赵、楚、魏、燕四国的精锐部队，攻打秦国，没有胜利；又移兵攻打齐国，夺取了饶安。九年，赵军攻打燕国，夺取一城。可是，由于兵将在外，秦军趁此机会来讨伐赵国，占领了一城。

悼襄王去世之后，儿子幽穆王继位。

幽穆王三年，秦军攻打赵国，赵国将军李牧率军与秦军交战，大败秦军。赵王于是封李牧为武安君。四年，秦军再次进攻，李牧出兵，又打退了秦军。

五年，代地发生大地震，楼台、房屋、墙壁毁坏无数，地面裂开，缝隙宽达一百三十步。六年，又发生大饥荒。有民谣说："赵人在哭叫，秦人在大笑。屋上无片瓦，田里都是草。”

七年，秦军攻打赵国，赵国大将李牧和司马尚率军抗击。不久，李牧遭谗言陷害被杀，司马尚也被免职，统帅军队的任务由赵忽和颜聚来代替。赵忽的军队被秦军击溃，颜聚逃亡。赵王无奈，只好向秦国投降。

八年，赵国被秦国消灭了。

第二十五章
魏世家

中国历史名著文库

文侯兴魏

魏国的祖先，是毕公高的后代。毕公高与周室同姓。周武王灭商以后，毕公高被封在毕地，于是就以毕为姓。他的后代没有被封爵，变成了平民，有的居住在中原，有的流落到了蛮荒的外族地区。他的后代子孙里面，有个人叫毕万，侍奉晋献公。

晋献公十六年，赵夙赶车，毕万做护卫，率军讨伐霍、耿、魏，消灭了它们。献公把耿地封给了赵夙，把魏地封给了毕万，二人都荣升为大夫。晋国掌管占卜的大夫郭偃说："毕万的后代肯定会昌盛。万是满数，魏，是巍巍名号。用这样的名号封赏，是天意要他开拓基业。天子统治亿万人民，诸侯统治万民。现在赐给他这样的大号，名字又是满数，他以后必定会拥有众多的百姓。"此前不久，毕万曾经占卜到晋国做官的吉凶，得到了"屯卦"变为"比卦"的卦相，辛廖推断说："这个卦相很吉利。'屯卦'表示坚固，'比卦'表示进人，还有比这更吉利的吗？他的后代一定会繁荣昌盛。"

十一年后，晋献公去世。献公的四个儿子争位，晋国内乱。而毕万的子孙繁衍增多，于是，依照他的封邑，改称魏氏。毕万生了魏武子。魏武子侍奉晋公子重耳。晋献公二十一年，魏武子随从公子重耳出国逃亡。十九年后，返回晋国，重耳即位，成为晋文公，晋文公封魏武子为大夫。

魏武子生了魏悼子。魏悼子生了魏绛。

魏绛辅佐晋悼公。悼公三年，晋悼公与诸侯会盟。悼公的弟弟杨干扰乱了队伍的行列，于是魏绛杀了杨干的仆人，表示惩罚杨干。悼公对此颇为生气，愤怒地说："会合诸侯，是为了显示威严和荣耀，可是现在却有人侮辱我弟弟！"悼公准备诛杀魏绛。幸好有人劝谏悼公，悼公才罢休。后来，还是任用魏绛处理大事，派他与戎、翟两国加强联系，戎、翟因此而亲附晋国。悼公很感激魏绛的努力，说："从我任用你开始，八年当中，九次会合诸侯，戎、翟两国也来亲附，这都是靠你的努力呀！"悼公还赏赐给魏绛乐器，魏绛推让多次，最后接受。魏绛去世之后，谥号为昭子。魏绛生了魏嬴，魏嬴生了魏献子。

魏献子辅佐晋昭公。昭公去世后，晋国六卿强盛，公室力量越来越微弱。

晋顷公十二年，魏献子开始主持晋国的政治。当时，晋宗室的祁氏与羊舌氏互相争斗攻击，六卿乘机诛杀了他们，把他们的封邑划为十县，六卿各派自己的子孙去做各县的大夫。这时候，魏献子与赵简子、中行文子、范献子平起平坐，同为晋卿。

魏献子生了魏侈。在晋阳事变中，魏侈和赵简子共同攻打范氏、中行氏。

魏侈的孙子叫魏桓子，他与韩康子、赵襄子一起攻灭了知伯，瓜分了他的封地。

魏桓子的孙子是魏文侯。

魏文侯十七年，魏国消灭了中山国，文侯派子击驻守中山，让赵仓唐辅佐他。子击在朝歌遇见文侯的老师田子方，子击倒车让路，并下车拜见。可是田子方却不还礼。子击问他："是富贵者待人傲慢，还是贫贱者待人傲慢？"田子方回答说："只有贫贱的人才傲慢待人。诸侯待人傲慢，那就会亡国；大夫待人傲慢，就会失掉他的封邑。贫贱的人，做事不合国君的口味，想法不被国君采纳，那他只好到楚、越等蛮夷之地去，怎么能和富贵的人相提并论呢！"子击听了，知道田子方得不到国君的重用，心里有牢骚。但子击对他的无礼还是很不高兴。他率军西进，攻打秦国，打到郑邑之后，班师回朝，然后修筑洛阴城、合阳城。

二十二年，魏、赵、韩三国被封为诸侯。

魏文侯遵从圣贤之道，专门跟从孔子的门生子夏，认真学习经书。还善待贤人段干木，每次经过段干木住的地方，都扶着车栏杆，行注目礼，表示敬意。秦国曾经打算攻打魏国，有人说："魏君善待贤士能人，全国人都称颂他的仁德，上下同心，不要打他

的主意。”文侯因此获得了诸侯的赞誉。

文侯任命西门豹防守邺地，西门豹治理得当，河内地区的百姓安居乐业。

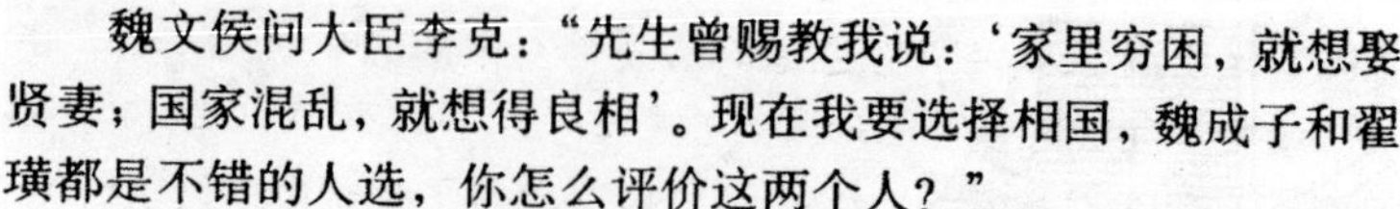

魏文侯问大臣李克："先生曾赐教我说：'家里穷困，就想娶贤妻；国家混乱，就想得良相'。现在我要选择相国，魏成子和翟璜都是不错的人选，你怎么评价这两个人？"

李克回答说："卑贱的人不议论尊贵的人，外人不议论圈内人的事。我的职务是在宫门以外，我不敢乱说话。"

文侯说："先生就不要客气了。"

李克于是说："看来君王平时不注意考察自己的大臣。要看他平时亲近哪些人，富裕时结交哪些人，显贵时提拔哪些人，穷困时看他不做哪些事，贫贱时看他不要哪些东西。这五点就足以看出他的人品，足以决定谁更合适，何必非要我说呢！"

文侯说："先生可以回家了，我的丞相已经选定了。"

李克出宫，过访翟璜的家。翟璜问："刚才听说，君王召见先生，询问丞相的人选，究竟谁会当丞相呢？"

李克回答："魏成子当丞相。"

翟璜非常气愤："大家有目共睹，我哪一点比不上魏成子？西河守将吴起，是我推举的。国内最让君王担忧的是邺地，我推荐西门豹去治理。君王要讨伐中山，我推荐了乐羊。占领了中山后，找不到合适的人镇守，我推荐先生你。国君的儿子没有老师，我推荐了屈侯鲋。我哪里比不上魏成子？"

李克说："你把我推荐给国君，难道是为了拉帮结派做大官吗？国君问我，他心目中的丞相职位，'魏成子和翟璜都是不错的人选，你怎么评价这两个人？'我回答说：'看来君王平时不注意考察自己的大臣。要看他平时亲近哪些人，富裕时结交哪些人，显贵时提拔哪些人，穷困时看他不做哪些事，贫贱时看他不要哪些东西。这五点就足以看出他的人品，足以决定谁更合适，何必非要我说呢！'由此我知道，肯定是魏成子当丞相。再说，你怎么能和魏成子相比呢？魏成子的千钟俸禄，十分之九用在他人身上，十分之一用在家里，因此才从东方招来了子夏、田子方、段干木。这三个人，都被国君尊奉为老师。而你所推荐的五个人，国君都任用为臣子。你怎么能和魏成子相比呢？"

翟璜若有所思，向李克拜了两拜，说："我翟璜，的确还孤陋寡闻，缺乏见识，希望您原谅，愿意终身做您的学生。”

三十二年，魏国讨伐郑国，在注城打败了秦军。三十五年，齐国攻占了魏国的襄陵。三十六年，秦军攻占了魏国的阴晋。三十八年，魏国讨伐秦国，失利，战败，但是俘虏了秦国的一员大将。同年，魏文侯去世，子击继位，这就是武侯。

夹缝求生

魏武侯元年，赵敬侯也刚刚即位，公子朔作乱，失败，逃亡到魏国，说服魏军一起去袭击赵国的邯郸，魏军战败离去。七年，攻打齐国，一直打到了桑丘。九年，翟军打败了魏军。同年，魏国派大将吴起讨伐齐国，一直打到灵丘，当时齐威王刚即位。十一年，和韩、赵两国三分晋地，消灭了晋国。十六年，魏国讨伐楚国，夺取了鲁阳。这时候，魏武侯去世，惠王子䓨继位。

当初，在魏武侯去世之后，惠王子䓨掌权之前，子䓨和公中缓争当太子。公孙颀从宋国跑到赵国，又从赵国跑到韩国，对韩懿侯说：“魏国的子䓨和公中缓争当太子，君王您也听说了吧？现在子䓨得到大臣王错的辅佐，挟持上党，相当于半个魏国。如果能趁现在这个机会除掉子䓨，必能打败整个魏国，这个良机不能错过啊！”

韩懿侯很高兴，就与赵成侯联合，一起去攻打魏国，在浊泽大败魏军，并包围了魏惠王。赵成侯对韩懿侯说：“除掉魏君，拥立公中缓，割地之后撤军，这样对我们都有利。”韩懿侯不同意：“不行，杀了魏君，人们一定骂我们残暴；割地之后撤军，人们一定骂我们贪婪。不如把魏国分成两个部分，魏国一分为二，就不会强于宋国、卫国，这样，我们就永远不用担心魏国了。”赵成侯不听。韩懿侯和赵成侯谈不拢，就率领他的精锐部队撤离了。

正因为韩、赵两国的意见不一致，所以，魏惠王没有被杀掉，

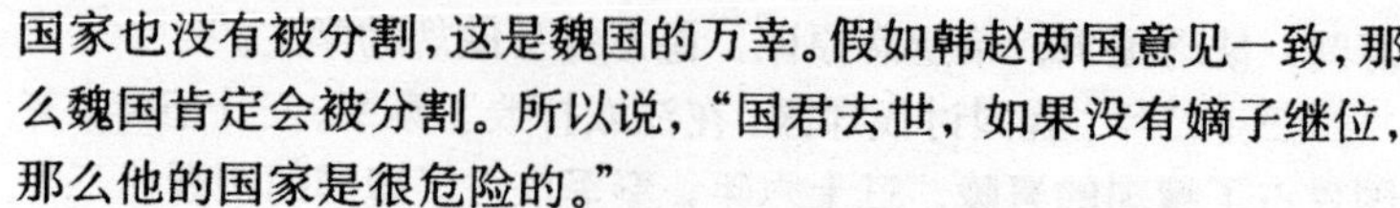

国家也没有被分割，这是魏国的万幸。假如韩赵两国意见一致，那么魏国肯定会被分割。所以说，“国君去世，如果没有嫡子继位，那么他的国家是很危险的。”

魏惠王二年，魏军在马陵打败了韩军，在怀地打败了赵军。五年，与韩侯在宅阳相会。同年，魏军被秦军打败。六年，讨伐宋国，占领了仪台。九年，在浍水打败韩国。与秦军在少梁交战，秦军俘虏了魏军将领公孙痤，夺取了庞城。十年，攻打赵国的皮牢，占领了它。十四年，与赵侯相会。十五年，鲁、卫、宋、郑的国君都来朝见魏惠王。十六年，与和秦孝公相会。攻占宋国的黄池，又被宋军夺了回去。十七年，与秦军交战，秦军夺取了魏国的少梁。魏军包围赵国的邯郸。十八年，攻占邯郸。赵国向齐国请求救兵，齐国派田忌、孙膑率军救赵，在桂陵打败了魏军。十九年，诸侯联军包围了魏国的襄陵。为了御敌，魏国修筑长城，在固阳建筑关塞。二十年，归还了赵国的邯郸，与赵国在漳水签订盟约。二十一年，和秦王在彤地相会。二十八年，中山君当上了魏国的丞相。

魏惠王三十年，魏国出兵讨伐赵国，赵国向齐国求救。齐宣王采纳了孙膑的计策，进攻魏国，从而援救了赵国。魏国于是派出重兵，以庞涓为将，太子申为上将军，去进攻齐国。

军队路经外黄，外黄的徐子对太子申说：“我有妙术，能让你百战百胜。”

太子申问：“我可以听听吗？”

徐子说：“本来就想敬献给你听的。”然后，接着说：“太子亲自率军讨伐齐国，即使真的大胜齐军，而且占领莒地，那么也不可能像魏国一样富有，再尊贵也超不过做魏王。如果打不赢齐国呢，那么你的子孙后代就没有机会占有魏国了，这就是我的妙术。”

太子醒悟：“是这样啊，我一定听从你的话，马上率军回国。”

徐子说：“你现在想回去，已经来不及了。那些鼓动你打仗，想从中获利的人太多了。你现在想回国，恐怕办不到。”

太子准备班师回国，他的赶车人说：“将军刚出兵，就要返回，这和打败仗是一样的。”太子申于是硬着头皮进军，与齐军交战。结果，太子申被齐军俘虏，大将庞涓被杀，魏军大败。

三十一年，秦、赵、齐三国联合进攻魏国，秦将商君使用欺骗手段俘虏了魏国将军公子印，然后大败魏军。同时，齐、赵两国也多次打败魏军。由于魏国国都靠近秦国，于是迁都到大梁。三十三年，秦孝公去世，商君逃出秦国，投奔魏国，魏国记恨他曾经欺骗公子印，不予接纳。

惠王在战争中屡次败北，于是就用谦恭的礼节和优厚的待遇招揽贤士能人。当时的能人，如邹衍、淳于髡、孟轲都来到了魏国。惠王对各位贤人说：“我领导无方，军队多次在国外受挫，太子被俘，大将战死，国内空虚，玷辱了祖先的社稷，我感到羞耻。老先生不远千里，屈尊光临我国，各位准备提供什么妙计，使我国能重新获利呢？”孟轲说：“君王不应该这样重视利益。君王贪利，那么大夫就会贪利，大夫贪利，百姓就会贪利，上上下下都争权夺利，那么国家就危险了。作为国君，只要实行仁义就足够了，为什么一定要追逐小利呢！”

三十六年，惠王去世，儿于襄王继位。

襄王元年，与诸侯在徐州会盟，互相尊称为王。

五年，秦军打败魏国军队，包围了焦地和曲沃。魏国妥协，把河西割让给了秦国。六年，秦军又攻占了汾阴和皮氏等地。七年，魏国把上郡全部都割给了秦国。不久，秦军又攻占了魏国的蒲阳。八年，秦国归还了焦地和曲沃。

十二年，楚军在襄陵打败了魏军。同年，各位诸侯派大臣与秦国丞相张仪相会。十三年，张仪来到魏国担任丞相，可是三年后又回到了秦国。

十六年，襄王去世，儿子哀王继位。

哀王元年，五国共同讨伐秦国，没有胜利就退兵了。

八年，魏国出兵讨伐卫国，攻占了两座城邑。卫君非常忧虑。这时候，如耳拜见卫君说：“请让我去说服魏国撤军，并罢免成陵君，好不好？”

卫君说：“先生如果真的能做到，我们卫国愿意世世代代侍奉

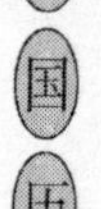
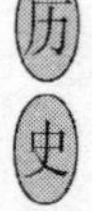
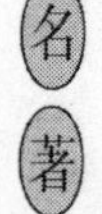

先生。”

于是如耳去拜见成陵君，说：“从前，魏国讨伐赵国，本打算割裂赵国，把赵国一分为二，后来赵国没有灭亡，是因为魏国发了善心。现在，卫国濒临灭亡，它肯定会向西请求臣属于秦国。与其让秦国得便宜，不如由魏国来宽恕卫国，放了卫国。这样，卫国肯定会永远对魏国感恩戴德。”成陵君觉得不错，当场就答应了。

从成陵君那里出来，如耳马上又去拜见魏王说：“我曾经见过卫君。卫君原是周室的分支，卫国虽然是小国，但宝物甚多。现在，卫国处于危难之中了，却仍然不肯献出宝物，是因为他觉得，进攻卫国或放了卫国，并不是由您决定，所以，即使献出了宝物，也不会落到您手里。我私下估计，最先建议放了卫君的人，一定是接受了卫国贿赂的人。”如耳说完，刚出去，成陵君就进来拜见

魏王，照如耳的话来建议魏王。魏王听完他的话，便停止了对卫国的包围，随即，罢免了成陵君的职务，终身不再见他。

九年，从秦国来的张仪，曾在韩国任职的犀首，曾在齐国任职的薛公，都归附魏国。不久，魏国丞相田需去世，楚国很担心魏国让能人来担任丞相。楚国丞相昭鱼对苏代说：“田需死了，我怕张仪、犀首、薛公中有一人继任魏相。”

苏代问：“那么，谁做魏相对你最有利呢？”

昭鱼说：“我想让魏太子做魏相。”

苏代说：“那好，我愿意替你北上游说，一定让魏太子当魏相。”

昭鱼问：“你准备怎么办？”

苏代说：“你扮演魏王，我来游说你。”

昭鱼说：“你要怎么说？”

苏代假装对魏王说：“我从楚国来，楚国丞相昭鱼很忧虑，他说：‘田需死了，我怕张仪、犀首、薛公三人之中，会有一人当魏相。’我安慰他说：‘魏王明察秋毫，肯定不会让张仪当相国。如果张仪当相国，肯定会偏向秦国，损害魏国；犀首如果当相国，肯定会偏向韩国，也损害魏国；如果薛公当相国，肯定会偏向齐国，还是损害魏国。魏王，是贤明的国君，不可能随便任命他们。’魏王会问：‘那么我该让谁当相国呢？’我就说：‘还是让太子当相国最好。如果太子自己当相国，那么这三个人都会认为太子不会长期在任，于是就会尽力让他们的故国好好侍奉魏国，为的是将来能接替太子当魏相。魏国这么强大，如果再加上三个大国辅佐，那么魏国一定会更加坚实兴盛。所以，还是让太子当相国最好。”

后来，苏代拜见了魏王，把这些话告诉了他。果然，太子当了魏的相国。

抗秦图存

二十三年，哀王去世，儿子昭王继位。昭王在位十九年，与各位诸侯征战，你来我往，各有胜负。昭王去世之后，儿子安釐王继位。

安釐王元年，秦军攻占了魏国的两座城，第二年，又攻占了两座城，而且兵临大梁城下。好在韩国出兵救援，暂时解围，最后，魏国割让了温地给秦国。一年后，秦军再次进攻，占领了四座城，杀了四万人。又过一年，魏、韩、赵三国联军被秦军打败，死了十五万人。魏国大将段干子主张，割让南阳给秦国，以求和解。苏代对魏王说："段干子想升官，秦国想得到土地。可是如今，君王却让想得到土地的人掌握主动，让想升官的人控制魏国的土地。这样下去，只要魏国的土地还没有送得一干二净，就不会算完。再说，用土地来侍奉秦国，就像是抱柴救火，柴烧不完，火就不会熄灭。"

魏王想想说："你说的有道理。不过，事已至此，已经无力回天了。"

苏代回答："君王难道不懂得下棋的道理吗？如果有好处，那就吃掉对方的棋子；如果没好处，那就停止。现在您说：'事已至此，无力回天'，为什么您在治国方面还不如下棋更有谋略呢？"

最后，魏王还是没有听从苏代的建议。

九年，秦军又攻占了魏国的怀地。十年，秦国太子在魏国作人质，去世。十一年，秦军攻占了魏国的郪丘。

秦昭王问左右大臣："现在的韩国、魏国与从前相比，哪个时候更强盛？"

群臣回答："当然不如从前。"

昭王又问："现在的如耳、魏齐，与当初的孟尝君、芒卯相比，谁更贤能？”

群臣回答：“如耳、魏齐当然不如孟尝君和芒卯。”

昭王说：“凭孟尝君、芒卯的才干，率领强盛时期的韩国和魏国来攻打我们秦国，还不能把我怎么样。现在，无能的如耳、魏齐，率领弱小的韩国、魏国，想攻打秦国，他们显然更不可能把我怎么样。”

群臣附和说：“君王所言极是！”

可是大夫中旗持不同意见：“君王对天下形势的估计有误。当初，晋国六卿并立时，知氏最为强大，它消灭了范氏、中行氏，还率领韩、魏两国军队把赵襄子围困在晋阳，决开晋水淹没晋阳城，淹得晋阳城只剩下一点点地方能站人。知伯巡视水情，魏桓子给他赶车，韩康子随从。知伯忘乎所以地说：‘当初，我不知道水还能用来灭亡别人的国家，现在才知道，汾水可以淹安邑，绛水可以淹平阳。’魏桓子听了，偷偷用胳膊肘碰韩康子，韩康子也用脚踩魏桓子，两人都暗自嘲笑知伯，对他的残忍和自以为是很反感。后来，知氏失败，他的封地被瓜分，成为天下人讥笑的对象。现在，秦国虽然兵强马壮，但再强也不会超过当年的知氏；而韩国和魏国虽然弱小，但是，再弱也要胜过他们当初在晋阳城下的时候。现在，正是他们碰肘和踩脚达成默契的时候，希望君王不要轻视他们。”秦昭王听了，于是对两国感到忧虑。

不久之后，齐国、楚国联合起来，攻打魏国。魏王派人来向秦国求救，派去的使臣一个接着一个，可是秦国就是不发兵来救。魏国有个叫唐雎的人，当时已经九十多岁了，他拜见魏王说：“请让老臣我西去游说秦王，保证让秦国的救兵比老臣还要先出来。”魏王感激，拜谢两次，然后准备车辆送唐雎出发。

唐雎到了秦国，马上去拜见秦王。秦王说：“你老人家远道而来，一路劳顿，太辛苦啦！魏国已经派好几个人来过了，我早就已经知道魏国现在很危急。”

唐雎于是说：“君王既然知道魏国危急，却不发兵救援，这肯定是替你出谋划策的大臣无能。魏国，是拥有万乘兵力的大国，然而，这个大国却侍奉秦国，自愿成为秦国在东方的藩属，接受秦国赐给的衣冠服饰，春秋两季按时向秦国进贡祭品。这是为什么呢？是因为强大的秦国是可以信赖的盟国。而现在呢，齐国、楚国的联军已经兵临魏国城下，但是秦国却不发救兵，其实也就是觉得魏国还可以撑下去。但是，假如魏国撑不住了，那么它将被迫割地，而且会加入合纵的行列，与齐楚等国共同反对秦国。如果到了那个地步，那君王还能救什么呢？如果一定要等到魏国危在旦夕才发兵救它，那么，弄不好就会失掉一个东方的藩属魏国，而使齐、楚两个敌国更加强盛，这样对君王有什么好处呢？”

秦昭王听了，马上就发出了救兵，魏国于是转危为安。

此后不久，赵王派人对魏王说：“替我杀死范痤，我愿意拿出方圆七十里土地献给魏国。”魏王动心，就派人去逮捕范痤。包围了范痤的家之后，范痤察觉了，就爬上了屋顶，骑在房梁上，对来抓他的官吏说：“与其拿死的范痤交易，不如拿活的范痤交易。假如说，你们杀了我，但是赵王不愿送给魏王土地，那么魏王怎么办？所以，不如先与赵王划定割地，然后再杀我。”魏王同意了。范痤抓紧时间，写信给信陵君说：“我范痤，以前是魏国的相国，现在退居二线了。赵王用割地为条件，让魏王杀掉我，魏王竟然听从他。假设有那么一天，强秦也仿效赵王的办法，让你的国君杀掉你，那你准备怎么应付？”信陵君颇有感触，就向魏王进谏，魏王醒悟，就把范痤释放了。

因为秦国曾经出兵援救魏国，所以魏王想亲近秦国，攻打韩国，讨回以前的失地。信陵君无忌劝阻魏王说：

秦人与野蛮的外族有相同的习俗，都有虎狼一样的心肠，贪婪暴虐，不讲信义，不懂礼义。只要是有利可图，那就连亲兄弟也不顾，就像禽兽一样，这是天下人都知道的。秦国从来没有施过恩，从来没有积过德。所以，宣太后虽然是秦王的母亲，却忧伤而死；穰侯是秦王的舅舅，没有谁比他的功劳更大，可是竟然被驱逐出国了；泾阳君、高陵君是秦王的弟弟，没有罪过，却一再剥夺他们的封邑。秦国对待亲戚尚且如此，又何况对于有仇的国家呢？现在，君王如果和秦国联合，去攻打韩国，那么就会被秦国所害。君王您要是不懂得这个道理，就不可能合理治国；作为大臣，如果不向君王讲清这个道理，就是不忠诚。

现在，韩国国君年幼，靠母后辅佐，国内有叛乱，国外有强大的秦、魏两国来挑战。这样下去，韩国还会不灭亡吗？韩国如果灭亡，那么秦国就会占有郑地，就会与我们的首都很近。君王认为这样安全吗？君王想得到原来的土地，却与强秦亲近，君王认为这样的办法合适吗？

秦国不是安分的国家，灭亡了韩国之后，肯定还会再挑事端，再挑事端，必定会找容易下手和有利可图的目标，而找容易下手和有利可图的目标，肯定不会去找楚国和赵国。为什么这么说呢？因为，进攻赵国，就要跨越大山与黄河，还要穿越韩国的上党，这样很危险，有前车之鉴，秦国肯定不会这样做。如果取道河内，横渡漳水、滏水，与赵军在邯郸城外决战，那就是重演知伯的败绩，秦国也会避免。要是讨伐楚国呢，那要路经涉谷，跋

抗秦图存

涉三千里，进攻要塞，所走的道路实在太远，所攻打的目标也实在太难对付，秦国不会这样做。如果路经河外，背向大梁，与楚军在陈郊决战，秦国又不敢。所以说，秦国肯定不会进攻楚国和赵国，更不可能去进攻卫国和齐国。如果韩国真的灭亡，那么秦国只要出兵，就肯定是要出兵魏国。

秦国本来就拥有怀、茅、邢丘地区，又在跪津筑城，进逼河内，所以我国的河内地区是很危险的；秦国如果占有郑地，得到垣雍，挖开荧泽引水淹灌我们的大梁，那么大梁肯定守不住。君王联合秦国进攻韩国，这已是大错；可是更大的错误是，在秦王面前中伤安陵氏。秦国的叶阳、昆阳与魏国的舞阳很近，如果秦国攻灭了安陵氏，那么秦军就会威胁舞阳，以及魏国的整个南部，这对魏国是多么危险哪！

君王您憎恨韩国，不喜欢安陵氏，都无可厚非。不过，不防范秦国，不注意保护南部地区，那就错了。想当初，秦国位于河西地区，离我们国度大梁有千里之远，中间既有黄河大山阻隔，又有周、韩两国作为缓冲地带。可是即使这样，秦军还是七次打败魏军，五次攻入囿中，边境的城邑都被占领，文台被夷为平地，垂都被烧得一干二净，林木被砍伐，麋鹿都死光了，连国都大梁也被包围。秦军还长驱直入，东边到达了陶邑、卫邑，北边到达了平监地区。我们魏国被秦国占领的土地，山南山北，河外河内，大县几十个，名城数百座。当时的秦国还位于河西晋国旧地，距大梁有千里之远，而对魏国造成的损失就达到了这种程度。假如秦国灭亡了韩国，占有郑国的旧地，那么，秦国与魏国之间，就既无山河阻隔，又无周、韩作为缓冲，秦国与大梁的距离就会只有区区百里，那么大祸来临的日子就不会远了。

当初，合纵抗秦没有成功，是因为楚国和魏国互相信不过，而韩国不肯参加。现在不同了，韩国遭受秦国的侵袭已经三年，秦国想迫使它屈服，但是韩国宁死不屈，还送人质到赵国，请求替各位诸侯打先锋，要和秦军决一死战。在这种情况下，楚国和赵国必定愿意与韩国合作出兵灭秦，因为它们都知道，秦国贪得无厌，不消灭全部诸侯，不使天下臣服，秦国是绝对不会罢休的。所以，我希望君王能采用合纵的主张，赶快与楚国和赵国合作，向韩国要人质，然后出兵保护韩国，这样，日后向韩国索取我们原来的土地，韩国不会不交还。这样一来，官民不必过于劳苦，就得到旧地。这样做，要比和秦国共同攻打韩国划算，而且还可以避免与强秦为邻。

保存韩国，从而安定魏国，并有利于天下，这是君王的机遇。君王还可以开通我国与韩国上党等地的道路，对过路的商贾征收过境税，这样，相当于又把韩国的上党作了抵押。有了这些税收，能使国家更富裕。而韩国呢，一定会感激魏国、亲近魏国、尊重魏国、畏惧魏国，必定不敢反叛魏国。这样一来，韩国差不多就成了魏国的郡县了。如果能把韩国做为郡县，那么大梁、河外必定能安宁。反过来说，现在如果不保存韩国，那么东西二周和安陵必定危险，而秦军打败楚、赵联军以后，卫国和齐国将被秦国吓住，如果那样，那么天下诸侯就会争着朝拜秦国，向秦国俯首称臣。

魏王觉得有道理，听从了。

二十年，秦军围攻赵国邯郸，魏国的信陵君无忌假传圣旨，夺取将军晋鄙的军队去援救赵国，赵国得救。得救之后，信陵君无忌没敢回国，留在了赵国。

三十年，信陵君无忌回到了魏国，率领五国联军去讨伐秦国，在河外击败了秦军，赶跑了秦将蒙骜。当时，魏国的太子增正在秦国作人质，秦王战败生气，想囚禁太子增。有人替太子增在秦王面前说好话："魏国的大臣公孙喜早就给丞相出主意说：'请派魏军急攻秦国，秦王恼怒，必定会囚禁太子增。魏王也会因此发怒，就会再次攻打秦国，那么秦国一定会杀掉太子增，那么我们就得利了。'现在，君王您囚禁了太子增，正中了公孙喜的诡计。为了粉碎他的阴谋，我们不如尊重太子增，与魏国和好，从而让齐国和韩国怀疑魏国。"秦王认为有道理，就释放了太子增。

三十一年，秦王嬴政即位。

三十四年，安釐王去世，太子增继位，就是景湣王。同年，信陵君无忌去世。

景湣王元年，秦军攻占了魏国的二十座城，设置为秦国的东郡。二年，又攻占了朝歌。三年，又攻占汲地。五年，又占领了垣地、蒲阳、衍地。

十五年，景湣王去世，儿子王假继位。

王假元年，燕太子丹派荆轲去行刺秦王，被秦王发觉。三年，秦军攻打魏国首都大梁，引河沟的水淹灌大梁城，三个月后城墙被水浸泡倒塌，魏王假请求投降，被秦军俘虏。于是魏国灭亡，被秦国设为郡县。

第二十六章

韩世家

中国历史名著文库

恢复赵氏

韩国的祖先，与周室同姓，姓姬。他的后代子孙侍奉晋君，被封到了韩原，这个人名叫韩武子。韩武子死后，过了三代，有个后代叫做韩厥，他根据封邑的名称，改姓韩。

晋景公三年，晋国的司寇屠岸贾想要叛乱，胡说杀害晋灵公的逆臣是赵盾。因为赵盾很久以前就已经去世了，所以就要诛杀赵盾的儿子赵朔，韩厥阻止屠岸贾滥杀无辜，屠岸贾不听。韩厥于是偷偷告诉了赵朔，让他逃跑。赵朔说：“你要答应我，一定不

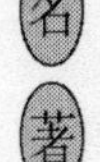

要让赵氏断了香火，那我死也瞑目了。”韩厥答应了他。等到屠岸贾杀害赵氏家族时，韩厥假称有病，不肯出来参与。后来，程婴和公孙杵臼把赵氏孤儿赵武藏了起来，这件事，韩厥是知道的。

景公十一年，韩厥与人率大军讨代齐国，打败了齐顷公，抓获了逢丑父。之后不久，晋国设置六卿，韩厥因为有功，位居六卿之一，号为献子。

晋景公十七年，景公生病，占卜的结果是，死去的有功之臣断了香火，他们的灵魂在作祟。韩厥趁机称颂赵氏家族对晋国的贡献，并说他们断了香火，用这些话感动景公。景公问道：“他们还有后代吗？”韩厥于是说出了赵武的家世。景公于是把赵氏原有的封邑还给了赵武，让他接续赵氏家族的祭祀。

晋悼公时期，韩厥去世，儿子宣子接替他的职位。

晋平公十四年，韩家势力已经非常强大。吴国的季札曾出使晋国，说：“晋国的政治，以后肯定会由韩、魏、赵三家掌握。”

晋顷公十二年，韩宣子和赵、魏共同瓜分祁氏、羊舌氏的封地。晋定公十五年，韩宣子和赵简子攻打范氏、中行氏，清除了他们的势力。

韩宣子去世，过了三代，康子继位。康子和赵襄子、魏桓子一起打败了知伯，瓜分了他的封邑，韩氏家族的领地更大了，超过了一般诸侯的规模。康子去世之后，过了一代，景侯继位。景侯时期，韩氏家族与赵、魏一起被封为诸侯。

几代过去，到了哀侯元年，韩家又与赵、魏共同瓜分了晋国。

到了韩昭侯时期，申不害出任韩相，他推行法家的主张，国内稳定，国力强大，其他诸侯不敢来犯。二十二年，申不害去世。

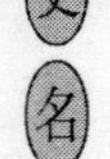

在秦楚之间

韩宣惠王五年，张仪担任秦国丞相。十一年，韩侯改称为王，同时，与赵国结盟。十四年，秦军在鄢地打败了韩军。

十六年，秦军在修鱼再次打败韩军，还在浊泽俘虏了韩国的两员大将。韩王很焦急，于是丞相公仲侈建议韩王说："盟国靠不住，他们不会来帮我们。其实，秦国早就打算进攻楚国，我们现在不如通过张仪与秦国讲和，再拿出一座名城贿赂秦国，然后，我们制造兵器装备军队，与秦军一起去讨伐楚国，这是以小换大的计策。"韩王同意，于是让公仲侈秘密启程，准备去与秦国讲和。

楚王听说了这个消息，非常惊慌，马上召见大臣陈轸，把这种情况告诉他，并征求他的意见。陈轸说：

"秦国早就对楚国蠢蠢欲动了，现在，又得到韩国的一座名城，还有特意装备过的韩国军队来帮助它，可以与韩国联合进攻楚国，这正是秦国梦寐以求的事。现在它的机会已经成熟，楚国已经不可能不被他们攻打了。君王要是听从我的意见，那就马上警戒四面国境，对外宣传要发兵援救韩国，让战车布满道路，派遣大量使臣，多配备随行的车辆，满载各种器用财物，让韩王相信楚王真的是要来援救。

"这样一来，即使韩国还是不肯完全与楚国搞好关系，韩王也一定会感激楚王的恩德，肯定不会跟秦国像亲兄弟一样来攻打楚国，这样一来，秦国和韩国的关系就会出现裂痕，即使他们还是合作攻打楚国，也不会对楚国形成大的威胁。如果能进一步使韩国听从楚国，并与秦国断绝关系，那么秦王一定大怒，对韩国深恶痛绝。这样呢，韩国只好结交楚国，轻视秦国，而轻视秦国，那么它就不会恭恭敬敬地对待秦国。这就可以借助秦、韩两国军队

的矛盾，避免楚国遭殃。”

楚王说：“好。”于是就在国境上加强警戒，做出要发兵援救韩国的样子。命令战车布满道路，并派遣很多使臣到韩国去，带了很多满载宝物的车辆随行。到了韩国，使臣对韩王说：“我们楚国虽小，但已经把军队全都派出来了。希望能让楚国在与秦军交战的时候占据上风，我们楚国愿意为韩王作出牺牲。”

韩王听了楚国使臣的话，高兴万分，就准备取消公仲侈去秦国议和的行动。公仲侈说：“不行。真正要攻打我们的是秦国，楚国只是假装要援助我们。君王如果被楚国的虚张声势所欺骗，而轻易地与强秦为敌，那么天下人必定会嘲笑君王。况且，楚国和韩国不是兄弟国家，并没有事先约好去攻打秦国。现在秦、韩联合，准备要进攻楚国了，楚国才声言要发兵救援韩国，这一定是陈轸的诡计。况且，君王已经派人把想法告诉了秦王，现在又出

尔反尔，这是欺骗秦国。欺骗强大的秦国，听信楚国谋臣的话，这样下去，君王一定会后悔的。”

韩王不听，还是违背前约，并与秦国绝交。秦王大怒，增兵讨伐韩国。双方大战，而楚国的救兵并没有来韩国救援。十九年，秦军大败韩军。韩国送太子仓到秦国作人质，秦国才罢兵休战。

二十一年，韩国联合秦国，一起攻打楚国，大败楚将屈丐，在丹阳杀掉了八万楚军。同年，宣惠王去世，太子仓继位，就是襄王。

强秦灭韩

襄王四年，与秦武王在临晋相会。秋天，秦国派甘茂率军，攻打韩国的宜阳，第二年，攻占了宜阳，韩国士兵被杀掉六万。六年，秦国把原先占领的武遂还给了韩国，可是三年后再次攻占了武遂。十一年，秦军进攻韩国，攻占了穰邑。同年，韩国又与秦国一同讨伐楚国，打败了楚将庸眛。

十二年，太子婴去世。公子咎与公子虮虱都想当太子。当时，虮虱在楚国做人质，不在国内。苏代给公子咎出谋划策说：“公子虮虱在楚国做人质，楚王很想送他回国。现在楚国在方城以北驻扎了十多万重兵，你可以趁机建议楚王攻打雍氏。这样，韩国肯定会发兵救援雍氏，那么你肯定是领兵的统帅。你可以利用韩、楚两国的兵力，接纳虮虱回国，这样一来，虮虱肯定会听从你，一旦得势，肯定会把楚、韩边境的地区封给你。”公子咎采纳了他的计策，并依照计策行事。

楚军果然围攻雍氏，于是韩国向秦国求救。秦国没有派救兵，而是偷偷地派公孙眛来韩国，韩国并不知道公孙眛是秦国派来的。韩国丞相公仲侈问公孙眛：“你认为秦军会来援救韩国吗？”

公孙昧回答："恐怕不会。"

公仲侈又问："真的会这样吗？为什么？"

公孙昧回答：

"秦王肯定是想要效法原丞相张仪的旧伎俩。当初，楚威王进攻魏国，秦国丞相张仪建议秦王：'秦国要是与楚国联合，共同攻打魏国，那么，魏国要是战败，肯定会投入楚国的怀抱；而韩国呢，本来就是楚国的盟国，这样一来，秦国就成了孤家寡人。所以呢，秦国要是出兵，就不要真的努力作战，只要能迷惑他们就行，让魏国和楚国大战，损失越大越好。这样，鹬蚌相争、渔人得利，秦国就可以坐收西河以外的土地了。'

"现在，看秦国的样子，还是想效法当初的旧伎俩，表面上说是支持韩国，其实暗中与楚国友好。如果你认为秦国军队会出力，想靠秦军来增援，那你就肯定会轻易地与楚军交战。而楚军呢，他们其实早就知道秦军不会为韩国卖命，所以他们就可以放心大胆地与你大战。如果你战胜了楚军，那么秦军作为你的盟军，就可以名正言顺地和你一起乘楚军无力，到三川地区耀武扬威，而后满载而归，高高兴兴地回国。如果你没有战胜楚军，那么楚军就会扼守三川，你无能为力。这两种情况，都对韩国不利，我真的很为韩国担忧啊！

"现在秦国和楚国早就已经偷偷商量好了，秦国的司马庚三次到楚国的郢都密谋，甘茂也跑到商於与楚相昭鱼见面，表面上说是公务，其实就是交换密约。"

公仲侈听了，惊慌地说："那可如何是好啊？"

公孙昧回答："韩国为了避免危险，首先要考虑倚靠韩国自己的力量，自力更生，然后再考虑秦国的援助；先考虑自救的办法，然后再考虑对付秦国的伎俩。你最好赶快与齐国和楚国联合，这样，齐国和楚国一定会把国事托付给你。"

公仲侈接受了公孙昧的建议，韩国于是与齐楚两国结盟。楚国成了韩国的盟国，自然就解除了对雍氏的包围。而秦国，避免了得罪楚国，也省去了出兵的麻烦。

苏代又对秦太后的弟弟芈戎说："韩国的公叔伯婴为了自己的

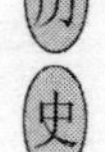

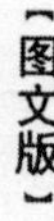

利益，担心秦楚两国支持公子虮虱回国，你为什么不替韩国求楚国放回虮虱呢？如果楚王不肯放虮虱回韩国，那么公叔伯婴就知道秦楚两国并不重视虮虱，这样，他就必定愿意使韩国跟秦楚联合。而秦楚两国如果能控制韩国，去威胁魏国，那么魏国就不敢跟齐国联合，这样，齐国就孤立了。然后，你又可以让秦国向楚国要求迎回虮虱，楚国如果不愿意，那就必然得罪韩国。那么，韩国就会依靠齐国和魏国，去攻打楚国，而楚国一挨打，就必然要重视你。如果你既得到秦国和楚国的重视，又对韩国有恩，那么公叔伯婴必定会让韩国亲近你。”

最后，由于各方面的原因，公子虮虱没能返回韩国。韩国于是立公子咎为太子。

十四年，韩国和齐魏两国联合，攻打秦国，打到了函谷关。十六年，秦国把河外及武遂地区归还给了韩国。

襄王去世之后，太子咎继位，就是釐王。

釐王三年，韩国派大将公孙喜率领韩魏联军二十四万人，去攻打秦国。秦军打败了韩魏联军，在伊阙俘虏了公孙喜。五年，秦军攻占了韩国的宛城。六年，韩国把武遂地区方圆二百里的土地割让给了秦国。十年，秦军在夏山打败韩军。十二年，韩王与秦昭王会合，帮助秦军攻打齐国，齐军战败，齐滑王逃亡。十四年，又与秦王相会。二十一年，派兵援救魏国，被秦军打败。

二十三年，赵、魏两国联合，来攻打韩国的华阳。韩国向秦国求救，秦国置之不理。韩国的相国对请求谋士陈筮说："现在事态危急，我知道你现在身体不好，但还是希望你能连夜赶到秦国求救。"陈筮于是到了秦国，先去会见穰侯。穰侯说："事态紧急吧？否则不会派你来。"陈筮说："并不紧急。"

穰侯生气地说："你作为国君的特使，怎么能这样说假话？韩国的使臣络绎不绝地来到秦国，都告诉我们情况非常紧急，可是你却说不急，这是怎么回事？"陈筮解释说："如果韩国真的危如累卵，那么韩国就会改变政策，归附他国，这样问题就解决了。正因为还不到那个程度，所以又派我来啦。"

穰侯恍然大悟，知道秦国如果再不出兵援救，那么韩国就会与别的国家结成友好关系，就会疏远秦国，于是说："你不必去见秦王了，我们立刻发兵援救韩国。"八天后，秦国援军赶到了韩国，在华阳山下打败了赵魏联军。

这一年，釐王去世，儿子桓惠王继位。

桓惠王元年，韩国讨伐燕国。九年，秦军攻占了韩国的陉城，在汾水河边建城驻守。十年，秦军在太行山攻打韩国。同年，韩国的上党归附了赵国。十四年，秦军攻占了赵国的上党，在长平活埋了赵国士兵四十多万人。十七年，秦军攻占了韩国的阳城和负黍。二十四年，秦军又攻占了韩国的城皋和荥阳。二十九年，秦军再次攻打，占领了十三座城。

三十四年，桓惠王去世，儿子王安继位。

王安五年，秦军攻打韩国，韩国危在旦夕，于是派韩非出使秦国讲和。秦国扣留了韩非，把他杀了。

九年，韩王安被秦军俘虏，韩国的土地全部被秦国占领，成为了秦国的一个郡。韩国就此灭亡了。

第二十七章
田敬仲完世家

中国历史名著文库

田氏篡权

陈完，是陈厉公的儿子。陈完出生的时候，碰巧周太史路经陈国，陈厉公就请他为陈完占卜，得到的是卦象是从“观卦”变为“否卦”，卜辞说：“这个人以后会成为君王的上宾。他要么将会取代陈君，拥有国家；如果不是在陈国，那么就会在别的国家掌权；如果他自己不能掌握一个国家，那么他的子孙肯定会这样。假如是在异国掌权，那么一定是在姜姓国。姜姓，是帝尧时四岳的后代。不过，一山不容二虎，陈完家族的兴盛，或许要等到陈国衰亡以后。”

陈厉公，是陈文公的儿子，母亲是蔡国人。文公去世之后，厉公的哥哥继位，就是桓公。桓公和弟弟厉公不是同母所生。有一次，桓公生病，蔡国人趁机替厉公杀了桓公以及太子陈免，而立他为君，从此成为厉公。厉公登位后，娶了个蔡国女子为妻。这位蔡国女人跟蔡国人通奸，经常回蔡国去私会。同时，厉公也不规矩，也经常到蔡国去淫乱。桓公的小儿子陈林对厉公杀了他的父兄怀恨在心，就跟蔡国人合谋，诱骗厉公出行，杀了他。然后，陈林自立为君，就是庄公。因为厉公陈佗没有善终，所以陈完没能继位，只做了陈国的大夫。

庄公死后，弟弟杵臼继位，就是宣公。

二十一年，宣公杀了他的太子御寇。陈完跟御寇关系特别好，现在御寇被杀，陈完怕受牵连，就逃到了齐国。齐桓公欣赏陈完的才能，想封他为卿，陈完推辞道：“在外作客的小臣，能有幸免除各种负担，已经感恩不尽了。哪里还敢担当这么高的职位？”桓公于是让他担任了管理百工的工正。齐懿仲想把女儿嫁给陈完，不知道是否合适，就去占卜吉凶，卦辞说：“两人像凤凰共同飞翔，鸣叫之声和谐悦耳。他们的后代，将会在姜姓国家里繁荣兴盛。五代以后，地位可以并列于正卿。八代之后，地位之高无人能比。”齐懿仲很高兴，于是把女儿嫁给了陈完。

在齐国的时候，陈完把自己的姓氏改成姓田。几代过去了，到了田无宇的时候。

田无宇生了田开和田乞。田乞侍奉齐景公，身任大夫之职。田乞待人宽厚，他向百姓征收赋税时用小斗进，借给百姓粮食时用大斗出，暗中向百姓施加恩德，而齐景公不了解其中的奥妙，所以不加禁止。这样一来，田氏深得齐国的民心，田氏的宗族于是日益强大。齐国大臣晏子多次提醒齐景公，要他防范田氏家族，可是景公不听。后来，晏子出使晋国，偷偷对老朋友叔向说：“齐国的政权，以后肯定要落在田氏家族手里啊！”

晏子去世后，范氏、中行氏在晋国反叛。晋国紧急出兵镇压，范氏、中行氏派人跑到齐国，请求借粮。田乞想乘机起事，准备在诸侯中结党，于是就劝景公说：“范氏、中行氏多次对齐国有恩，齐国不能见死不救。”齐君于是派田乞前去救援，并且运送了很多粮食给他们。

景公的太子死得早，景公于是想把宠姬的儿子荼立为太子。景公重病时，吩咐丞相高昭子和国惠子，要他们日后一定要把荼立为太子。景公去世后，两位丞相就拥立荼为君，这就是晏孺子。田乞对此很不高兴，他想拥立景公的另外一个儿子阳生，阳生与田乞的关系一直很好。晏孺子就位后，阳生逃到了鲁国。田乞想挑拨高、国两位丞相与其他大臣之间的关系，以便接回阳生，从而使自己也尊贵起来。他先是对两位丞相做出很亲密的样子，每次上朝都陪同乘车，并且对他们说：“想当初，各位大夫都不想拥立孺子。现在，孺子成了国君，所以大夫们人人自危，图谋作乱。”然后，他又欺骗大夫们说：“高昭子这个人很危险，趁他还没对我们下手，我们先干掉他吧！”各位大夫果真人人自危，所以都听从了他。

于是，田乞、鲍牧和大夫们率兵入宫，攻杀高昭子。高昭子逃跑，与国惠子一起去救晏孺子。孺子的军队很快被打败，田乞乘胜追击国惠子，国惠子逃亡出国，到了莒地；军队于是又返回，

杀掉了高昭子。

田乞派人到鲁国，接回了阳生。阳生回国之后，先是藏在了田乞家里。田乞邀请各位大夫说："我这里备有祭祀用的一点酒

肉，请各位赏光，前来宴饮。”大夫们于是就到田乞家里宴饮。田乞把阳生装到大布袋里，放在宴会中央的坐位上。然后，当着大夫们的面，解开口袋，放出阳生，对大家说：“这才是齐国真正的君王啊！”大夫们都俯地拜见。

然后，大家就要准备拥立阳生。田乞为了让自己的想法显得更有说服力，于是就撒谎说：“这是我和鲍牧共同谋划的，我们都想拥立阳生。”鲍牧听了，发怒说：“我没有想拥立阳生！难道各位大夫都忘了景公的遗命吗？”各位大夫听了，都想反悔。阳生见状，就叩头说：“要是大家觉得我还行，那就立我为君；要是不行，那就算了。”这个时候，鲍牧害怕大祸临头，就改口说：“都是景公的儿子，怎么会不行呢！”于是，大家就在田乞家里拥立阳生为君，就是悼公。

悼公即位后，派人把晏孺子迁到了骀地，不久就杀了他。而田乞，成了相国，掌握了齐国的政权。

四年后，田乞去世，儿子田常继承相位，就是田成子。

鲍牧跟齐悼公和不来，杀了悼公。齐国人于是拥立悼公的儿子壬为君，就是简公。田常和监止一起，分别担任左右相国，辅佐简公。监止深受简公宠信，田常无法夺得监止的权力，所以耿耿于怀。于是，田常重新采用他父亲田乞的老办法，用大斗把粮食借给百姓，而收回的时候只用小斗。齐国百姓很感激田常，讴歌他说：“老太太采的芑菜，都愿意送给田成子！”

齐国大臣御鞅看出了田常与监止之间的矛盾，于是劝谏简公说：“田常和监止水火不容，难以两立，君王应该有所取舍！”可是简公不听。

监止有一个同族人，叫做子我，经常与田氏发生冲突。子我有一个很宠信的手下，叫做田豹，是田常的远房亲戚。子我对田豹说：“我想杀光田氏的嫡系子孙，让你田豹控制田氏家族。”田豹拒绝说：“我毕竟是田家的亲戚啊！不要杀光田氏。”子我不听。田豹没办法，于是把子我对自己讲的话告诉了田氏：“子我将要杀光田氏，田氏要是不先动手，那么就要大祸临头了。”

子我住在简公的宫里，田常兄弟四人乘车赶到宫里，想攻杀子我，但是子我紧闭大门，田常等人进不去。当时，简公正在檀台与宫妃饮酒，听说了田常等人的事，就想派兵攻打田常。太史子馀对简公说："田常不是要作乱，他是要为国除害。"简公相信了，于是罢兵。这时候，田常出宫，听说简公发脾气了，就想逃亡出国。田子行说："迟疑不决，怎么可能成事？"田常于是留下来，攻打子我。子我率领部下迎击田氏，无法取胜，只好逃亡。田氏乘胜追击，杀掉了子我和监止。

简公听说田常叛乱，于是仓皇出逃。田氏追到徐州，抓住了简公。简公感叹说："要是我早点听从御鞅的话，就不至于到这种地步！"田氏害怕简公复位而诛杀他们，就杀了简公。简公死后，田常拥立简公的弟弟骜，这就是平公。平公即位后，任命田常为丞相。

田常杀了简公后，害怕诸侯一起讨伐他，就把齐国原先侵占的鲁国、卫国的土地全部退还，还向西与晋国、韩氏、魏氏、赵氏友好往来，向南派遣使者与吴越通好。在国内，田常则修行德政，论功行赏，安抚百姓，因此齐国再次安定。

田常对齐平公说："施行恩德，可以得民心，这方面请君王亲自施行；刑罚是民众最憎恶的，可以由我来执行。"就这样，田常运用刑罚处治自己的政敌，五年后，整个齐国的政权都就落在了田氏手里。田常掌握了大权之后，就把鲍氏、晏氏、监止及公族中势力较强的人全部杀光了，并划出齐国的大片领土，做为自己的封邑，封邑之大，大于齐平公管辖的地区。

权力确定之后，田常开始享乐，在齐国挑选身高七尺以上的美女，接到后宫充当妃妾，以至于后宫妃妾达到了几百人。而且，允许宾客、侍从随便出入后宫，毫不禁止。等到田常去世的时候，妃妾们生了七十多个儿子。

田常死之后，儿子襄子继位，担任齐国丞相。

田襄子担任丞相后，让他的兄弟及族人包揽了齐国都邑的大夫职务，并与三晋互通使臣，势力之大，几乎控制了整个齐国。

襄子去世之后，儿子庄子继位，继续当齐宣公的丞相。庄子去世之后，儿子太公继位，还是当齐宣公的丞相。

宣公在位五十一年去世，儿子康公贷继位。贷在位十四年，沉溺酒色，不理朝政。太公于是就把他迁到海边，给他一城的食邑，让他接续祖先的香火。

过了三年，太公与魏文侯相会，请求提升自己为诸侯。魏文侯派使臣通告周王和诸侯，请求立齐相为诸侯，周王批准了这一请求。于是，从康公十九年开始，太公就成了诸侯，田氏开始用元年记事。

齐威王一朝奋起

两年后，齐侯太公去世，儿子桓公继位。

桓公五年，秦国和魏国联合起来，一起去进攻韩国，韩国向齐国告急。齐桓公召集大臣们商量："你们说，是早救好，还是晚救好？"

驺忌回答："还是不救最好。"

段干朋说："要是不救，那么韩国就会战败，战败之后，它就会归属于魏国。还是救它比较好。"

田臣思说："君王您想偏了！秦国、魏国进攻韩国，楚国、赵国肯定会去救它。大家都在忙，我们就可以出其不意，攻打燕国，这可是上天把燕国赐给齐国的大好机会啊！"

桓公同意田臣思的谋划，于是暗中答应韩国使臣，说可以派兵救援。韩国以为真的会得到齐国的救援，所以就与秦国、魏国打了起来。楚国和赵国得到了消息，果然发兵来救援韩国。趁此大乱的机会，齐国发兵袭击燕国，占领了桑丘。

六年，桓公去世，儿子威王继位。同年，原来的齐康公去世，没有后代，于是他的奉邑都归到了田氏名下。

齐威王元年，韩、赵、魏三国趁齐国办丧事，前来攻打齐国的灵丘。六年，鲁国讨伐齐国，攻进了阳关；晋国也讨伐齐国，打到了博陵。七年，卫国讨伐齐国，占领了薛陵。九年，赵国讨伐齐国，占领了甄城。

齐威王自从即位以来，不理国事，而是委托大臣办理，九年之中，各国诸侯都来讨伐，齐国频频战败，人民不得安宁。齐威王终于醒悟，立刻召见即墨的大夫，对他说："自从你开始治理即墨以来，每天都有人诽谤你，一天都不断。然而，我派人去视察即墨，却发现田地都得到充分利用，当地百姓全都丰衣足食，官府的公事从不积压，整个东部都因为你的治理而得到平安。你之所以遭到诽谤，仅仅是因为你不愿逢迎我的左右。"于是封给他万户食邑。

赐封了即墨大夫之后，齐威王又召见阿大夫，对他说："自从你治理阿地以来，每天都有赞誉你的话，一天都不断。然而，我派人视察阿地，却发现田地荒芜，老百姓穷困潦倒。从前，赵军攻占甄城，你坐视不援；而卫军攻占了薛陵时，你竟然不知道！你之所以享有厚誉，仅仅是因为你用重金贿赂了我的左右，求得了赞扬。"

当天，齐威王就烹杀了阿大夫，并把自己身边曾经吹捧过他的人一起都烹杀了。之后，齐威王发兵西进，讨伐赵、卫两国；还在浊泽打败了魏军，并包围了魏惠王。魏惠王请求割地讲和，赵国也归还了原先占领的长城。齐威王的举动，使齐国全国震惊，人们再也不敢文过饰非，而是竭尽忠诚，很快，齐国就得到了很好的治理。各国诸侯见到齐国的巨大变化之后，不敢侵犯齐国，长达二十余年。

驺忌子因为善于弹琴，而被齐威王召见，威王很欣赏他，于是就让他住在宫中。不久之后，有一次，威王正在弹琴，驺忌子突然推门进来，唐突地说："弹得真好啊！"

威王被突然打断，很不高兴，就把琴推开，把右手按在宝剑上，说："先生只是看到了表面上的动作而已，还没有仔细品味，你怎么知道我弹得好呢？"

驺忌子回答说："大弦的音调浑厚而且温和，象征国君；小弦的音调高亢而且清脆，象征丞相；弦摁得很深而放得舒展，象征

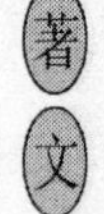

政令；发出的声音和谐而且响亮，大小声音配合得很美妙，没有杂音来干扰，象征四时；我就是凭借这些，所以知道你弹得好。”

威王的情绪稍有缓解：“你很善于谈论音乐。”

驺忌子说：“这可不止是谈论音乐啊，治理国家和安抚人民，其实都是一样的道理。”

威王又不高兴了：“如果谈论五音的调理，我承认没人能比得上先生。但如果要谈论治理国家和安抚人民，那恐怕先生就不能拿弹琴的理论来生搬硬套！”

驺忌子回答：“大弦的音调浑厚而且温和，象征国君；小弦的音调高亢而且清脆，象征丞相；弦摁得很深而放得舒展，象征政令；发出的声音和谐而响亮，大小声音配合得十分美妙，没有杂音来干扰，象征四时。所有这些声音，循环往复而不混乱，其原因就在于国家政治昌明；而节奏紧凑利落，则是由于救亡图存。所

以说，琴音协调，那么国家就会得到治理。治理国家和安抚人民，其中的道理，跟五音之理是最相像的了。”威王听了，表示同意。

驺忌子得到威王的赏识，不到三个月就被授予了相印。大臣淳于髡不服，见到驺忌子的时候就说：“你可真会说话呀！我有些不成熟的想法，想跟先生探讨。”驺忌子说：“我洗耳恭听。”

淳于髡说：“侍奉国君，如果周到无误，就可以身名两全；否则，就会身败名裂。”驺忌子回答：“恭听指教，我会永远牢记在心。”淳于髡又说：“把猪油涂抹在棘木车轴上，是为了使它润滑，然而，润滑得再好，也不可能使方轴孔转起来。”驺忌子回答：“恭听指教，我要谨慎地侍奉国君。”淳于髡说：“用胶把裂了缝的旧弓粘起来，是为了把它粘在一起，然而，胶再好，也不可能把裂缝完全合起来。”驺忌子回答：“恭听指教，我愿意恭顺地依附于万民。”淳于髡说：“狐皮大衣即使破了，也不能拿黄狗皮来缝补。”驺忌子回答：“恭听指教，我一定会谨慎地选择贤臣，绝不让小人混进来。”淳于髡说：“大车如果不较正，就无法正常载重；琴瑟如果不调弦，就无法弹出和谐的五音。”驺忌子回答：“恭听指教，我一定会细致地修订法律，并且认真监督那些奸猾的官吏。”

淳于髡说完，快步退出，到了门外，对他的仆人说：“这个人了不得，我说了五句隐语，他回答我既快又准。要不了多久，他还会受到封赏！”果不其然，仅仅过了一年，威王便把下邳封给了驺忌子，封号为成侯。

威王二十三年，齐威王与魏王一起去打猎。魏王问道：“大王有宝物吗？”威王回答：“没有。”魏王说：“像我们魏国这样的小国，还有直径一寸的夜明珠，即使在每辆车上装十枚这样的夜明珠，也可以很轻松地就装饰十二辆车。可是，拥有万乘兵力的贵国，怎么可能反而没有宝物呢？”

威王回答：“在寡人眼里，对宝物的看法与大王你不同。我有个叫檀子的大臣，我派他去镇守南城，楚国人就不敢进犯，而且泗水一带的十二个诸侯就都主动来朝拜。我还有个叫盼子的大臣，派他去镇守高唐，赵国人就再也不敢到东边的河里捕鱼。还有个叫黔夫的官吏，派他镇守徐州，燕国人和赵国人就向着他的方向

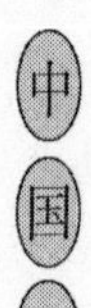
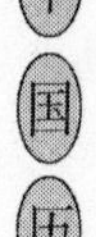

祭祀，祈求平安，追随他迁移到我国的达到七千多家。我还有个名叫种首的大臣，派他防守盗贼，结果呢，夜不闭户，路不拾遗。这些人，可都是光照千里啊！其贵重，哪是那十二辆车上的宝珠所能比拟！”魏惠王羞愧万分，垂头离去。

二十六年，魏惠王包围赵国邯郸，赵王向齐国告急。齐威王召集大臣商议说：“是救赵好，还是不救好？”驺忌子认为：“不救好。”段干朋说：“不救违背讲道义，对我们不利。”威王问：“为什么这么说呢？”段干朋回答：“如果魏国吞并邯郸，这对齐国有什么好处呢？所以，我们不如向南进攻魏国的襄陵，使魏军顾此失彼，这样，魏军即使攻占了邯郸，我们也可以控制局面。”威王准备采纳段干朋的计策。

当初，驺忌子和田忌不和，所以，趁这个机会，公孙阅建议驺忌子说：“你也应该向威王提议去进攻魏国，那样，威王肯定会让田忌去带兵。如果田忌战胜，那么就说明你的谋划正确；如果战而不胜，那么田忌不是死在前线就是向后溃败，那么他的命就可以掌握在你的手心里了。”于是，驺忌子建议威王出兵，派田忌向南攻打襄陵。十月，邯郸被攻陷，齐国趁此机会攻打魏国，在桂陵大败魏军。于是，齐国成了诸侯中最强大的国家，自称为王，对全天下发号施令。

三十五年，公孙阅又建议驺忌子：“你可以派人拿十斤黄金到市上去占卜，说：‘我是田忌的人。我们三战三胜，威震天下。现在想要起事，想看看是吉利还是不吉利？’”驺忌子依计行事。占卜的人走后，驺忌子派人逮捕了为他占卜的人，然后，在威王面前验证占卜人说的话。田忌听到了这一消息，知道是驺忌子搞鬼，就率领部下袭击临淄，来抓驺忌子，但当时，他的形势不妙，所以还没有战胜，他就先逃亡了。

三十六年，威王去世，儿子宣王继位。

唇亡齿寒

宣王元年，秦国任用商鞅，国力强盛。周王把霸主的称号给了秦孝公。

二年，魏国攻打赵国。赵国和韩国关系好，就联合起来，一起反攻魏军。赵军在南梁战败，韩国于是向齐国求救。齐宣王召集大臣，问他们："是早救好，还是晚救好？"驺忌子回答："不如不救。"当时，田忌已经被宣王招回，恢复了原来的职位，他说："要是不救的话，如果韩国受挫，它就会归属于魏国，不如早点去救它。"

孙膑说："韩、魏两国的军队现在尚未疲惫，如果这个时候去救韩国，我们就会代替它来承受魏军的打击，这样下去，我们疲惫不堪，到头来反而要听从韩国的指挥。况且，魏军想彻底攻破韩、赵两国，等韩国看到了亡国的危机，就肯定会再次向齐国求救。到了那个时候，我们既可以趁机与韩国结成亲密的关系，又可以晚一点承受魏军的打击，从而避免损失。这样，齐国就既可以获得厚利，又可以得到美名。"宣王同意孙膑的看法，就告诉韩国来的使者，说齐国准备救援。

韩国有了齐国的这个承诺，有所依仗，就与魏军交战，结果，五次战斗都没有胜利。只好再次请求齐国。齐国趁机发兵，派田忌、田婴为将军，孙膑为军师，援救韩、赵，攻击魏国，在马陵大败魏军，杀死了魏将庞涓，俘虏了魏太子申。之后，三晋的君王都通过田婴引见，前来拜见齐王，结盟后离去。

齐宣王在加强武力的同时，还从各地招徕能言善辩的游士。当时的著名游士，比如驺衍、淳于髡、田骈、接予、慎到、环渊等人，有七十六人，宣王都赏给他们宅第，封为大夫，他们不承担政事，专门谈论学问。因此，齐国稷下的学者人数大增，有好几百甚至上千人。

十九年，宣王去世，儿子湣王继位。

湣王十二年，齐国进攻魏国。二十三年，与秦军联合，在重丘打败楚军。二十四年，秦国把泾阳君送到齐国作人质，一年后，齐国把泾阳君送回了秦国。二十六年，齐国和韩、魏两国联合，进攻秦国，打到了函谷关，并在那里驻军。两年后，秦国把河外地区割给韩国讲和，三国撤军。二十九年，齐国帮赵国灭了中山国。

三十六年，齐秦两国最为强大，齐湣王自称东帝，秦昭王自称西帝。苏代从燕国来到齐国，拜见齐王。齐王说："先生来的正好！我正有问题要请教呢！秦国派人给我送来了帝号，先生认为我该怎么办？"

苏代回答："大王这个问题提得太仓促了，我还来不及准备。我初步的想法是，希望大王先把帝号接受下来，但不要马上称帝。等秦国称帝以后，如果天下能容忍，那时大王再称帝也不迟。况且，辞让帝名，也没有什么损失。假如说，秦国称帝以后，受到天下人的憎恨，那么大王就不要称帝，以便笼络天下民心，这是很大的资本。况且，如果天下两帝并立，大王您以为，天下人是尊重齐国呢，还是尊重秦国？"

齐王回答："尊重秦国。"

苏代接着问："如果大王放弃帝号，那么天下人是喜爱齐国呢，还是喜爱秦国？"

齐王回答："喜爱齐国，憎恨秦国。"

苏代又问："东西两帝联合进攻赵国有利呢，还是大王您自己讨伐宋国的暴君有利？"

齐王回答："还是讨伐宋国暴君有利。"

苏代总结说："如果大王称帝，那么，在名义上就是与秦国一样的等级。然而事实上，与秦国一起称帝，天下人只会尊重秦国，而不会真的尊重齐国。如果齐国能放弃帝号，那么天下就会喜爱齐国，而憎恨秦国。如果齐国称帝，那么就不得不与秦国一起去讨伐赵国，这可不如齐国自己去讨伐宋国的暴君更有利。所以呢，我希望大王向外宣称放弃帝号，以便笼络天下民心。然后，大王应该抛弃盟约，不理睬秦国，不和它争高低，然后，利用这个时机去攻占宋国。占领了宋国，那么就可以威胁卫国；占领了济西，就可以威胁赵国；占领了淮北，就可以威胁楚国；占领了陶地和平陆，就可以威胁魏国。另外，如果大王放弃帝号，而且讨伐宋国的暴君，那么，国家就会受到重视，而大王就会受人尊崇；而燕国、楚国也会被迫服从，天下各国就没有谁敢不听从齐国，这可是像商汤、周武王那样的义举啊！在名义上敬重秦国称帝，然后让天下人咒骂它，这就是所谓的由低走高的策略。希望大王谨慎处理这件事。”

齐王越想越有道理，就放弃了帝号，重新称王。不久，秦国也取消了帝位。

三十八年，齐国攻打宋国。秦昭王很生气，说：“我爱护宋国，就像爱护自己国内的新城、阳晋一样。齐国的韩聂是我的好朋友，却进攻我最关心的地方，这是为什么呢？”

苏代替齐王传话给秦王：“韩聂攻打宋国，正是为了大王啊！齐国已经很强大，如果能再有宋国的辅助，那么楚、魏两国必定会恐慌起来，恐慌起来就必定会寻求秦国的帮助，就会向西侍奉秦国。这样一来，大王您不费一兵一卒，也不用伤脑筋，就可以割取魏国的安邑。这就是韩聂为大王做的打算啊！”

秦王说：“我还是担心齐国。它总是捉摸不透，一会儿合纵，一会儿连横，一会儿帮我，一会儿打我，这该怎么解释呢？”

苏代回答说：“齐国不可能完全把握天下各国的大事，所以只能根据情况改变自己的策略，所以看起来有一些捉摸不定。齐国这次进攻宋国，是因为它觉得，齐国要侍奉秦国，就必须有大国的兵力来辅助自己，所以才攻打宋国。现在，中原各国的游说之士，都绞尽脑汁想离间齐、秦联盟，从齐国到秦国去的人，没有一个人说齐国的好话，从秦国到齐国去的人，没有一个人说秦国的好话。为什么呢？因为他们都不愿意齐秦联合。而齐秦两国，的确就听信这种离间之辞，关系总也搞不好，给了三晋和楚国机会。三晋和楚国这么聪明，可是齐、秦两国为什么就这么容易上当呢？三晋和楚国联合，其目的就是进攻齐、秦两国，而齐、秦两国联合，就是要抗衡三晋和楚国，这就是天下大势，请大王根据这种原则来决策和行事。”

秦王说：“好。”于是，齐国就讨伐宋国，秦国袖手旁观。结果，宋国战败，宋王出逃，死在了温地。齐国乘机向南进军，夺取了楚国的淮北，还向西侵入了三晋，想吞没周室，自立为天子。泗水一带的诸侯，以及邹、鲁等国国君都向他俯首称臣，齐国大有吞并天下的气势，各个诸侯国都很恐惧。

三十九年，秦军讨伐齐国，攻占了九座城邑。

四十年，燕、秦、楚、三晋合谋，各派精锐部队讨伐齐国，在济西打败了齐军，齐军瓦解，如鸟兽散。燕将乐毅于是就进入临淄，把齐国的珍宝礼器搜刮一空。齐湣王兵败出逃，跑到了卫国。卫国国君对齐湣王很恭敬，把上宫让给湣王居住，提供一切生活用具，还向他称臣。可是湣王却不知好歹，傲慢无礼，卫国人看不惯，就去袭击他。湣王于是只好离开卫国，跑到邹、鲁，还是表现得很傲慢，把邹、鲁的国君也得罪了，人家也不收留他，于是，他又跑到了莒地。这个时候，楚国派淖齿率军援助齐国，当上了湣王的丞相。淖齿趁机杀了湣王，并和燕国共同分享齐国的土地，以及齐国的财宝。

湣王被杀害后，他的儿子法章改名换姓，偷偷到莒太史敫家当佣人。太史的女儿见法章气质不凡，很惊奇，断定他不是平常人，不该当佣人，因而怜悯他，经常偷偷送给他衣食，并且和他私通。淖齿离开莒城后，莒城人和齐国的亡臣聚在一起，到处寻找湣王的儿子，想立他为齐王。法章担心被他们杀害，所以继续躲藏了很久，才敢承认自己是湣王的儿子。于是，大家共同拥立法章，就是齐襄王。然后，他们向齐国各地发布公告说：“齐王已经在莒城登位。”

襄王登位后，把莒太史敫的女儿立为王后，就是君王后，君王后生了儿子建。太史敫对这桩婚事不满意，说：“女子不经媒人说合，就偷偷嫁人，她玷污了我的家风，不配作我的后代。”于是就终身不见君王后。君王后贤惠，并不因为父亲拒绝再见她，就失去作子女的礼节。

襄王在莒城住了五年。后来，大将田单依靠即墨军民，打败了燕军，然后到莒地迎接襄王，回到临淄。齐国旧有的土地于是全部重归齐国所有。田单有功，齐王封他为安平君。

襄王在位十九年，去世之后，儿子建继位。

齐王建六年，秦军讨伐赵国，齐、楚两国发兵前去援救。秦国这样计划：“齐、楚两国发兵救赵，如果它们关系密切，是真的援救，那我们就退兵；如果关系不密切，是做样子的，那我们就继续攻打赵国。”当时，赵国因为打仗，粮食不够用，于是请求齐国支援粟米，可是齐国没有答应，因为齐国并不真的想帮助赵国，只是做样子罢了。

齐国大臣周子不同意齐国的策略，对齐王说：“应该真的与赵国合作，应该答应给他们粟米，只有这样，才能使秦军撤离；要是不答应赵国，秦军就会继续围攻下去。这样下去，秦国的目的

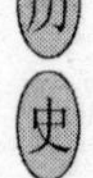

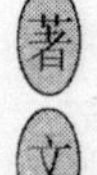

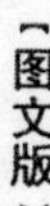

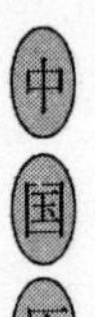

会达到，而齐、楚两国的计策就会失败。况且，赵国对于齐、楚两国来说，是个屏障，就好比是牙齿和嘴唇的关系，唇亡齿寒啊！今天赵国灭亡，明天就会轮到齐楚两国。援救赵国，应该像救火一样刻不容缓。援救赵国，是高尚的义举；使秦军撤退，还可以提高自己的声威。可是，我们现在不尽力这样做，却斤斤计较一点粮食，这是为国家出谋划策人的错误啊！”

齐王还是没有改变策略，不去支持赵国。结果，秦军在长平打败了赵国的四十多万军队，接着就包围了赵国的邯郸。

十六年，秦国灭了周。三十五年，秦国灭了韩国。三十七年，秦国灭了赵国。三十八年，燕国派荆轲行刺秦王，被秦王发觉，荆轲丧命。第二年，秦军攻破了燕都，燕王逃往辽东。四十年，秦国灭亡了魏国。四十二年，秦国又灭亡了楚国。四十三年，秦军俘虏了代王嘉，不久又杀了燕王喜，灭了燕国。

四十四年，秦军前来攻打齐国。齐王听信丞相后胜的建议，不抵抗，率军投降。秦军没费一兵一卒，进入了齐国，俘虏了齐王，把他迁到共城。于是，齐国灭亡，被划为秦国的一个郡县。秦国于是统一了天下，秦王嬴政开始号称为皇帝。

想当初，君王后贤惠，对待秦国很谨慎，与诸侯交往也很守信用。另外，齐国地处东部沿海，内地的秦军连续不断地攻打三晋、燕、楚，五国面对秦军的进攻，忙于抵抗自救，所以，齐王建在位四十多年，都没有遭受到战祸。君王后去世之后，后胜做了齐国的丞相，大肆接受秦国的贿赂，派很多人到秦国，秦国给了他们很多金钱。他们回国后，就在齐国进行间谍活动，劝齐王放弃合纵，去朝拜秦王，不作战争准备。后来，五国终于被秦国灭亡了。然后，秦军就开始进入齐国。面对秦军，百姓没有人敢于抵抗。齐王建于是投降，被迁到了共城。齐国就这样灭亡了。

第二十八章

孔子世家

中国历史名著文库

博学好礼

孔子生于鲁国的昌平乡陬邑。祖先是宋国人，叫孔防叔。防叔生了伯夏，伯夏生了叔梁纥。叔梁纥岁数很大的时候，与姓颜的少女野合，生下了孔子。鲁襄公二十二年，孔子出生。孔子刚出生时，头顶中间下凹，四周隆起，所以起名叫丘。字仲尼，姓孔。

孔丘出生之后不久，叔梁纥就去世了，埋在了防山。防山位于鲁国东部，孔子不知道父亲的墓的确切位置，母亲也没有告诉他。孔子小的时候，爱做游戏，喜欢摆设俎豆等祭器，模仿祭祀礼仪的动作。母亲死后，孔子出于慎重，没有马上下葬，而是把灵柩暂时放在了曲阜五父衢的路边。后来，有个陬邑人把孔子父亲的坟地告诉了他，然后他才把母亲的灵柩迁到防山，与父亲合葬在一起。

当孔子还在守孝时，季氏举行宴会，款待各界名士，孔子也想去赴宴。阳虎劝阻说："季氏款待的是名士，你不够格，还是不要去了。"孔子只好退出。

孔子十七岁的时候，鲁国大夫孟釐子病重，告诫自己的儿子懿子说："孔丘，是圣人的后代，祖辈在宋国败落了。他的祖辈弗父何本来可以继承大业，可是让位给了弟弟厉公。等到正考父时，曾先后辅佐戴公、武公、宣公，三次受命，一次比一次恭敬，所以鼎的铭文说：'第一次，鞠躬受命；第二次，弯腰受命；第三次，俯身受命。平时走路，不敢大摇大摆，而是靠墙根而行，即使这样，也没有人敢怠慢我。在生活上，我也很简单，就用这个鼎煮些稀粥度日。'恭谨节俭到了这种程度。我听说，圣人的后代，虽然不一定能当上国君，但必定会有才德出众的人出现。现如今，孔子年纪还不大，却讲究礼仪，他肯定就会成为那个显达的人！我活不了多久了，我死后，你一定要拜他为师。”

釐子死后，懿子便与南宫敬叔到孔子那里学习礼仪。

孔子小的时候，家境贫穷，社会地位低微。成年之后，曾在季氏门下做管理仓库的小官，出纳钱粮，公平准确；还曾管理牧场，也管理得很好。因此，升职为负责营建的司空。不久，他离开了鲁国。在齐国，他受到了排挤；在宋国和卫国，他遭到了驱逐；在陈国和蔡国之间，还曾遭到围困；于是，他又返回了鲁国。由于鲁国善待他，所以才返回鲁国。孔子身高九尺六寸，人们都称他为“长人”，都觉得他和一般人不同。

鲁国人南宫敬叔请求鲁君：“请让我跟从孔子，一起到周去。”鲁君给了他一辆车、两匹马，还有一名童仆，到周去学礼。在那里，孔子见到了老子。告别的时候，老子送行说：“富贵的人送别时，赠送财物；品德高尚的人送别时，赠送言辞。我不富贵，只好冒充品德高尚，用言辞为你送行，这几句话是：‘聪明敏感的人，常常要受到死的威胁，因为他好议论别人。博学善辩、见多识广的人，常常会陷入困境，因为他好揭发别人的罪恶。做人子女的要忘掉自己，一心为父母考虑；做臣子的，也要忘掉自己，而要一心想着君王。’”

孔子从周返回鲁国之后，门生渐渐多了起来。

当时，晋平公淫乱，六卿控制朝政，不断出兵攻打东边的诸侯；楚灵王的军队很厉害，经常讨伐中原各国；齐是大国，紧挨着鲁国。鲁国弱小，要是归附楚国，就会惹恼晋国；要是归附晋国，就会被楚国讨伐；对齐国要是伺候得不够周到，齐军就会进犯鲁国。

鲁昭公二十年，孔子大约三十岁。齐景公和晏婴来到鲁国，景公问孔子：“从前，秦穆公国家小，地方偏，他却能称霸，他靠的是什么呢？”

孔子回答说：“秦国虽小，但志向却很大；地区虽偏，可施政却很得当。他亲自举用了用五张羊皮赎回的百里奚，授给他大夫爵位，把他从牢房中请出来，与他深谈三天，然后请他执掌大政。用这种精神来治理国家，即便称王于天下，也不奇怪，他称霸还嫌小了点。”

齐景公听了，很佩服。

孔子三十五岁的时候，季平子和昭伯与鲁昭公斗鸡，得罪了鲁昭公，昭公于是率军攻打季平子，季平子不甘示弱，就联合孟孙氏和叔孙氏，三家一起攻打昭公。昭公败北，逃亡到了齐国，齐国把昭公安置在乾侯。不久之后，鲁国发生了叛乱。为了回避叛乱，孔子来到齐国，做了高昭子的家臣，想通过高昭子的关系来接触齐景公。在齐国，孔子与齐国的乐官谈论音乐，后来听到《韶》乐，就学起来，竟然整整三个月品尝不出肉味来，对于这种专心致志的精神，齐国人赞叹不已。

孔子引起了齐景公的注意，于是景公问孔子如何施政。孔子说：“国君要像国君，臣子要像臣子，父亲要像父亲，儿子要像儿子。如此而已。”景公说：“你说的对极了！假如国君不像国君，臣子不像臣子，父亲不像父亲，儿子不像儿子，那么即使丰衣足食，我也会寝食难安！”又有一天，景公又问孔子施政的原则，孔子回答：“施政最重要的，就是控制支出、节省财力。”景公听了很赞同，打算把尼溪的土地封给孔子。

晏婴劝阻道：“儒者能说会道、圆滑世故，难以用法治来约束他们。而且，他们生性高傲、自以为是，作为臣子很难驾驭。另外，他们重视丧礼，讲究厚葬，甚至不惜破产，我们决不能让这种做法形成风气。还有，他们四处游说，求取官职俸禄，我们决不能让这种人治理国家。自从圣王贤臣相继谢世以后，周室也随着衰微，礼崩乐坏已经很长的时间了。现在，孔子过分讲究仪容服饰，为上朝下朝制订繁琐的礼仪，什么快步、慢步之类，都有规矩，这些繁文缛节，几代人都研究不完，一年之内根本就学不会。君王如果想用孔子的这一套东西，来改变齐国的风俗，恐怕并不是引导百姓的最好办法。”

后来，景公虽然还是很有礼貌地对待孔子，但不再向他请教礼仪了。有一天，景公对孔子说：“要是给你季氏那样高的待遇，我无法做到。”于是就用低于上卿季氏，但是高于下卿孟孙氏的待遇来对待孔子。后来，齐国的大夫里有人想谋害孔子，被孔子发觉了。景公听说这件事，就对孔子说："我老啦，没有能力再任用你了。"孔子只好辞行，返回了鲁国。

孔子四十二岁时，鲁昭公去世，定公继位。定公五年，季平子去世，季桓子继位为上卿。季桓子挖井，挖出了一个大肚小口的陶器，里面有一只像羊一样的东西。季桓子对孔子撒谎说："我挖井，挖出了一只狗。"孔子不相信，说："据我所知，不是狗，而是羊。我听说，山林中的怪兽是单腿的'夔'和山精'罔阆'；水泽中的怪物是'龙'和'罔象'；而土里的怪物呢，应该是雌雄不分的'坟羊'。"

吴国攻打越国，夷平了越国首都会稽，还得到一节骨头，长度竟然与车相等。吴国派使臣去请教孔子："什么骨头最大？"孔子说："当初，大禹召集群神到会稽聚会，防风氏迟到，大禹为了杀一儆百，就把防风氏杀了，陈尸示众，他的骨头一节就有车那么长，应该算是最大的骨头。"吴使又问："那么谁是神呢？"孔子回答："山川的神灵能为天下人带来雨水，造福于天下，他们就是神。而守卫国家社稷的就是公侯，他们都可以称为王者。"吴使再问："防风氏是负责什么的神？"孔子回答："汪罔氏的君长负责封山和禺山的祭祀。在虞、夏、商三代，叫作汪罔，在周代叫作长翟，现在叫作大人。"吴使再问："人的身高能达到多少？"孔子说："僬侥氏身高三尺，最矮。高的差不多可以达到三丈，算得上是最高的了。"吴使很佩服孔子的博学，感叹说："真了不起呀，的确是个圣人！"

季桓子有个宠臣，名叫仲梁怀，与阳虎有仇。阳虎想赶走仲梁怀，公山不狃劝阻了他。仲梁怀于是更加横行霸道，阳虎终于忍不住，把他抓了起来。季桓子自己的宠臣被抓，很生气，想讨伐阳虎，阳虎于是就连季桓子也抓了起来，直到季桓子被迫与阳虎订立盟约之后，才把他放出来。从此，阳虎更加鄙视季氏。在鲁国，季氏总是超越本分，凌驾于鲁君之上，实际上控制了国家政权。因为有季氏的榜样，所以鲁国大臣多半不守本分，背离正道。面对这种混乱的局面，所以孔子不再做官，退出了政界，专心研究整理《诗》、《书》、礼》、《乐》等典籍。他的博学吸引了很

多学生，还有人从很远的地方前来，虚心向孔子学习。

鲁定公八年，公山不狃因为不被季氏重用，就唆使阳虎作乱，准备废掉季氏、孟孙氏和叔孙氏“三桓”的嫡长子，改立阳虎所

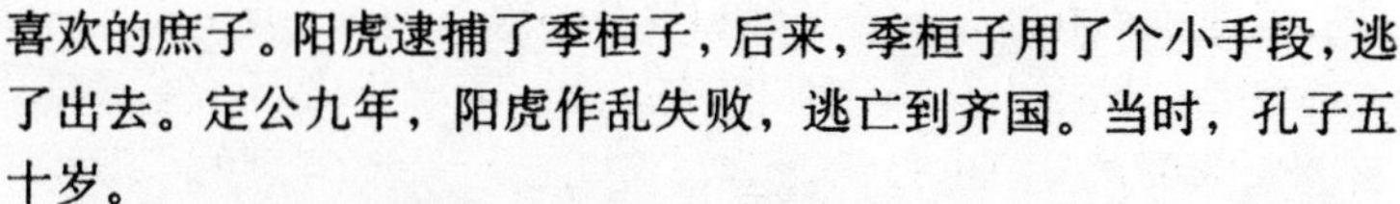

喜欢的庶子。阳虎逮捕了季桓子，后来，季桓子用了个小手段，逃了出去。定公九年，阳虎作乱失败，逃亡到齐国。当时，孔子五十岁。

公山不狃又以费城为据点，反叛季氏，派人请孔子去帮忙。当时，孔子探索治国大道已经有些年头了，却一直无处施展，没有人任用他。现在机会来了，孔子高兴，说："当初，周文王、武王在丰、镐地区兴起，后来终于建立了王业。现在呢，费城虽然小了点，但说不定真的是个机会呢！"于是就想应召前去。弟子子路不高兴，阻止孔子。孔子说："他们召我去，难道能让我白跑一趟吗？如果重用我，我就有机会在东方推行周朝的礼仪制度了啊！"可是到了最后，还是没能去成。

后来，鲁定公任命孔子去治理中都。一年之后，政绩突出，其他地方的官吏也都学习他的治理方法。于是，孔子便得到晋升，从中都长官提升为司空，又由司空提升为大司寇。

鲁定公十年春天，鲁国与齐国和解。夏天，齐国大夫对齐景公说："鲁国重用孔丘，依我看，这样下去，鲁国就会强盛起来，那肯定会威胁到齐国。"于是，齐景公派使臣告诉鲁定公，说要在夹谷举行友好会盟，实际上是想要乘机杀掉鲁定公。鲁定公没有想到这些，准备要毫无戒备地前去会盟。孔子对鲁定公说："办理文事，离不开武备；办理武事，也离不开文备。古代诸侯走出自己的疆界，肯定要配备文武官员随从。这次会盟，请安排左右司马一起去。"定公说："好。"于是就带了左右司马随从。

到了夹谷，定公和齐侯相会。那里已经修建好了会盟的土台，台上准备好了席位，设有三级登台的台阶。两人拱手揖让登台。双方馈赠仪式过后，齐国的有司快步上前请求说："请允许我们演奏四方各族的舞乐。"景公说："好。"于是，齐国的乐队举着旌旗，头戴羽冠，身穿皮衣，手执矛、戟、剑等各种兵器，闹哄哄地蜂拥而上。

孔子见了，快步上前，一步一个台阶，还差一个台阶时，把手一挥，大声说道："我们两国国君友好会盟，为什么要让夷狄的舞乐来现丑？请命令他们下去！"有司让乐队退下，可是他们不走，而是面面相觑，看着晏婴和景公的眼色。景公心里尴尬，使劲挥手让乐队下去。不一会儿，齐国有司再次快步上前说："请允许我们演奏宫中的乐曲。"景公说："好。"于是，齐国的小丑和侏儒边舞边唱，走上台来。

孔子再次快步上前，一步一个台阶，还剩下最后一个台阶，就大声说："百姓用这种邪僻的舞乐来迷惑和戏弄诸侯，论罪当斩！请命令有司执行！"有司依法执行腰斩，这几个人立刻身首异处。齐景公深受触动，知道自己在礼义方面赶不上鲁国，回国后很惶恐，询问群臣说："鲁国的大臣，用君子的大道辅佐国君，而你们呢，却用夷狄的邪道教我。现在，我已经得罪了鲁国的国君，该怎么办才好呢？"

有司上前回答说："君子犯下过错，就应该用实际行动向人认错；普通人犯错，总是用花言巧语谢罪。君子如果痛心，就用具体行动向人家道歉。"于是，齐景公就把侵占鲁国的郓、汶阳、龟阴土地归还给鲁国，以此向鲁国表示歉意。

定公十三年，孔子建议定公："大臣不许私藏武器，大夫的封邑，城墙高不准超过一丈、长不准超过三百丈。"定公同意，于是派仲由去当季氏的管家，准备拆掉季孙、孟孙、叔孙三家封邑的城墙。

公山不狃和叔孙辄很不情愿，于是率领费邑的人袭击鲁国。定公和季孙、孟孙、叔孙三人躲到季氏的住宅里，登上了季孙武子的高台。费邑人攻打他们，没有攻进去，但已经逼近了高台的台侧。孔子命令申句须、乐颀下台去反击敌人，敌人失败撤退。鲁国人乘胜追击，在姑蔑打败了他们。公山不狃和叔孙辄逃亡到了齐国，于是费邑的城墙被鲁国拆掉了。接着，又准备拆除成邑的城墙，成邑的长官公敛处父对孟孙说："要是拆毁了成邑的城墙，齐国人必然会进逼我们的北大门。况且，成邑是孟氏的屏障，没有了成邑，也就没有了孟氏。这个城墙拆不得。"十二月，定公率军围攻成邑，久攻不克。

定公十四年，孔子五十六岁，虽然还是大司寇，但已经代理丞相的职务。当时的孔子心情很好，时常喜形于色。弟子看不惯，对孔子说："我听说，君子的为人，应该是大祸临头而不恐惧，福禄双全而不喜形于色。"孔子回答："有这个话。但不是还有一句话吗，叫做'乐在身居高位而礼贤下士？'"

孔子参与国政三个月，鲁国的政治就有了很大变化。商人们不敢哄抬物价；男女有别，分路行走；丢在路上的东西没人捡起来据为私有；四方旅客来到鲁国，不必向相关官员送礼拉关系，都能得到接待和照顾，直到他们满意而归。

齐国听到这个消息，很担心。有人说："要是鲁国一直让孔子主持政务，那么鲁国肯定会称霸，鲁国一旦称霸，我国离它最近，我们就会先被吞并。为什么不先送给它一些土地呢？"一位大臣说："我们可以先争取阻止它强大，如果阻止不成，再送给它土地，那也不迟。"

于是，齐国挑选了八十名能歌善舞的漂亮少女，都穿上华丽的衣服，还有一百多匹身带花纹的骏马，准备一起送给鲁君。齐国先把歌舞少女和纹马彩车安置在鲁城南边的高门外，看鲁国的反应。季桓子很感兴趣，多次穿上便服，前去偷看。还跟鲁君撒谎，说要外出巡游，实际上整天都在城南观赏齐国的美女和纹马，连国事都懒得管了。子路见此情形，对孔子说："先生，我们应该离开这里了。"孔子回答："鲁国现在就要郊祭。郊祭过后，如果季桓子还没有忘记礼法，能把祭肉分给大夫，那么我们还可以留下来。"

季桓子接受了齐国的美女和良马，之后，一连三天尽情玩乐，不问政务。郊祭结束之后，也没有把祭肉分给大夫们。孔子很失望，只好离开鲁国。鲁国的师己赶来送行，孔子唱了首歌给师己听："妇人的口，可以把大臣赶走；亲近那些妇人，可以使国破人亡。悠闲啊，悠闲！我只能悠闲安度晚年啦！"师己返回，季桓子问："孔子说了些什么啊？"师己以实相告。桓子长叹道："先生是在怪罪我接受齐国的女乐队啊！"

丧家之犬

孔子到了卫国，卫灵公问孔子：“先生在鲁国时，领多少俸禄？”孔子回答：“粟米六万小斗。”卫国于是也给他粟米六万小斗。在卫国住下来不久，有人在卫灵公面前诽谤孔子。灵公于是就派公孙余假带兵监视孔子。孔子害怕无辜获罪，所以，在卫国住了十个月后，又离开了卫国。

孔子准备去陈国。路过匡城的时候，弟子颜刻赶车，颜刻用马鞭指着匡城城墙的一角说：“以前我来这个城的时候，是从那个缺口进去的。”匡地人听到了颜刻的话，误以为他是鲁国的阳虎。阳虎曾经与匡城人有仇，匡城人于是就围困了孔子。孔子的长相特别像阳虎，所以被围困了整整五天。后来，弟子颜渊赶到，孔子怪他来得晚，生气地说：“我还以为你死了！”

颜渊回答：“老师还健在，弟子我怎么敢先死！”

匡城人围得越来越紧，弟子们都很害怕，孔子安慰他们说：“周文王已经死了，可是周代的礼乐制度，不是还保存在我们这里吗？上天如果要让这种制度失传，就不会让后人见识它和维护它。如果上天不想毁灭这种制度，那就不会让我们死去，那么匡城人又能对我们怎么样？”随后，孔子派人向卫国宁武子称臣，终于脱离了险境。

脱离险境之后，孔子来到了蒲地。过了一个多月，又返回了卫国，住在蘧伯玉的家里。卫灵公有个夫人叫南子，南子派人对孔子说：“各国的君子，只要是看得起我们国君，想和我们国君友好往来的，必定会来拜见我们夫人。夫人愿意会见你。”按照当时的习惯礼仪，女人是不该参与政事的，也不能轻易会见他人。所以，刚开始，孔子推辞不去，最后不得已，只好去见。

南子夫人在帷帐中等待，孔子进门，跪拜行礼。夫人在帷帐

中回拜答礼，所佩带的玉器首饰互相撞击，发出清脆的叮当声。会见结束后，孔子出来，对弟子说："我本来不愿意见她，但是既然见了，就要符合礼节。"子路还是觉得老师做得不对。孔子于是发誓说："假如我做得不对，那就让上天厌弃我！让上天厌弃我！"在卫国住了一个多月之后，有一天，灵公和夫人同坐一辆车，由宦官陪侍在车右，让孔子乘坐另外一辆车跟随，大摇大摆地从市面上走过。孔子对灵公作法感到不满，说："在德行与美色之间，更喜欢德行的人，实在是太少啊！"于是便离开卫灵公，去了曹国。

在曹国住了不久，孔子又到了宋国，经常与弟子们在大树下演习礼仪。宋国的司马怨恨孔子，就把大树砍了。孔子只好离去。因为宋国司马想杀害孔子，所以弟子们催促孔子说："我们得快点走！"孔子说："上天既然赋予我传播道德的使命，他又能把我怎么样！"

到了郑国，孔子与弟子们走散了，一个人站在外城的东门。郑国有人对子贡说："东门站着个人，他的额头像尧，脖子像皋陶，肩膀像子产，然而，腰部以下要比禹短三寸，狼狈得像一只丧家之犬。"后来，子贡如实地告诉了孔子。孔子哈哈大笑说："他怎么形容我的相貌，都无所谓。但说我像一只丧家之犬，真的是太准确了！真是这样啊！"

孔子又到了陈国，住在司城贞子家里。有一天，许多只鹰落在陈国宫廷，随即死掉了，检查发现，它们的身体被一种箭射中，箭头是石制的，箭长一尺八寸。陈君派人问孔子是怎么回事，孔子说："这些鹰是从遥远的地方飞来的，箭是肃慎部族的箭。从前，周武王灭商之后，与各个偏远的少数民族取得了联系，让他们向周王朝贡献地方特产。肃慎族贡献的就是这种箭。周武王为了显示他征服远方的功绩，把肃慎族贡献的箭分给了长女大姬，大姬嫁给了虞胡公，而胡公后来被分封在了陈国。那时候，周室经常把珍宝玉器赠送给同姓诸侯，表示重视亲族；还把远方的贡品赠送给异姓诸侯，提醒他们忘服从王命。所以，肃慎族贡献给周室的箭，以前就曾经分给过陈国。"

陈君派人到收藏贡物的仓库里搜寻，果然找到了这种箭。于是对孔子的博学大为佩服。

孔子在陈国住了三年。三年之中，晋楚争霸，两国轮番攻打陈国，吴国有时候也来侵犯，陈国总是遭到袭击。孔子寻思：“算了！我还是回去吧！我家乡的弟子们虽然做事迂阔一些，但是志向远大，有进取心，还没有忘记自己的理想。”于是孔子离开了陈国。

经过蒲地时，刚好碰上蒲人反叛，孔子等人被扣留。有个叫公良孺的孔门弟子，带着五辆车追随孔子周游列国。他身材高大，有力气，有才德，他对孔子说：“从前跟随先生，在匡城被围困过，现在又在这里陷入困境，这是命中注定的吧？我跟先生您一再遭受磨难，受够了，我宁愿搏斗而死。”战斗非常激烈。蒲地人害怕了，就对孔子说：“如果你们不去卫国，就放你们走。”孔子同意，与蒲地人订立了盟约，然后，蒲地人放孔子从东门出去。孔子出来之后，还是到了卫国。弟子子贡不解：“我们订立了盟约，怎么可以违背呢？”孔子回答：“受人胁迫而签订的盟约，神灵是不会认可的。”

卫灵公听说孔子来了，很高兴，亲自到郊外迎接。见到孔子，灵公问：“蒲地该不该讨伐？”孔子回答：“可以讨伐。”灵公说：“可是我的大夫们认为不合适。因为，蒲地是防御晋楚的屏障，卫国要是讨伐它，恐怕不太合适。”孔子于是解释说：“蒲地的男子有誓死效忠卫国的决心，妇女也有保卫这块土地的愿望。我所说要讨伐的，是指现在叛乱的几个头目。”灵公说：“好的。”然而说过就算了，并没有派兵去平定蒲地的叛乱。

当时的灵公岁数已经大了，自己懒得处理国家政务，也不起用孔子。孔子感叹说：“唉！如果有人用我主持国政，那么一年之内就可以变样，三年之后就会大见成效。”但是感叹也没有用处，灵公还是不任用孔子，孔子只好离去。

孔子不得志，有一天，心绪不宁，就敲打钟磬，发出声响。门前有一个身背草筐的人路过，听了磬声，就说：“这个敲磬人，好像有情绪啊！磬敲得叮叮当当这么响，有什么用呢？既然没人赏

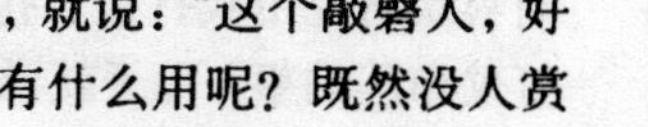

识你，就算了吧！”

孔子向师襄学习弹琴，一连十天都没学新曲子。师襄说：“现在你可以学习新曲了。”孔子说：“我已经熟悉这首曲子了，但还没有掌握弹奏的要领。”过了一段时间，师襄说：“你已经掌握了弹奏的要领，可以学新曲了。”孔子说：“我还没有体会到乐曲里面蕴涵的志向呢！”又过了一段时间，师襄说：“你已经体会到了乐曲的志向，应该换新曲了。”孔子说：“可是我还没有感受到曲作者是什么样的人。”又过了一段时间，孔子表现出了视野宽广、志向高远的神态，说：“我感受到作者是怎样的人了！他皮肤黝黑，身材高大，目光明亮，能高瞻远瞩，好像是统治四方诸侯的王。除了周文王，还有谁能达到这种境界呢？”师襄听了，离开座位，向孔子拜了两拜，说：“我老师以前说过，这首曲子名叫《文王操》。”

孔子不被卫君重用，打算去赵简子那里找机会。在黄河边上，传来了赵简子的大臣窦鸣犊和舜华被杀的消息，这个消息对孔子打击很大。孔子看着浩瀚的黄河，叹气说：“壮美的黄河水啊，浩浩荡荡！我之所以不能渡过黄河，也许是命运的安排吧！”弟子子贡跑上来问：“请问先生，您这是什么意思？”

孔子回答：“窦鸣犊和舜华，都是晋国有才有德的大夫。赵简子还没有得志的时候，是依靠了这两个人的辅佐，才得以取得了政权。可是，现在赵简子得志了，竟然杀了他们。我听说，剖腹取胎、杀害幼兽，麒麟就不愿降临；排干池水捉鱼，蛟龙就不肯调和阴阳、降雨利民；破坏鸟巢、打碎鸟蛋，凤凰就不愿飞到这里来。为什么呢？因为君子不应该杀害他的同类。对于不义的行为，鸟兽尚且知道躲避，何况我孔丘呢！”

于是，孔子便放弃了到赵简子那里去的想法，回到了老家陬乡休养，在老家，创作了《陬操》琴曲，以哀悼窦鸣犊和舜华两位贤人。过了一段时间，又返回了卫国，住在蘧伯玉家里。

卫灵公不重视修行德政，对孔子提倡的礼仪也不感兴趣，反而喜欢研究用兵打仗，孔子很失望。有一天，卫灵公向孔子请教打仗布阵的事，孔子就说：“祭祀和礼仪，我倒是知道一些，可是

打仗布阵的事，我一点都不知道。”第二天，灵公和孔子谈话时，有雁群从头上飞过，灵公于是就抬头仰望雁群，像孔子不存在似的。孔子于是离开了卫国，又到了陈国。

鲁哀公三年，孔子六十岁。夏天的时候，鲁桓公、釐公的庙失火，南宫敬叔去救火。孔子当时在陈国，听到鲁庙失火的消息，就猜测说：“火灾一定是发生在桓公和釐公的庙吧？”不久得到证实，果然被他说中了。

秋天，季桓子病重，乘辇车遥望鲁城，长叹说：“唉，想当初，这个国家差不多就要强盛起来，可是因为得罪了孔子，所以直到今日还是这个贫弱的样子。”说完，回头对他的继承人季康子说：“我死之后，你肯定会当鲁国的丞相。你当了丞相，一定要召回孔子。”几天之后，季桓子去世，季康子接替了他的职位，想召孔子回来，可是公之鱼提醒他说：“从前，我们先君任用他，可是没有

善终，最后被诸侯耻笑。现在又任用他，假设还是半途而废，是会再次被诸侯耻笑的。”康子问：“那么召谁来更合适呢？”公之鱼说：“非孔子的弟子冉求莫属。”

于是，季康子就派人去召冉求。冉求接受了邀请，准备前往。孔子对别人说：“鲁国派人召回冉求，不会小用，他肯定会得到重用。”就在同一天，孔子还自言自语说：“唉，我还是回老家去吧！回去吧！我这些弟子志向远大，但做事迂阔，真不知道该怎么教育他们。”弟子子贡了解老师的心态，知道孔子心情不好，所以在送别冉求时，偷偷叮嘱冉求：“如果你被重用了，一定要设法把孔子也召回去！”

冉求离去以后，过了一年，孔子从陈国移居到了蔡国。又过一年，又从蔡国迁到叶邑。叶公向请教治国的诀窍，孔子说：“为政的关键，在于招纳贤人，使人归服。”有一天，叶公向子路了解孔子的情况，子路没有回答。孔子知道这件事后，对子路说：“你可以回答他说：‘他这个人，学习知识不知满足，教导别人不会厌倦，学习时会忘了吃饭，快乐时就忘记忧愁，以致意识不到自己快要老了。’”

离开叶邑，重回蔡国。在路上，看见长沮和桀溺在田里耕作，孔子知道他们是隐士，就让子路前去打听渡口在哪里。

长沮问：“车上那位拉着缰绳的人是谁呀？”子路回答：“是孔子。”长沮问：“是鲁国的孔子吗？”子路回答：“是啊。”长沮说：“他那么聪明博学，他自己就应该知道渡口在哪里。”桀溺问子路：“你是谁？”子路回答：“我是子路。”桀溺说：“你是孔子的学生吗？”子路回答：“是啊。”桀溺说：“天下到处都动荡不安，谁能改变这种局面呢？你们为躲避暴君乱臣而到处奔波，还不如像我们一样，为躲避乱世而隐居呢！”说完，就继续干起活来，不再搭理子路。子路只好返回，如实告诉孔子。孔子听了，失望地说：“唉！可是，我们不可能像他们那样，居住在山林里，与鸟兽同群。要是天下太平，我也就用不着为了改变这种局面而四处奔波了。”

另一天，子路与孔子走散了，遇见了一位肩扛除草工具的老

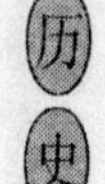

农，问：“请问，您见到我的老师了吗？”老农说：“你们这些人，从不劳动，连五谷都认不全，还敢自称老师！”说完，就自顾自地拔起草来，不再理会子路。子路把这件事情的经过也告诉了孔子，孔子说：“他是位隐士啊！”可是等子路回去找时，老农已经走了。

孔子迁居到了蔡国。第三年，吴国讨伐陈国，楚国发兵援救陈国，驻扎在城父。楚王听说孔子住在陈、蔡边界上，就派人去聘请孔子。孔子准备前往，这时候，陈蔡两国的大夫暗中商议说：“孔子是有才有德的圣人，总是能洞察诸侯各国的弊病。他久居陈、蔡之间，却不能被大夫们接受，不被两国重用。而楚国是个大国，却来聘请孔子。假如孔子被楚国重用，那么陈、蔡两国的君王和大臣就都危险了。”于是，两国派人把孔子围困在野外。

孔子和门徒都被围困，走投无路，连饭都吃不上了。随从的弟子有的已经饿病，都无精打采的。可是孔子还是照常不停地给弟子讲学、吟诗、唱歌、弹琴。子路对这种情况不满，迁怒于老师，于是面带怒色地见孔子说：“君子难道也会陷于困境吗？”孔子说：“是的。不过，君子面对困境，仍能坚守节操，毫不动摇；而小人遇到困境，那就什么事都干得出来。”

孔子知道弟子们心里动摇，于是问子路：“依你看，我们为什么会落到这种地步呢？难道我们的学说不对吗？”子路说：“可能是我们的德行还不够吧！所以人家才不信任我们。可能我们的智谋还不够吧！所以人家才不放我们走。”孔子说：“你这是什么道理呢？如果有仁德的人就必定受人信任，那伯夷和叔齐怎么会饿死在首阳山呢？如果有智谋的人就肯定畅行无阻，那王子比干怎么会被剖心呢？”

子路出去，子贡进来相见。孔子问：“依你看，我们为什么会落到这种地步呢？难道我们的学说不对吗？”子贡说：“先生的学说不是不对，而是博大得过分了，所以，天下任何一个国家都无法容纳先生。先生为什么不稍微降低点要求呢？”孔子说：“有经验的农民会种庄稼，但不能保证肯定有收获；好的工匠手艺精巧，但他制造出来的器具，不见得能让所有人喜欢。君子修炼自己的学说，不一定马上被社会所容纳。现在你不去修炼自己的学说，反而想降低标准，求人容纳。唉，你还是缺乏远大的志向啊！”

子贡出去，颜回进来相见。孔子问：“依你看，我们为什么落到这种地步呢？难道我们的学说不对吗？”颜回说：“先生的学说博大到了极点，所以没有哪个国家能容纳得了。虽然这样，先生还是应该坚持推行自己的学说，即使不被天下容纳，那又怎么样呢？对我们来说，学说得不到修炼和提高，那才是自己的耻辱。至于学说不被采用，那是国家当权者的耻辱。”

孔子听了，欣慰地笑着说：“对啊，就是这样！你才是我的好学生！如果有朝一日你成了大富翁，我愿意去做你的管家。”

后来，孔子派子贡到楚国。楚昭王派军队来迎接孔子，这才解救了困境。

到了楚国，楚昭王想把七百里地封给孔子。可是楚国的令尹子西不同意。

子西问昭王：“大王派往诸侯国的使臣，有像子贡这样优秀的吗？”

昭王回答：“没有。”

子西问：“大王的辅佐丞相，有像颜回这样出色的吗？”

昭王回答：“没有。”

子西问：“大王的将帅，有像子路这样的吗？”

昭王回答：“也没有。”

子西问：“大王的各位主管官员，有像宰予这样能干的吗？”

昭王说：“还是没有。”

子西于是说：“楚国的始祖受封于周天子的时候，封号只不过是子男爵，土地只不过五十里。而如今的孔子，精通三皇五帝的治国方法，有志于像周公和召公那样的事业，大王如果给了他机会，那么楚国还能保住世世代代传下来的方圆几千里的土地吗？当初周文王和周武王都只是土地百里的君王，可是最终称王于天下。现在孔丘如果拥有七百里土地，又有那么多精明强干的弟子辅佐，这对楚国来说，可不是什么好事情。”

昭王于是打消了原来的想法。孔子还是得不到重用。

楚国装疯卖傻的隐士接舆，有一天来到孔子的车旁边，唱到："凤凰啊，凤凰！你的学说和道德为什么如此不受重视！过去已经无法挽回，未来的却还可以追求。算了吧，算了！现在从政的，可是很危险的啊！"孔子听了，赶紧下车，想和他谈谈，但接舆却快步走开了。

不久之后，孔子离开了楚国，返回了卫国。这一年，孔子六十三岁。

第二年，吴国和鲁国会盟，吴国要求鲁国提供一百头牛和一百头羊作为祭品。鲁国的季康子派子贡前去交涉，然后吴国才放弃了这个过分的索求。

孔子说："鲁国和卫国的政治，像亲兄弟一样相似。"卫出公想让孔子来执政。子路问孔子："卫君等着先生前去执政呢，先生打算怎么迈开第一步呢？"孔子说："首先要正名分！"子路说："先生您太陈腐了吧，为什么要正名呢？"孔子说："名分不正，说话就没分量，说话没分量，就办不成事，办不成事，礼乐就无法兴盛，礼乐不兴盛，刑罚就无法做到恰当，刑罚不恰当，百姓就会手足无措，不知道怎么做才对。所以，君子办事，首先必须符合名分，在这个基础上，要注意自己的言谈，不能马虎。"

一年后，孔子的学生冉有统帅鲁国军队，与齐国作战，打了胜仗。季康子问："先生的军事才能如此出众，请问是学来的呢？还是天生的？"冉有回答："是从孔子那里学来的。"季康子说："孔子是什么样的人呢？"冉有回答："您要是准备任用他，首先必须要让他有正当的名分，这样他才能把施行德政，造福于百姓。如果您想让孔子像我一样去打仗，那么无论您封给他什么，先生都不会答应。"季康子问："我想召他回鲁国，你看可行吗？"冉有回答："如果您召他回来，就不要让小人阻碍他，那就没问题。"

当时，卫国的孔文子想攻打太叔，向孔子咨询怎么打好。孔子借口不懂军事，谢绝了。回到住处，他马上备车，准备离开卫国。孔文子知道了，坚决挽留。正巧，这个时候，鲁国的季康子派人携带厚礼来迎接孔子，于是孔子就回鲁国去了。

孔子离开鲁国共十四年，经历了很多波折才返回鲁国。

回国后，鲁哀公向孔子请教治国之道，孔子回答："治国之道，最重要的是选择合适的大臣。"季康子也向孔子请教怎么治国，孔子说："任用和推荐正直的人，抛弃心术不正的人，这样下去，即使是心术不正的人，也会慢慢变得正直。"然而事实上，鲁国最终还是没有真的重用孔子，对此，孔子并不意外。而且，他并不追求官位，所以也并不苦闷。

厚德载物

孔子花了很大精力来整理古代典籍。在孔子的时代，周室衰微，礼崩乐坏，典籍也都残缺不全，于是孔子追溯夏、商、周三代的礼仪制度，依照时间顺序整理编排。《书传》和《礼记》就是孔子编定的。

当时，从古代流传下来的《诗》有三千多篇，孔子把重复的删掉，把其中可以用于礼仪教化的选取出来。删减处理之后，《诗》定为305篇，每篇诗都可以配乐歌唱。于是，先王的礼乐制度恢复了原貌，重新被人认识和尊重。

孔子全力整理古代典籍，完成了《诗》、《书》、《礼》、《乐》、《易》、《春秋》六艺的编修。

孔子晚年喜欢钻研《易》经，还详细解释了其中的一些篇章。他对《易》爱不释手，以至于把串联竹简的皮绳磨断了多次。他说："要是让我多活几年，我就能掌握《易》的文辞和义理啦！"

孔子用《诗》、《书》、《礼》、《乐》作教材，就读的弟子大约有三千人，其中优秀的弟子七十二人。另外，还有很多像颜浊邹那样的人，虽然在很多方面都接受了孔子的教育，但并没有列在七十二人之中。

孔子教育弟子，注重四个方面：学问、言行、忠恕、信义。他要弟子严格遵守四禁：不揣测、不武断、不固执、不自以为是。孔子很少谈利，即使谈到利益，也与命运和仁德联系起来谈。孔子授课，如果弟子不是实在想不通，就不去启发他。如果弟子不能举一反三、触类旁通，就不讲授新课。

孔子在自己的家乡，总是很谦恭，像个不善言辞的人。可是在宗庙祭祀和朝廷议政时，却言辞流利，滔滔不绝，理直气壮。上朝时，与上大夫们交谈，态度平和自然；与下大夫们交谈，和乐而且轻松。进入国君的宫门，就保持低头弯腰的恭敬姿势；快到国君跟前时，就小步快走，恭敬有礼。国君让他迎接宾客，他的表情会十分庄重认真。国君召见，总是不等车驾备好，就先出发了。

在饮食方面，不新鲜的鱼，变了味的肉，或者切割得不恰当，孔子都不吃。席位不正，就不坐。在有丧事的人身旁吃饭，从来不吃饱。如果看见穿丧服的人和盲人，即便是小孩，也必定要改变神态，表示同情。

孔子说："三个人在一起，其中必定有人可以做我的老师。"又说："我所忧虑的事情，就是道德败坏，学业懒惰，不能向善，还有知错不改。"孔子不谈论的事情是：怪异、暴力、鬼神、淫乱。

子贡说："先生在古籍整理方面成就卓著，我们是知道的。可是先生对天道与人生命运的深奥见解，我们就无法彻底理解。"颜渊感慨地说："老师的学问，接触得越多，越觉得它崇高无比；钻研得越深，越觉得它坚实深厚。先生善于循序渐进地诱导我们学习，用古代典籍丰富我们的知识，用道德礼仪规范我们的言行，使我们想放弃学业都不可能。我们尽力苦学，有所收获，可是老师的学问还是那么高不可及。虽然我们都想赶上他，却无论如何也追不上。"

孔子说："君子最担心的是死后无名，不能流芳百世。我在政治上无所作为，那我靠什么给后人留下好名声呢？"于是，他根据鲁国历史作了《春秋》一书，文辞简练、意味深长。孔子作《春秋》，删繁就简，文笔精练之极，就连子夏等长于文字的弟子，也是无法增删一个字。孔子把《春秋》作为教育弟子的教材，他自嘲说："后人知道我，是因为《春秋》，后人怪罪我，也是因为《春秋》。”

弟子子路死得早，死在了卫国。孔子伤心，也病了。子贡来探望孔子，当时孔子正拄着拐杖在门口散步，见到子贡，说：“你怎么才来啊？再晚几天，你就可能见不到我了呢！”随后叹息道：“泰山要倒塌了！梁柱快折断了！哲人也要凋谢了！”落下了眼泪。然后，孔子又对子贡说：“天下无道，由来已久，我的主张没有人愿意遵循。可是现在我要死了，没有机会推行我的主张了。夏人死了，棺木停放在东台阶；周人死了，棺木停放在西台阶；殷人死了，棺木停放在厅堂的两柱中间。昨晚，我梦见自己坐在两柱中间被人祭奠，我本来是殷人啊！”七天过后，孔子去世了。

孔子享年七十三岁，在鲁哀公十六年四月去世。

孔子死后，葬在鲁城北的泗水岸边。弟子们守孝三年，然后各奔东西，也有人留了下来，继续守孝。弟子子贡在孔子墓旁搭

了一间小屋，守墓六年，然后离去。孔子的弟子，还有鲁国的其他一些人，迁到墓地附近居住的有一百多家，于是这里被命名为“孔里”。很多个世代以来，鲁国每年都要按时到孔子墓去祭奠，儒生们也在孔子墓地练习礼仪，举行各种活动。孔子的墓地有一顷大。孔子的故居，以及弟子们居住的地方，后来被改成庙，收藏孔子用过的衣冠、琴、车、书籍等等，直到汉代，二百多年过去了，也没有废弃。高皇帝刘邦经过鲁国的时候，曾用太牢大礼来祭祀孔子。而诸侯卿相一到任，也往往先去拜谒孔子墓，然后才去处理政务。

从古至今，天下的君王和贤人很多，他们活着的时候，荣耀而显赫，可是一旦去世，就烟消云散了。孔子只是一介平民，而他的名声和学说却流传至今，学者尊他为宗师，从天子到平民，都把孔子的学说看作判断事务的最高标准。毫无疑问，孔子的确是至高无上的圣人。

第二十九章

陈涉世家

中国历史名著文库

鸿鹄之志

陈胜，阳城人，字涉。吴广，阳夏人，字叔。

陈涉年轻的时候，曾经和别人一起，被人雇佣种地。有一次，在农忙休息的时候，他走到田埂上，感慨了很久，然后对同伴说："将来如果富贵了，不要彼此忘记！"一起受雇佣的伙伴们哄笑着回答："你是被人雇佣、替人耕作的农夫，怎么会富贵呢？"陈涉叹息道："唉！燕子和麻雀怎么会知道大雁的志向啊！"

秦二世元年七月，秦国征调大批贫民到渔阳戍边，其中九百人驻扎在大泽乡。陈胜、吴广都在这个行列中，担任屯长。当时，大雨滂沱，道路不通，估计已经耽误了到达渔阳的期限，而按照秦国的法律，超过了规定的期限，都该杀头。陈胜和吴广于是商议说："事已至此，逃亡也是死，举行起义也是死，同样是死，为什么不举行起义、成就大业呢？"

陈胜又说："秦朝施行暴政，残酷地统治天下，百姓受苦已经不是一天两天了。我听说，二世皇帝是始皇的小儿子，不应该继位，应该继位的是公子扶苏。扶苏多次劝谏始皇，始皇不高兴，所以派他到外地领兵。二世即位之后，马上杀掉了扶苏，可是扶苏并没有什么罪过。现在，百姓都知道扶苏贤能，却不知道他已经死了。另外，项燕是楚国的将军，多次立有战功，而且爱兵如子，楚国人都爱戴他。现在项燕下落不明，有人说他已经死了，有人说他躲起来了。我们要是假冒公子扶苏和项燕的名义，倡导天下人起义，肯定会有很多人响应。"

吴广同意陈胜的看法，就去占卜。占卜的人知道他们的意图，就说："你们的事能成，能建功立业。不过，你们向鬼神请教过吉凶吗？"陈胜、吴广很高兴，又仔细揣摩"向鬼神请教吉凶"的意思，得出结论："这是教我们借鬼神的力量，先在众人中建立威

望。”于是，两人用朱砂在帛上写了“陈胜王”三个字，偷偷塞进别人捕捞的鱼肚里，戍卒买来鱼煮了吃，就发现了鱼肚里的帛书。这本来就让人感到奇怪了，可是对陈胜来说，还不够。陈胜又让吴广偷偷跑到驻地树丛的庙里，在夜间点燃篝火，模仿狐狸的声音喊道：“大楚兴，陈胜王。”戍卒们听了，都惊恐不安。第二天，戍卒们到处议论这件事，指指点点，都把目光投向陈胜。

吴广一向爱护别人，很得人缘，戍卒中大多数人都愿意为他效力。当时，押送戍卒的将尉喝醉了，于是吴广故意扬言要逃跑，激怒将尉，招他侮辱自己，以此激怒众人。将尉果然中计，鞭打吴广。后来，将尉更为生气，拔剑想杀吴广，吴广突然跳起来，夺剑杀掉了将尉。在陈胜的帮助下，他们杀掉了两个将尉，然后，召集戍卒们说：“各位兄弟，我们遇到了大雨，延误了期限，按照规定，都应当杀头。即使不被杀头，戍边也是九死一生。身为男儿，不死便罢，死就要扬名天下！王侯将相难道天生就比我们高贵吗？”戍卒们异口同声地说：“我们愿意听从你的命令。”

于是，陈胜吴广就假冒公子扶苏和项燕的名义，举行起义。大家都裸露右臂，做为标志，号称大楚。他们修筑高台盟誓，把将尉的头砍下来作祭品。陈胜自封为将军，吴广为都尉。分工明确之后，首先攻占大泽乡，然后进攻蕲县。攻下蕲县后，就向东进攻，战无不胜。军队一边行进，一边扩充兵员，等行军到达陈县时，已经拥有兵车六七百辆，骑兵千余人，步卒数万人。攻打陈县的时候，那里的郡守和县令都不在，只有守丞率军抵抗。起义军攻势猛烈，守丞战死，于是起义军攻占了陈县。之后，陈胜召集各路豪杰开会议事。大家都说：“将军您身披铠甲，手持刀剑，讨伐无道，消灭了暴秦，重新建立了楚国，功劳之大，应该称王。”陈胜于是自立为王，国号张楚。

秦朝各地百姓，已经受够了官吏的欺压，听说陈胜起义，就杀了官吏，响应陈胜。陈胜势力大增，于是任命吴广为假王，率军西征，攻打荥阳。又任命陈县人武臣、张耳、陈馀去攻打赵地，任命汝阴人邓宗去攻打九江。当时在楚地，几千人规模的起义军多得数也数不清。

这个时候，陈胜的手下葛婴打到了东城，在那里拥立襄强为王。不久，听说陈胜已经自立为王，就杀了襄强，返回陈胜这里报告。葛婴一到陈县，陈王就杀了他。

陈王命令周市攻取魏地。吴广包围了荥阳，久攻不下，陈王于是征召国内豪杰，一起商议对策，还任命蔡赐为上柱国。

周文，是陈县的能人，曾经在项燕军中担任占卜官员，还曾经在楚国丞相春申君手下任职。周文自称精通用兵之道，于是陈王就任命他为将军，命令他率军向西攻秦。周文西进，一路上招兵买马，到达函谷关的时候，已经有战车千乘，步兵几十万人。大军压境，秦二世命令少府章邯赦免在郦山服役的囚犯，还有奴婢的儿子，全都组织起来，去攻打周文率领的楚军。楚军兵败，退出函谷关，在曹阳驻守。章邯率兵攻打曹阳，再次取胜，周文只好又退守渑池。章邯追击，再次大败楚军，周文自杀，军队溃散。

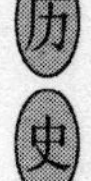
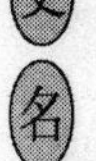

陈胜的另外一位手下武臣打到了邯郸，然后，武臣自立为赵王，陈馀做大将军，张耳、召骚做左右丞相。陈王大怒，逮捕了武臣等人的家属，打算杀掉他们泄愤。柱国蔡赐劝谏说："秦朝现在还没有灭亡，如果陈王您杀了赵王将相的家属，就等于又生出一个秦朝。那我们的对立面就太大了。不如趁这个机会封立赵王，控制他。"陈王认为有道理，于是派使臣到赵国祝贺，同时把武臣等人的家属迁到宫中，软禁起来，还封张耳的儿子张敖为成都君。之后，陈王催促赵兵赶快进军函谷关。

赵王的大臣们商议说："大王在赵地称王，楚国很不高兴。等到楚国消灭了秦朝以后，肯定会把军队调来进攻赵国。我们现在最好的对策，莫过于不向西进军，而是向北攻取燕地来扩充地盘。如果赵国能在南边据有黄河天险，在北边占有燕、代的广大地区，那么即使楚国战胜了秦朝，也不敢来压制赵国。如果楚国不能战胜秦朝呢，就会更重视赵国。那么，赵国趁秦朝的衰落，就可以占有天下。"赵王认为很对，所以不向西进军，而是派韩广率军北上，去攻打燕地。

燕国原来的贵族豪杰劝韩广说："楚国立了王，赵国也已经立了王。燕国虽然小，可也是拥有万乘兵车的国家，将军可以自立为燕王。"韩广说："我母亲还留在赵国，不行啊！"燕人说："赵国现在西边担心秦，南边担心楚，它根本腾不出力量来阻止你。况且，楚国那么强大，还不敢加害赵王将相的家属，赵王怎么敢加害将军的家属！"韩广想想也对，于是就自立为燕王。过了几个月，赵国果然把燕王的母亲及家属送到了燕国。

当时，陈王派往各地攻城略地的将领，不计其数。周市向北攻到狄县，狄县人田儋杀了自己的县令，自立为齐王，以狄县为基地，反击周市。周市溃败，退到魏地，打算立原魏王的后代宁陵君咎做魏王。当时咎在陈王那里，无法回到魏地。魏地平定以后，人们想拥立周市为魏王，周市不肯接受，而是派使臣多次去请求陈王，陈王最后没办法，只好答应立宁陵君咎为魏王，并护送他回到魏地。周市最后做了魏的丞相。

将军田臧等人一起谋划说："周章的军队已经完蛋了，秦军要不了多久就会赶到，我们现在包围荥阳城，怎么也打不下来，秦军一到，我们肯定会大败。我们应该留下少量部队，凑合着守住荥阳，然后调动全部精兵去迎击秦军。现在假王吴广大权在握，但是并不懂得怎样用兵，没办法和他商议，不杀他，他恐怕会坏了我们的大事。”商量完毕，他们就假托陈王的命令，杀了吴广，还把他的头献给陈王。陈王派使臣赐给田臧令尹大印，任命他为上将军。田臧于是按照计划，派李归继续围困荥阳，自己率领精兵西进，去迎击秦军。秦军强大，田臧战败身死。秦军来到荥阳城下，进攻李归，李归等人战死，楚军溃败。

阳城人邓说率军驻扎在郏县，也被秦军打败，于是率领败军逃到陈县。伍徐率军驻扎在许县，也被打败，也逃到陈县。陈王抱怨邓说没有坚守，杀了邓说。

陈王刚刚自立为王的时候，另外几个人，如秦嘉、董緤、朱鸡石、郑布、丁疾等人，也单独起兵反秦。当时，他们正在围困郯城。陈王听说后，就派武平君畔为将军，去领导围困郯城的各路起义军。秦嘉不愿意服从武平君畔的领导，于是拒绝接受命令，还自立为大司马。他对手下说：“武平君年少无知，根本就不懂什么军事，别听他指挥。”随后，假托陈王的命令杀死了武平君。

秦将章邯打败伍徐之后，进攻陈县，打死了蔡赐。然后，又进攻陈县西边的张贺军。陈王亲自出城督战，结果，军队溃败，张贺战死。

十二月，陈王退到汝阴，在下城父被自己的车夫庄贾所杀。陈胜死后，葬在砀县，谥号隐王。

时势造英雄

陈王死后，过去的手下吕臣将军，组建了一支用青巾包头军队，号称苍头军，从新阳起兵，首先去攻打陈县，攻克之后，杀死了庄贾，把陈县立为楚都。

当初，陈王曾派遣宋留率军去平定南阳。宋留占领了南阳之后，传来了陈王被杀的消息。不久，南阳又被秦军夺了回去。宋留向东退到新蔡，不料遇上了秦军，宋留率军投降。秦军把宋留押到咸阳，车裂示众。

秦嘉等人听说陈王战败，就立景驹为楚王，然后做准备想袭击秦军。为了加强军力，秦嘉派公孙庆去见齐王，想联合齐国，一起攻秦。齐王问公孙庆："听说陈王战败了，不知道他是不是还活着。楚国怎么不请示一下，就自己立王呢？"公孙庆回答："齐国不请示楚国，就自己立王，楚国为什么要请示齐国才能立王呢？况且，楚国首先起事，理应号令天下。"公孙庆得罪了齐国，不久被田儋所杀。

这个时候，秦军进攻陈县，陈县失守。吕臣逃走，重新招兵

买马，并与著名的强盗黥布联合，反攻秦军，夺回了陈县，陈县重新成为楚都。恰巧就在这个时候，项梁拥立楚怀王的孙子为楚王。

陈胜称王，一共只有六个月。称王之后，把陈县作为都城。曾经和他一起受雇于人、一起耕种的老朋友听说他当了楚王，就来到陈县，大咧咧地敲打着宫门说："我要见陈胜。"看门的要把他捆绑起来，他反复申辩，才被释放，但还是见不到陈王。后来，陈王出宫，他拦路呼叫陈胜的名字。陈王听到了，才停车召见，上车一同回宫。老朋友进入王宫，看见辉煌的殿堂，无穷的帷幕，就惊叹说："陈胜王的宫殿可真是高大深邃啊！"

这位客人就留在了宫中，而且进进出出，越来越放肆，常跟人谈论陈胜的往事。有人对陈王说："这位客人愚昧无知，到处胡说八道，有损您的威望。"陈王于是就把这位客人杀了。陈王的其他老朋友听说了，都自动离去，从此以后，就再也没人敢亲近陈王了。陈王任命朱房为中正官，任命胡武为司过官，专门监督群臣的过失。将领们在外打仗，回陈县复命时，只要对他们的命令稍有微词，就抓起来治罪。凡是跟他们关系不好的人，只要有一点借口，就擅自惩治。可是陈王还是信任他们，因为这个缘故，将领们都疏远了陈王，这就是陈王失败的原因。

陈胜虽然死了，但他所封立的王侯将相终于推翻了秦朝。可以说，秦朝的灭亡，是陈胜首先起义反秦的结果。汉高祖刘邦在砀县为陈胜安置了三十户守墓，至今仍旧按时杀牲祭祀他。

贾谊评论说：

秦孝公的时候，秦国凭借天险，励精图治，大有席卷天下的意志，吞并八方的野心。当时，商鞅辅佐他，对内修行内政加强国力，对外推行连横而使诸侯之间互相争斗。于是秦国轻易地取得了黄河以西的大片土地。孝公死后，惠文王、武王、昭王继承旧业，南到汉中，西至巴蜀，肥沃的土地和地势险要的郡县全被秦国占领。

诸侯们惶恐不安，互相结盟，对付秦国。他们不惜抛出财宝和土地，招揽天下贤人。当时，齐国有孟尝君，赵国有平原君，楚国有春申君，魏国有信陵君，这四位公子，都深明事理，重用人才，合力对抗秦国。他们把韩、魏、燕、赵、宋、卫、中山等国都联合在一起。多国人才济济，有宁越、徐尚、苏秦、杜赫为他们出谋划策，有齐明、周最、陈轸、邵滑、楼缓、翟景、苏厉、乐毅沟通交流，有吴起、孙膑、带他、倪良、王廖、田忌、廉颇、赵奢来统率他们的军队。

多国联合之后，于是率领百万大军，直逼函谷关，去进攻秦国。秦国打开关门，诱敌深入，可是九国联军却反而撤退逃亡，不敢前进了。秦国没有耗费一弓一箭，而天下的诸侯却疲惫不堪了。于是，各国离心离德，争相割地贿赂秦国。秦国各个击破，逐一制服了疲惫不堪的诸侯国，追击逃亡的败兵，杀得他们伏尸百万，流血之多，连盾牌都漂浮起来了。秦军趁机宰割天下，于是强国请求臣服，弱国前来朝拜称臣。

等到秦始皇的时候，秦国吞并了东西二周，灭亡了诸侯各国，登上了皇帝的宝座，控制了全国，威震四海。向南夺取百越地区，设为桂林和象郡，百越的君长低着头，用绳子拴住脖子，任凭秦朝下级官吏处置。然后，又派大将蒙恬在北边修筑长城，作为防守的屏障，并且打退匈奴七百余里，致使胡人不敢南下牧马。全国已定，于是烧毁了诸子百家的著作，以使百姓愚昧无知，便于控制。又拆除六国名城，诛杀英雄豪杰，收缴天下兵器，集中到咸阳，熔化之后，浇铸成十二个铜人，以削弱百姓的反抗能力。然后，把华山作为城墙，把黄河作为护城河，把丈高的城墙，以及无底的河道，作为坚固的屏障。良将硬弓，守住险要的关卡，忠实的臣子和精锐的士兵，装备着锋利的兵器，盘问过往行人。天下平定，始皇自以为关中的坚固，金城千里，是子子孙孙万世为帝的基业。

始皇死后，余威仍然震慑四方。然而，陈涉——一个用破瓮做窗户，用绳子拴门轴的穷家子弟，一个受人奴役的人，一个被抓去守边的戍卒，他的才能还算不上中等，既没有孔子和墨子的贤明，也没有陶朱、猗顿的富有——起兵反秦了。他率领疲惫散乱的几百名戍卒，掉转矛头攻打秦朝。只用木棍做武器，高举竹竿做旗帜，天下的百姓就群起响应，挑着粮食如影随形地跟着他走，英雄豪杰们一同起兵，推翻了秦朝。

当时，秦朝的天下并没有缩小变弱，函谷关的险要坚固还是和以前一样。陈涉的地位，比不上齐、楚、燕、赵、韩、魏、宋、卫、中山的国君尊贵；锄头戟柄，比不上钩戟长矛锋利；戍边的几百人，比不上九国军队的强大；深谋远虑，行军打仗的本领，也比不上从前六国的谋士和将帅。然而，结果出人意料，胜负完全相反。

遥想当年，秦国凭借区区之地，发展成为有万乘战车的强国，控制了天下，诸侯都来朝拜，可谓是强大无比，似乎是万世不易。然而，陈涉一人发难，秦朝的七庙就被摧毁，王朝统治者身败名裂，被天下人讥笑。这是什么缘故呢？就是因为不施行仁政。

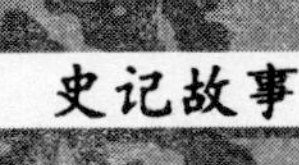

第三十章

外戚世家

中国历史名著文库

吕后专权

自古以来，开国帝王和继承正统的君王，不光个人品德高尚，也往往有外戚的帮助。夏代之所以兴起，因为有涂山氏；而夏桀被放逐，是因为有末喜；殷代的兴起，是因为有娀氏；纣王被杀，是因为宠幸妲己；周代的兴起，是因为有姜原和大任；而幽王被擒，则是因为与褒姒淫乱。

汉代兴起，吕娥做了汉高祖的正宫皇后，她的儿子成了太子。等到晚年，吕后年老色衰，于是戚夫人得宠，她的儿子如意差一点就取代了原来的太子。高祖去世，吕后杀光了戚氏，赵王如意也被消灭，高祖后宫的妃子里面，只剩下没有受宠的人平安无事。

吕后的长女嫁给了宣平侯张敖，而张敖的女儿则做了孝惠帝的皇后。吕太后因为这种亲上加亲的关系，所以总是千方百计想让孝惠帝的皇后生儿子，但最后还是没能生儿子，于是就偷来宫女的儿子，谎称是她生的。后来，孝惠帝去世，继承皇位的人还没确定，于是吕后掌握实权，重用外戚，吕氏子弟都被封赐，而且，吕禄的女儿做了少帝的皇后。看上去，吕氏的根基似乎很牢固了，然而事实上并不是这样。

吕后去世，形势急转直下，吕禄、吕产等人害怕被杀，于是起兵叛乱。大臣征讨他们，消灭了吕氏，只剩下孝惠皇后，被安置在北宫。大臣迎立刘氏后代即位，这就是孝文皇帝，供奉的是汉家的宗庙。

汉宫悲情

薄太后的父亲是吴地人，姓薄。秦朝的时候，他跟魏国宗室的女儿魏媪私通，生下了薄姬，也就是后来的薄太后。

有一次，魏媪让许负给薄姬看相，许负说她会生天子。当时，项羽和刘邦正在荥阳对峙，天下归谁还没有定局。魏王豹本来臣服于刘邦，可是听了许负的话，以为魏家将要出现天子，心里暗自高兴，于是背叛刘邦，先是中立，后来就与楚王联合。刘邦派曹参等人攻打并俘虏了魏王豹，灭了魏国，薄姬被送进汉宫去织布。

有一次，汉王刘邦来看织布，见薄姬美貌，就下令把她纳入后宫，可是纳入后宫之后就把她忘了，整整一年多也没有见她。当初，薄姬年岁还小的时候，与管夫人和赵子儿的关系很亲密，三个人约定说："谁要是先富贵了，不要忘了好姐妹。"三人被纳入汉王的后宫之后，管夫人和赵子儿不久就得到了汉王的宠幸。

有一次，两位美人谈起了当初与薄姬的约定，互相开玩笑。汉王听了，就问她们是怎么回事，两人于是把当初的约定告诉了汉王。汉王伤心，可怜薄姬，当天就召见薄姬。薄姬说："昨天夜里，妾梦见有苍龙盘据在我的肚子里。"汉王说："这是显贵的征兆啊！"后来，薄姬生了个男孩，就是代王。此后，薄姬很少再被汉王召见。

汉王去世以后，吕太后非常憎恨那些被汉王宠幸人，把她们全都囚禁起来，不准出宫。而薄姬因为很少见到汉王，得以出宫，随从儿子到达代国，成为代王的太后。太后的弟弟薄昭也随从到了代国。

十七年过去了，吕后去世。大臣们痛恨吕氏，都称赞薄氏宽厚善良，所以迎接代王，立为孝文皇帝，薄太后成了皇太后，太后的弟弟薄昭被封为轵侯。

因为薄太后的母家是魏氏，当初魏氏扶持薄太后，非常尽心尽力，所以，薄太后让儿子孝文皇帝下令，免除了魏氏的徭役赋税，还按照亲疏给予了赏赐。

薄太后逝世，葬在南陵。因为吕后和汉王合葬在长陵，所以她为自己单独建造了陵墓，靠近孝文帝的霸陵。

窦太后，是赵国清河人。吕太后时，窦姬从民间被选入宫中，服侍太后。太后把自己的宫女赏赐给诸侯王，窦姬就在这个行列中。窦姬家在清河，赵国离家比较近，就请求主管宦官说："请一定把我放在去赵国的名册里。"宦官答应了，可是后来又忘了，误把她放到了去代国的名册里。名册上奏，太后下诏批准，不得不启程了。窦姬痛哭流涕，不想去，强令她启程，才肯走。到了代国，代王只宠幸窦姬，生了女儿名叫嫖，后来又生了两个男孩。

孝文帝继位之后，公卿大臣请求立太子，窦姬的长子年龄最

大，就成了太子。窦姬于是成为皇后，女儿嫖为长公主。第二年，窦皇后的二儿子被立为梁王，这就是梁孝王。

窦皇后有个哥哥，叫做窦长君，有个弟弟，叫做窦广国，字少君。少君四五岁的时候，由于家境贫寒，被人抓去卖掉，他家人也不知道被卖到了什么地方。少君被转卖了十几家，后来到了宜阳。在宜阳，少君为主人进山烧炭，晚上一百多人睡在山崖下面，山崖倒塌，睡在崖下的人全都被压死，只有少君得以幸免。少君高兴，就自己占卜，结果说他几天之内就会被封侯。

少君当机立断，马上就跟从主人去了长安。在长安，少君听说窦皇后是新立的，老家在清河观津。少君被卖时虽然很小，但还记得老家的县名和自己的姓氏。他回忆起来，当初曾经和姐姐一起采桑叶，从树上摔下，他以此为证，上书陈述自己的身世。窦皇后把这件事告诉了文帝，文帝于是召见少君，少君详细讲述自己的情况，果然不错。又再问他以什么为凭证，他回答说："姐姐离开我西去时，与我在驿站告别。姐姐还向别人要来了洗澡用具，给我洗澡，又要来饭给我吃，然后才离开。"

窦皇后听了，拉住弟弟泣不成声，涕泪纵横。左右侍从都被感动，也伏在地下哭泣。一切安定之后，长君和少君都得到了丰厚的赏赐。皇后的其他同族兄弟，也得到了封赏，都定居在长安。

绛侯和灌将军等人说："我们这些人，只要不死，命就掌握在这两个人手里。他俩出身低微，没受过什么教育，不能不给他们挑选最好的老师和门客，否则弄不好又会效法吕氏，闹出大事来。"于是，就挑选年龄大德行好的读书人去影响他们。在这种情况下，窦长君、少君慢慢成了谦谦君子，从不因为地位的尊贵而对别人骄横傲慢。

孝文帝去世之后，孝景帝继位，窦少君被封为章武侯。当时长君已经去世，景帝就封他的儿子彭祖为南皮侯。七国叛乱的时候，窦太后堂兄的儿子窦婴率兵平乱，立有军功，被封为魏其侯。窦氏家族共有三人被封为侯。

窦皇后年老生病，双目失明。逝世之后，和文帝合葬在霸陵。遗诏把东宫所有的金银财宝都赐给了长公主嫖。

卫家天下

卫皇后，字子夫，本来是平阳公主的歌女，出身低微。武帝即位之初，好几年都没有生儿子。平阳公主于是为武帝挑选了良家女子十几人，打扮一番养在家里。

一次，武帝去看望平阳公主的时候，公主就让所有的美人出来亮相，可是武帝都不喜欢。吃喝过后，歌女进来献艺，武帝马上看中了卫子夫。武帝非常高兴，赏赐给平阳公主黄金千斤。公主趁机请求把卫子夫奉送入宫。子夫上车时，平阳公主抚摩着她

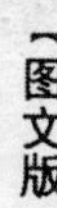

的背说："走吧，多注意身体！如果尊贵了，别忘了我。"可是，子夫入宫一年多，竟然再也没有见到过武帝。

后来，武帝挑选不中用的宫女，让她们出宫回家。子夫趁机求见武帝，哭泣着请求出宫。武帝可怜她，就开始宠幸她。不久之后，子夫有了身孕，一天比一天尊贵。子夫的哥哥卫长君、弟弟卫青也得到了武帝的召见，被封为侍中。后来，子夫倍受宠爱，生了三女一男，儿子取名叫据。

卫子夫大受亲幸，陈皇后非常气愤，多次寻死上吊，有好几次差一点死掉。武帝对陈皇后这种做法很不高兴。陈皇后还用妇人的邪术来诅咒子夫，被武帝发觉。武帝于是废了陈皇后，立卫子夫为皇后。陈皇后的母亲大长公主，是景帝的姐姐，她责备武帝的姐姐平阳公主说："武帝要不是靠我帮忙，不可能继位。但是他即位不久，就抛弃了我女儿。他怎么能这么忘本呢！"平阳公主回答："那是因为你女儿生不出儿子。"陈皇后求子心切，花了九千万的医药费，可是最终还是没能生儿子。

卫子夫被立为皇后，弟弟卫青就被封为了将军。后来，卫青抗击匈奴有功，被封为长平侯，而且，连当时还在襁褓之中的三个儿子，也被封为列侯。另外，卫皇后的姐姐有个儿子，叫做霍去病，因为军功被封为冠军侯，号称骠骑将军。卫青号称大将军。卫氏亲族靠军功起家，有五个人被封为侯。

卫子夫成为皇后之后，弟弟卫青以大将军的身分被封为长平侯。他有四个儿子，长子准备继承侯位，其他三个弟弟也都被封为侯，卫家之富贵，震撼天下。当时流行的歌谣说："生男不必欢喜，生女不用发愁，难道你没有看见，卫子夫雄霸天下！"

当时，平阳公主守寡，大家帮忙出主意，看长安城里哪个列侯配做她的丈夫，最后都说大将军可以。公主笑着说："这个人是从我家里出去的，是我的随从，怎么能让他做我丈夫呢？"大家反驳说："可是如今，大将军的姐姐是皇后，三个儿子都是侯，富贵无比，公主怎么能轻视他呢？"于是公主应许，与大将军成亲。

是啊，人一旦富贵起来，那么所有的污点都被掩盖，好象从来没有过一样，只显得荣耀华贵，贫贱时的事情怎么可能牵累他呢！

第三十一章

荆燕世家

中国历史名著文库

荆王刘贾

荆王刘贾，与汉王刘邦同族，但是血缘关系比较远。

汉王元年，刘贾被任命为将军，平定塞地，并跟随汉王东进，去攻打项羽。四年后，汉王派刘贾率领步兵两万，骑兵数百，渡过白马津深入楚地，烧毁楚军囤积的粮草，来破坏项羽的大业，使项羽的军粮断绝。不久，楚军反击刘贾，刘贾坚守不战，与彭越互相接应保护，让楚军无能为力。

一年后，汉王又派刘贾南渡淮河，围攻寿春。刘贾派人招降

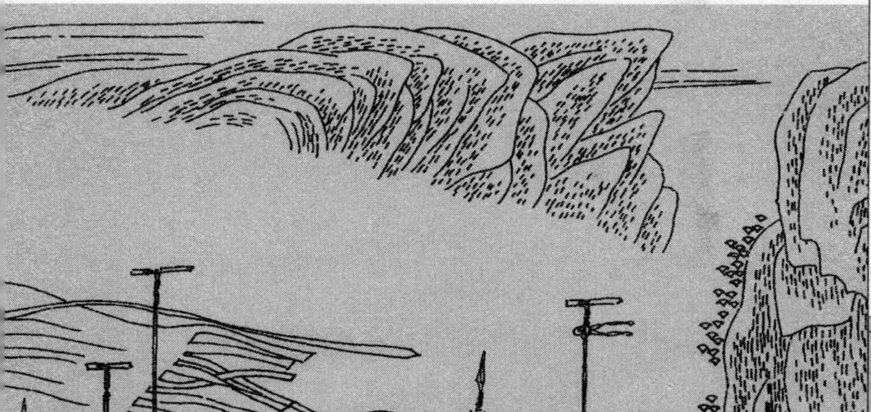

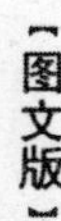

楚国大司马周殷，周殷背叛楚王，帮助刘贾攻占了九江。然后迎接黥布的军队，一起到垓下会战，共同围攻项羽。不久，汉王又派刘贾率领九江的军队，向西南攻击临江王共尉，攻克之后，把临江改为南郡。

汉六年春天，刘邦会见诸侯王，废黜了楚王韩信，把他的封地分成为两个国家。当时，高祖的儿子年幼，兄弟不多，而且又不贤能，所以想封同姓为王，镇守天下，于是就下诏说："将军刘贾有战功，应该尽早封赏优秀的刘氏子弟为王。"群臣都说："应该立刘贾为荆王，封他淮东五十二城；高祖的弟弟交为楚王，封他淮西三十六城。"从此，开始封刘氏兄弟为王。

高祖十一年，淮南王黥布反叛，向东进攻荆王。荆王刘贾出战，败退到富陵，不久被黥布杀掉。高祖亲自率军出征，打败了黥布。一年后，沛侯刘濞被封为吴王，接管了原来属于荆王的封地。

燕王刘泽

燕王刘泽，是刘氏宗族的远房亲戚。高帝十一年，刘泽立下战功，被封为营陵侯。

吕后当权的时候，齐国人田生出外远游，缺少路费，就找到营陵侯刘泽，说他有奇谋大略，如果刘泽能资助他，他就把奇谋大略贡献出来。刘泽非常高兴，给了田生二百斤黄金。田生得到黄金，立即返回了齐国，然后就不再露面了。刘泽非常生气，就派人对田生说："不要再跟我来往了，就当我不认识你。"

后来，田生又来到长安，没有去见刘泽，而租了一座大宅院，让自己的儿子求见吕后宠幸的宦官张卿。张卿前来赴宴。田生准备得很充分，挂起了豪华的帷帐，摆出了精美的用具，像诸侯一样阔气，让张卿大吃一惊。

在吃喝得正畅快时，田生让手下们退下，对张卿说："吕氏一向忠心耿耿，辅佐高帝得到了天下，劳苦功高，在亲戚中的地位最重要。如今，太后年岁大了，吕氏的势力削弱，太后为了保住吕氏的地位，想让吕产去做代地的国王。可是，太后又担心大臣们不同意。你最受太后宠幸，大臣们也怕你，你为什么不诱导大臣向太后进言，立诸吕为王呢？这样的话，太后一定高兴。诸吕如果被封王，那么你也就成了万户侯。你想想吧，现在太后心里急着这样做，而你身为内臣，却无动于衷，这样下去，肯定会大祸临头。"

张卿听了，觉得非常有道理，于是就诱导大臣向吕后进言。太后上朝时，大臣们进言请求立吕产为王。太后心里高兴，赐给张卿一千斤黄金。张卿拿到黄金，分了一半给田生。田生没有接受，而是趁机劝他说："虽然现在吕产被封为王，但是大臣们并没有心

服口服。比如，营陵侯刘泽，属于刘氏宗族，而且还是大将军；他就不可能心服。你应该劝劝太后，划出十几个县封刘泽为王，他获得王位，心里高兴，就不会再怨恨吕氏，那么诸吕的王位就更稳固了。”

张卿把这些话禀报给太后，太后很赞同。于是，营陵侯刘泽被封为琅邪王。这个时候，田生去见刘泽，把来龙去脉告诉了琅邪王刘泽，并劝刘泽赶快启程，不要停留，以免吕后反悔。不出所料，吕后果然反悔，派人追赶阻止他们，但那时候刘泽已经出了函谷关，追兵只好无功而返。

吕后去世，琅邪王刘泽马上联合齐王，一起向长安进军，去诛杀诸吕。这时候，代王也从代地赶到了长安。琅邪王召集各位大臣，拥立代王为天子。天子登基，改封刘泽为燕王。

燕王刘泽一年后去世，谥号为敬王。王位传给了儿子嘉，就是康王。

到了刘泽的孙子定国，刘家开始衰败。定国无恶不作，与父亲康王的姬妾通奸，生下一个男孩；还强夺弟弟的妻子做为姬妾；甚至还与三个女儿通奸。定国还打算杀死自己的臣子郢人，郢人揭发定国的恶行，定国于是想办法杀了郢人灭口。后来，郢人的兄弟再次上书揭发定国的丑事，定国的罪行于是暴露。武帝诏令公卿讨论，一致认为：“定国的禽兽行为，败坏人伦，违背天理，应该处死。”武帝批准了公卿的建议，准备惩治定国。定国畏罪自杀，然后，封国被废除，成为汉朝的一个郡。

第三十二章

齐悼惠王世家

中国历史名著文库

斩草除根

齐悼惠王刘肥，是高祖偏妃里的长子。高祖六年，刘肥被立为齐王，封地七十座城，凡是说齐语的百姓都归齐王统辖。

齐王是孝惠帝的哥哥。孝惠帝二年，齐王到京城见惠帝。惠帝和齐王宴饮，以平等的礼节相待，就像家里人一样随便而融洽。吕太后看着不高兴，觉得乱了君臣之间的礼节，损害了君王的威严，很生气，想杀掉齐王，杀一儆百。当时，吕太后掌握着实权，而且飞扬跋扈，心地狠毒，齐王很害怕，怕自己有来无回，好在有个大臣给他出谋划策，让他献出城阳郡，送给吕后的女儿鲁元公主作为封邑。吕太后开心了，就不再计较，这样，齐王才得以安全回到封地。

悼惠王在位十三年，去世之后，儿子襄继位，这就是哀王。

哀王元年，汉孝惠帝逝世，吕太后掌权，为了与汉高祖刘邦对应，吕太后自称高后，国家大事都必须要由高后决定。第二年，高后立她哥哥的儿子吕台为吕王，把齐国的济南郡作为封地。

哀王三年，刘肥的弟弟刘章进入汉朝宫廷，吕太后封他为朱虚侯，还把吕禄的女儿嫁给了他。四年后，刘章的弟弟刘兴居被封为东牟侯，都在长安宫廷，充任值班的守卫。

哀王九年，高后进一步削弱刘氏，几乎篡取了刘氏江山。吕氏子弟占有了燕王、赵王、梁王等王位，专权当政，势可倾国。

朱虚侯刘章二十岁，身体强健，有雄心壮志，可是因为刘氏专权，自己得不到发展，所以忿忿不平。有一次，刘章在酒宴上侍奉高后，高后让他专门管喝酒。刘章不高兴，就上前请示说："臣出身将门，请允许我按军法行酒令。"高后说："好的，可以。"

酒宴达到高潮之后，刘章让艺人近来，进献歌舞助酒。过了一会儿，又说："请允许我为太后唱耕田歌。"高后把他当孩子看

待，笑着说："你父亲倒是会耕田。而你生下来就是公子，怎么可能知道耕田的事呢？"刘章说："我的确知道耕田是怎么回事。"太后说："那就试着给我唱一唱耕田歌吧！"

刘章于是唱到："深耕密植，秧苗要稀疏；不是同种的杂草，要铲除，不能留。"吕后听了，很意外，沉默不语。

过了一会儿，吕氏家族有一个人喝醉了，不想再喝，于是就逃离了酒席，刘章追过去，拔剑杀了他，然后回来报告说："有一个人逃离酒席，臣执行军法，把他杀了。"太后和手下人都非常吃惊。可是，既然已经批准他按军法行事，就无法加罪于他。不过，既然已经死了人，大家心里都有想法，所以酒是喝不下去了，酒宴只好到此为止。

从此以后，吕氏家族的人都害怕朱虚侯刘章，大臣们也都听从朱虚侯，刘氏因此越来越强盛。

高后逝世之后，国家开始动荡不安。上将军吕禄，还有相国吕产，两人都住在长安城里，乘机聚兵叛乱。吕禄的女儿是朱虚侯刘章的妻子，知道了他们的阴谋，于是就偷偷派人出了长安，去通知他哥哥齐王，让他发兵西进，而朱虚侯和东牟侯可以在程内接应，争取一举诛灭吕氏集团，然后拥立齐王为帝。

齐王知道了吕氏的阴谋后，就和他舅舅驷钧、郎中令祝午、中尉魏勃暗中谋划，准备发兵讨伐吕氏。齐相召平听说齐王准备出兵，就带人包围了王宫。这时候，魏勃就去欺骗召平说："君王的确是想发兵，而且没有汉朝的虎符，没有得到授权，是非法的。你包围王宫，这是很正确的，是好事。请让我替你领兵，把守住王宫，让他们无法出兵。"召平相信了他，就派魏勃领兵包围王宫。魏勃兵权到手，马上反戈，派兵包围了相府。召平醒悟，但为时已晚，感叹说："唉！道家的话'当断不断，反受其乱'，的确有道理啊！"说完就自杀了。

于是，齐王任命驷钧为相国，魏勃为将军，祝午为内史，征发了国内的全部兵力。然后，又派祝午去诈骗琅邪王说："吕氏叛乱，齐王发兵，马上就要西进，去诛杀他们。齐王自己觉得自己是晚辈，年轻，也不熟悉军事，愿意把全国委托给大王。大王从

高祖时起就是将军，熟悉战事。齐王现在不敢离开军队，所以派我来请大王，一起到齐王那里去面议大事，然后好率领齐军西进，去平定关中之乱。”琅邪王信以为真，很兴奋，就飞驰去见齐王。齐王和魏勃等琅邪王一到，就马上扣留了琅邪王，然后，派祝午把琅邪国的军队全部征发，统率这些军队一起行动。

琅邪王刘泽被欺骗和扣留之后，回不去了，只好劝齐王说：“齐悼惠王，是高皇帝的长子，从血缘上说，大王你就是高皇帝的嫡长孙，要是继承皇位的话，非你莫属。如今，大臣们还在犹豫，无法确定立谁最合适。我刘泽在刘氏中年龄最大，大臣们都听我的话，经常要等我来决定大事。大王这样扣留我，一点好处没有，还不如放我入关，计议迎立你做皇帝的大事。”齐王认为很对，就准备了很多车辆，送走了琅邪王。

琅邪王出发后，齐国就发兵西进，首先去攻打吕国的济南。齐

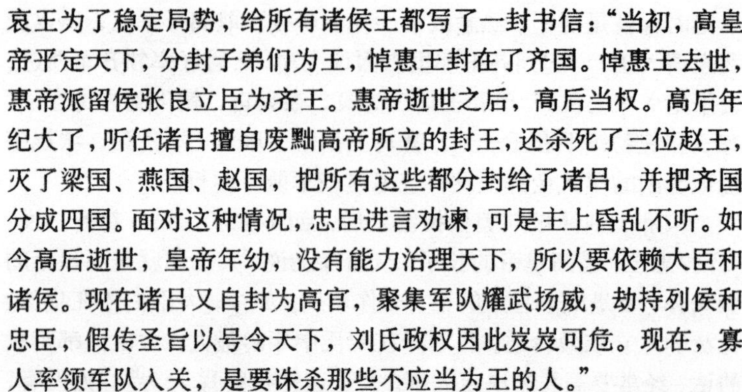

哀王为了稳定局势，给所有诸侯王都写了一封书信："当初，高皇帝平定天下，分封子弟们为王，悼惠王封在了齐国。悼惠王去世，惠帝派留侯张良立臣为齐王。惠帝逝世之后，高后当权。高后年纪大了，听任诸吕擅自废黜高帝所立的封王，还杀死了三位赵王，灭了梁国、燕国、赵国，把所有这些都分封给了诸吕，并把齐国分成四国。面对这种情况，忠臣进言劝谏，可是主上昏乱不听。如今高后逝世，皇帝年幼，没有能力治理天下，所以要依赖大臣和诸侯。现在诸吕又自封为高官，聚集军队耀武扬威，劫持列侯和忠臣，假传圣旨以号令天下，刘氏政权因此岌岌可危。现在，寡人率领军队入关，是要诛杀那些不应当为王的人。"

汉朝听说齐国打过来了，相国吕产就派大将军灌婴前去迎击齐军。灌婴到达荥阳，分析局势之后，认为："诸吕盘踞关中，想危害创立了汉朝基业的刘氏，想自己当皇帝，在道义上说不过去。我如果打败齐军，等于是增加了吕氏的资本。"于是停止进军，驻军在荥阳，然后派使臣通告齐王和诸侯，愿意和他们联合，等吕氏叛乱之后，一起去诛灭他们。齐王听说后很高兴，就继续向西进军，夺回了齐国原先的土地济南，然后，屯兵不动，等待依约进军。

这时候，吕禄、吕产慌了，想在关中作乱，朱虚侯与太尉周勃和丞相陈平合作，杀了他们。朱虚侯首先杀掉了吕产，太尉周勃等人诛灭了吕氏家族。

琅邪王这时候赶到了长安。大臣们商议，想拥立齐王，而琅邪王和一些大臣说："齐王母亲的家族，性格凶恶残暴，像老虎一样，只不过戴着帽子，才看上去斯文一些。汉朝是因为吕氏的缘故，才弄的差不多天下大乱；如今要是再立齐王，那可是有重蹈覆辙的危险啊！要是适合拥立的，那是代王。代王母家薄氏，都是忠厚正直的君子。况且，代王又是高帝的亲儿子，如今健在，而且年龄又最长。儿子继位，名正言顺；他肯定会任用贤良的人才，这样大臣们也安心。"于是，大臣们就决定迎立代王。然后，大家派朱虚侯把已经杀掉吕氏的事告诉齐王，让他罢兵。

灌婴在荥阳，听说是魏勃最先教唆齐王反叛，可是吕氏被诛灭后，齐兵被迫退兵，而魏勃却无所作为，不能替齐王出力。灌婴派人召来魏勃责问。魏勃站在灌婴面前，很害怕，两腿发抖，话都说不完整，后来干脆一句话都说不出来了。灌将军盯着他看了好久，然后笑着说："人们都说魏勃勇敢，其实不过是狂妄平庸的人，怎么可能有所作为呢！"随后就罢免了魏勃的官职。

当初，魏勃的父亲因为善于弹琴，见过秦朝的皇帝。魏勃年少时，想求见齐相曹参，可是因为家里穷，没有财力打通关系，魏勃就只好想其他的办法。他常常一个人，在半夜到齐相舍人的门外打扫。齐相的舍人发现，自己的门外总是干净的，感到奇怪，以为有什么怪物，就在晚上暗中察看，发现了魏勃。魏勃坦言说："我想拜见曹相国，可是没有门路，所以为你打扫，希望你能帮我找个求见的机会。"舍人就带领魏勃去见曹参，也被收为舍人。

有一次，魏勃为曹参赶车，谈论国家大事，曹参认为他有德行和能力，就向齐悼惠王推荐他。悼惠王召见，任命他为内史。从此，魏勃开始飞黄腾达。等到哀王的时候，魏勃当权，权势之大，甚至要超过齐相。

七王之乱

齐王收兵回国后，代王来到长安，登上帝位，就是孝文帝。

孝文帝元年，把高后时期从齐国划出来的城阳、琅邪和济南郡又全部还给了齐国。琅邪王被改封为燕王，加封朱虚侯、东牟侯领地各二千户。后来，汉朝又划出齐国的城阳郡，立朱虚侯为城阳王。

几年后，齐悼惠王的七个儿子都被汉孝文帝封为列侯。再后来，孝文帝又把他们晋升为王，共有七王。

齐孝王十一年，七王中的吴王濞和楚王戊联合起来，一起反叛，兴兵西进，攻打汉朝王室。他们打出旗号，对诸侯说："我们

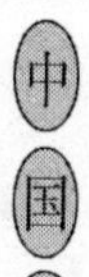
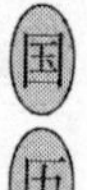

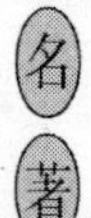

要诛杀汉朝的贼臣晁错，安定国家。”其他好几个王都响应吴、楚叛乱，发兵一起攻打汉室。他们想拉齐国参与，一起叛乱。可是齐孝王没有听从他们，而是坚守城池。于是，有三个叛乱的王国派兵包围了齐国。齐王派路中大夫向汉天子告急。天子让路中大夫返回告诉齐王：“继续坚守，我的军队已经打败吴、楚等国，他们的叛乱不会很久了。”路中大夫马上回来报告，可是，当时三国的军队已把都城团团围住，无法进城。三国的将领劫持了路中大夫，还胁迫他：“你反过来说，就说汉军已经被打败，齐国快向三国投降。要不然，会被屠城。”路中大夫应许了他们，来到城下，看见了齐王。这时候，路中大夫还是按照汉天子的吩咐喊话说：“汉朝已经发兵百万，派太尉周亚夫打败了吴、楚叛军，正率军前来援救齐国。齐王一定要坚持住，不要投降！”三国的将领没有得逞，杀了路中大夫。

齐国被围攻得很急迫时，曾经暗中与三国谈判。就要与三国签定条约的时候，听说路中大夫正从汉朝回来，齐王非常高兴，就对签约很犹豫，他的大臣们也就趁机规劝齐王，不要向三国投降。没过多久，汉将栾布、平阳侯曹奇等率军到达齐国，打散了三国军队，解除了对齐国的包围。不久，汉军听说齐王当初和三国有和约，就准备移兵讨伐齐国。齐孝王恐惧万分，就喝毒药自杀了。汉景帝听说了这件事，认为齐王与七王不同，一开始是好的，只是后来受到了胁迫，才不得不跟三国和约，并没有什么罪过。于是，孝王的太子寿被封为齐王，这就是懿王。而其他几王都被消灭，封地收归汉室。

齐懿王在位二十二年，去世后，儿子次景继位，就是厉王。

齐厉王的母亲是纪太后。纪太后把自己弟弟纪氏的女儿嫁给厉王，可是厉王不喜欢。太后为了让纪家世代显贵，就把自己的长女纪翁主派入王宫，专门看管后宫宫女，不准她们接近厉王，想通过这种方法隔离厉王，让他不得不去宠幸纪氏的女儿。可是纪太后的目的没有达到，厉王却开始与他姐姐翁主通奸。

齐国有个宦官，叫做徐甲，入京去侍奉汉皇太后。皇太后有个女儿，叫修成君，太后很怜爱她。修成君有个女儿，叫做娥，太后想把她嫁给诸侯。宦官徐甲知道了皇太后的想法，就请求出使齐国，说一定可以说服齐王，让他上书请求娶娥为王后。皇太后很高兴，就派徐甲到齐国。

当时在京师有个齐国人，叫主父偃，他得知徐甲出使齐国，是为了齐王娶王后的事，就趁机对徐甲说："如果你的事能办成，拜托你把我女儿弄到宫里去，去充当齐王的后宫。"徐甲答应了。

徐甲到了齐国后，用含蓄的言辞说明了来意。纪太后闻言大怒道："齐王不是没有王后，后宫的嫔妃也齐备。你徐甲是齐国的穷人，穷得没办法才当了宦官，进京师侍奉汉宫，在那里没有得到什么好处，才想扰乱我家！再说，主父偃是什么东西，也想让他的女儿充当后宫！"

徐甲非常尴尬，只好回朝报告皇太后说："齐王愿意娶娥为王后。但我有一点担心，担心齐王像燕王一样！"燕王，跟自己的女儿以及姐妹通奸，最近犯法而死，封国已经被废除，徐甲用这件事触动皇太后。皇太后听了，说："嫁女给齐王的事，以后就不要再提了。"

后来，这件事逐渐传到了天子的耳朵里。主父偃也听说了，从此就开始怨恨齐王。

当时，主父偃正得宠于天子，参与国家大政。主父偃对天子说："齐国都城，人民达到十万户，商业税收每天可以达到千金，人口这么多，经济这么发达，要超过长安。这样的好地方，如果不是天子的亲兄弟和爱子，就不应该在这里为王。如今呢，齐王和皇室亲属的关系越来越疏远，他在这个地方实在太不合适了。"随后怂恿说："吕太后的时候，齐国想谋反，吴楚七国叛乱时，齐孝王也差不多要参加了。现如今，据说齐王和他姐姐通奸。"

天子听了，很重视，就拜主父偃为齐国的丞相，让他审理这件事。主父偃到齐国后，马上提审齐王后宫的宦官，还有帮助齐王去他姐姐住所的人，让他们提供证词，证明都曾经为齐王引路。齐王年少，害怕被官吏捕杀，就喝毒药自杀了。

主父偃一出京师就废掉了齐王，这让赵王很害怕，担心他会继续行动，影响刘氏子孙的利益。于是，赵王上书天子，状告主

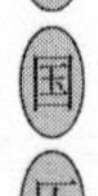

父偃接受贿赂，还公报私仇，处事不公道。天子于是经囚禁了主父偃。公孙弘给天子出主意说：“齐王已经自杀了，没有后代，国土已经收归汉室了。汉室该得的已经得到，为了平息事端，应该杀了主父偃。不杀他，无法平息天下人的怨恨。”于是就杀了主父偃。

齐厉王在位五年，没有后代接位，国土收归汉室。

济北王刘兴居，是齐悼惠王的儿子，曾以东牟侯的身份，帮助大臣诛杀诸吕，功劳不大。等到文帝从代地来长安，兴居说：“请派我与太仆夏侯婴入宫，去清理门户。”少帝被废之后，与各位大臣一起尊立孝文帝。

孝文帝二年，刘兴居被封为济北王，和城阳王一同受封。受封两年之后，济北王刘兴居谋反。当初，大臣们诛灭吕氏时，朱虚侯刘章的功劳特别大，所以大臣们商定，事成之后，把赵地全

部封给朱虚侯，把梁地全部封给东牟侯刘兴居。等到文帝即位之后，听说朱虚侯和东牟侯二人本来是想拥立齐王，很不高兴，所以就贬低他们的功劳。刘章和刘兴居心里也不服气。刘章死后，匈奴大举入侵汉朝国境，汉朝大量发兵，派丞相灌婴反击匈奴，文帝亲自到太原。刘兴居听说了，以为天子亲自率军抗击匈奴，就在济北反叛。反叛发生后，天子让已经发出的军队都返回了长安，然后，派棘蒲侯柴将军击败并俘虏了济北王。济北王兵败自杀，封地被收归汉室，改为郡。

文帝十六年，齐悼惠王的儿子安都侯志被封为济北王。十一年后，吴、楚七国叛乱时，志坚守城池，不与七国合谋。吴、楚叛乱被平定后，被改封为菑川王。

济南王辟光，也是齐悼惠王的儿子，孝文帝十六年，被晋封为济南王。十一年后，和吴、楚一起反叛。兵败被杀，汉朝把济南改为郡，封地归于汉室。

第三十三章

萧相国世家

中国历史名著文库

开国功臣

相国萧何，沛县丰邑人。精通法律，同时代无人能比。

高祖刘邦还是个平民的时候，萧何已经是小官，曾经多次保护他。高祖当亭长后，萧何还是经常帮助他。后来，高祖以小官的身分到咸阳服役，县里的同僚每人资助路费三百钱，只有萧何资助五百钱。

秦朝的御史到郡里检查工作，让萧何帮忙，萧何总是把事务办得井井有条。于是，萧何被提升为泗水郡的卒吏，政绩考核名列榜首。秦朝的御史对他很赏识，准备回朝进言，征调萧何到首都，萧何坚决请求留下，这样才没被调走。

高祖起兵，被推为沛公，萧何担任县丞，督办公务。沛公打到咸阳之后，将领们都争先恐后地奔向府库，分取金银财宝，唯独萧何进入秦宫，找到丞相和御史掌管的律令图书，把它们都封存起来。后来，沛公被封为汉王，拜萧何为丞相。汉王之所以能全面了解各地的军事要塞，户口多少，地方强弱，民众疾苦，就是因为萧何得到了秦朝全部的图书资料。萧何还向汉王推荐韩信，于是韩信被封为大将军，为夺取天下立下了汗马功劳。

汉王率兵东进，平定三秦，萧何以丞相身分留守巴蜀地区，处理财税，安抚百姓，颁布政令，为军队供应粮草。汉二年，汉王率领诸侯攻打楚军，萧何留守关中，侍奉太子。萧何做事干练，无论是制订法令、制度，还是建立宗庙、社稷、宫室、县邑，萧何总是尽快向汉王报告，得到汉王的同意，他才开始施行；如果来不及报告，他就酌情处理，等到汉王回来再报告。关中的日常事务繁多，都仰仗萧何办事得法，才处理得有条不紊。日常事务，比如按户口征收粮草、兵丁，再通过水路输送到前方，让前方将士不至于失去支援。汉王在征战的过程中，多次弃军逃亡，萧何就

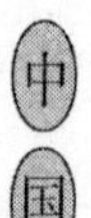
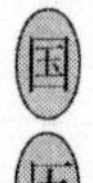
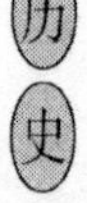

常常要征发关中的士卒，来补足军队的缺额。汉王感激信任萧何，专门为人处理关中的事务。

汉三年，汉王和项羽在京、索之间对峙的时候，汉王多次腾出精力，派使臣来慰劳丞相萧何。鲍生对丞相说："汉王风餐露宿，辛苦之极，却多次派使臣来慰劳你，这是对你有疑心啊！为你着想，你应该派你的子孙和兄弟中能打仗的人，全部都到军中去效力，这样，汉王必定就会更加信任你。"萧何采纳了他的建议，汉王果然大为高兴。

汉五年，汉王刘邦已经消灭了项羽，平定了天下，开始论功行赏。由于群臣争功，所以，争了一年多，功劳的大小还是没能确定下来。高祖认为萧何的功劳最大，所以封赐最高，给予的食邑也最多。功臣们都不服气："臣等身披铠甲，手持兵器，多的身经百战，少的也交锋数十回合，攻城略地，功劳有大有小，各自不等。可是萧何呢，根本就没有立下汗马功劳，只不过是舞文弄墨，发发议论而已，并没参加过战斗。可是，他的封赏反而在我们之上，这是为什么？"

高祖问："诸位了解打猎吗？"

群臣答："当然了解。"

高祖又问："知道猎狗吗？"

群臣说："当然知道。"

高祖于是开导群臣说："打猎的时候，追捕野兽和兔子的是狗，但是能发现野兽的踪迹，并且指出野兽位置的是人。如今诸位，只是能捕捉到野兽而已，功劳就如同猎狗一样。至于萧何，却能发现野兽的踪迹，然后告诉我们要猎取的目标在哪里，功劳如同猎人。再说，各位都只是一个人追随我，最多不过两三个人。而萧何带领全族好几十人随我打天下，功劳之大，是无可争议的。"

群臣听了，都不敢再争辩了。

列侯全都受到封赏，等到排位次时，大家都说："平阳侯曹参，浑身受伤七十多处，南征北战，功劳最大，应该排在第一位。"

高祖已经说服了各位功臣一次，多封了萧何土地，在位次的问题上，没有理由再反驳功臣。可是，高祖在心里还是想把萧何

排在第一位。

关内侯鄂君了解高祖的心思，于是就当廷进言道："各位大臣的看法都错了。曹参虽然有打仗攻城的功劳，但是这种功劳，只

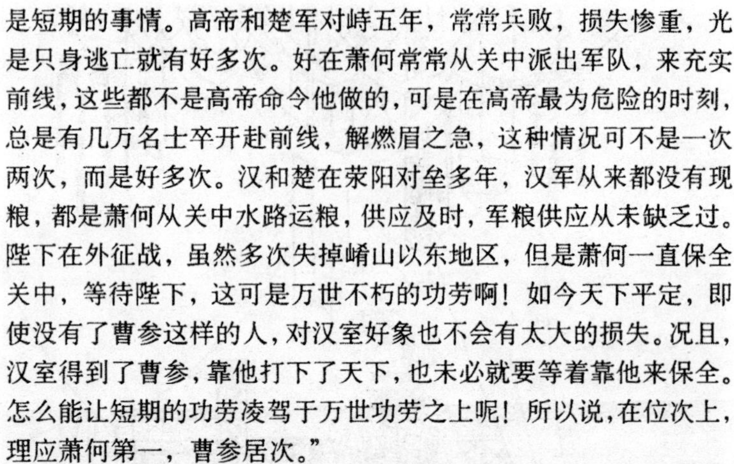

是短期的事情。高帝和楚军对峙五年，常常兵败，损失惨重，光是只身逃亡就有好多次。好在萧何常常从关中派出军队，来充实前线，这些都不是高帝命令他做的，可是在高帝最为危险的时刻，总是有几万名士卒开赴前线，解燃眉之急，这种情况可不是一次两次，而是好多次。汉和楚在荥阳对垒多年，汉军从来都没有现粮，都是萧何从关中水路运粮，供应及时，军粮供应从未缺乏过。陛下在外征战，虽然多次失掉崤山以东地区，但是萧何一直保全关中，等待陛下，这可是万世不朽的功劳啊！如今天下平定，即使没有了曹参这样的人，对汉室好象也不会有太大的损失。况且，汉室得到了曹参，靠他打下了天下，也未必就要等着靠他来保全。怎么能让短期的功劳凌驾于万世功劳之上呢！所以说，在位次上，理应萧何第一，曹参居次。”

这一席话正中高祖下怀，于是就坚决地说：“好！有道理，就这么定了。”于是就确定萧何第一，恩赐他可以带剑穿鞋上殿，上朝时不必遵循常礼，不用小步快走。

高祖对鄂君很欣赏，就说：“我听说，能推荐贤人的大臣，理应受到大的赏赐。萧何的功劳很高，经过鄂君的申辩，就更加明显了。”于是晋升鄂君，从关内侯升为安平侯。当天，萧何父子兄弟十余人，都得到了食邑封赏。还另外加封萧何二千户，以报答当初高帝去咸阳服役时，萧何比别人多送了二百钱的恩情。

伴君如伴虎

汉十一年，有封地大臣反叛，高祖亲自率军出征平定叛乱，到了邯郸。叛乱还没有完全平定，淮阴侯韩信又在关中谋反，吕后采用了萧何的计策，诛杀了淮阴侯韩信，平定了关中。高祖在外地，听到了淮阴侯韩信被杀的消息之后，马上派使臣回国，拜丞相萧何为相国，加封五千户，并命令五百名士卒和一名都尉，担

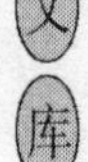

任相国的卫队。

萧何又得到晋升，众人都前来祝贺，只有召平来向萧何表示忧虑。召平，在秦朝的时候，是东陵侯。秦朝灭亡之后，召平沦落为平民，家境越来越穷，只好在长安城东种瓜谋生，他种出的瓜味道鲜美出众，所以世称“东陵瓜”，瓜名取自召平原先的封号。

召平前来表示忧虑，他对相国说：“你的祸患，恐怕就要从此开始了。皇上风吹日晒，在外征战。你留守关中，一点刀枪剑戟的危险都没有，可是皇上反而增加你的封邑，还配备卫队，这可是有隐患的啊！这是因为，淮阴侯刚刚在京城谋反，所以皇上开始也怀疑你了。设置卫队保护你，并不是因为宠爱你，而是因为担心你。希望你推辞封赏，不要接受，最好还把全部家产捐出来，作为国家的军费。这样，皇上心里才会真的高兴。”

相国萧何采纳了召平的计策，高祖果然非常高兴。

汉十二年秋天，黥布反叛，皇上亲自率军去平叛，但多次派人回来，询问相国在干什么。相国考虑到高帝率军在外，就更加努力地安抚勉励百姓，把自己全部的家财都捐献出来，用做军费，跟讨伐陈豨叛乱时一样。有个门客警告相国说：“你现在已经离灭族不远了。你身为相国，功劳最大，一人之下，万人之上，如此显贵的地位，还能再提高吗？当初，你刚到关中，就深得民心，现在已经十多年了，百姓都亲附于你。可是，你却仍然孜孜不倦地做事，老百姓越来越爱戴你。皇上之所以多次派人询问你在干什么，其实是害怕你占有关中地区啊！你为什么不多买些田地，用低价赊借来败坏自己的名声呢？只有这样做，才能让皇上安心。”相国听后，采纳了他的意见，皇上果然大为高兴。

有一次，高祖出去征讨黥布军队的反叛，之后，班师回朝。在半路上，有百姓拦路上书，状告相国贱价强买民众的田地、房宅，价值达几千万。

皇上回到京城，相国萧何拜见。皇上笑着说：“相国可真的是利国利民啊！”然后，板起了面孔，把百姓的上书甩给相国，说：“你自己去向百姓谢罪吧！”

相国知道，强买百姓的土地房屋，其实是王室的意思。于是，相国趁机为民众请求说："长安的土地狭窄，而皇上的上林苑中有很多空地，废弃不用，一片荒芜，希望能让百姓进去耕种收粮，留下禾杆供禽兽食用。"

皇上大怒说："相国到底接受了商人多少财物？就为他们请求我的上林苑！"

于是，相国被交给了廷尉，被戴上了刑具，拘禁起来。过了几天，有个姓王的守卫侍奉皇上，上前询问说："相国犯了什么大罪，陛下用刑具把他拘禁起来，如此严酷地对待他？"

皇上说："我听说，当初的李斯以丞相的身分辅佐秦朝皇帝，有了成绩就归功于主上，而有了差错就由自己承担。可是如今的相国倒好，大量收受奸商的贿赂，却为民众请求我的上林苑，这样来向百姓讨好。这种做法太恶劣了，所以给他戴上刑具治罪。"

守卫说："相国是职责在身，只要有利于百姓的，就要为他们

请求，这是相国应该做的事情。陛下为什么怀疑相国接受了商人的钱财呢？当初，陛下和楚军对抗了好几年，黥布等人反叛时，陛下亲自率军去讨伐，那个时候，相国留守在关中，只要他一跺脚，那么函谷关以西就不归陛下所有了。相国不在那时候谋利，到了今天才贪图商人的钱财吗？况且，当初的秦始皇是因为听不到自己的过错而亡国的，李斯当然要分担过错，他们又有什么值得效法的呢？陛下为什么怀疑宰相呢？为什么要怀疑到如此浅薄的地步呢！”

皇上听了上面的话，很不高兴。但是，心里面的确有些惭愧。当天晚上，派使臣赦免并释放了相国。相国年纪大了，一向谦恭，放出来之后，马上去向皇上谢恩，光着脚步行入宫谢罪。皇上先说话：“相国不用说了！相国为百姓请求上林苑，我不应许，是我的过错。我只不过是桀、纣那样的暴君，而相国则是贤相。我之所以给相国戴上刑具，是想让百姓知道我的过错，了解您的贤明。”

萧何和曹参早就有过节，向来彼此瞧不起。萧何病重时，孝惠帝亲自前去探望病情，并且问他说：“如果你不能继续担任相国了，那么谁可以代替你呢？”萧何回答说：“了解臣子莫过于君主。”孝惠帝问：“你觉得曹参怎么样？”萧何叩头说：“皇上已经得到理想的人选，我死也没有遗憾了！”

萧何一生简朴，购置田地、房屋，必定是在穷乡僻壤，建造家园也从不修建围墙。他说：“子孙后代如果贤能，就学习我的俭朴；如果不贤能，那最好不要被有权势的人家夺去自己的财产。”

孝惠帝二年，相国萧何去世，谥号文终侯。

萧何的后代子孙里面，因为犯罪而失掉侯爵封号的有四代。可是由于萧何的功劳，所以每次断绝了继承人，天子总是再寻找萧何的后代，续封为侯。在这一点上，其他所有的功臣都不能跟他相比。

萧何的一生，没有大起大落。在秦朝时，他不过是个文职小吏，平平凡凡的，没有什么奇功，没做出什么了不起的事情。等到汉代兴起，依仗着皇帝的权势，萧何谨守相国的职责，根据百姓痛恨秦朝苛法的状况，顺应民心，除旧布新，安抚天下。淮阴侯、黥布等人野心太大，都被诛灭，而萧何的功勋却越来越灿烂夺目。他的地位超越群臣，名声流传千古，至今卓冠古今。

第三十四章
曹相国世家

中国历史名著文库

南征北战夺天下

平阳侯曹参，沛县人。秦朝的时候，做过沛县的狱吏，萧何和他在一起，官阶比他稍微大一点，两个人在县里都是很有权势的官吏。

高祖刚刚起兵时，曹参就开始随从高祖征战。曹参曾率军攻打胡陵、方与，还进攻秦朝郡监公的军队，大败敌军。之后，向东攻占薛县，在薛县外城西边攻打泗水郡守的军队。然后，再次掉转军队，攻打胡陵，占领了它。之后又转守方与，可是方与已经反叛，投降了魏，曹参于是再次攻打方与。丰邑也反叛，投降了魏，曹参只好又去攻打丰邑。曹参转战南北，东奔西走，战功赫赫，被沛公赐为七大夫。

曹参在砀县东边攻击秦朝军队，秦军溃败，于是曹参夺取了砀县、狐父和祁县的善置地区。又攻打下邑以西的地方，一直打到虞县，去进攻章邯的车骑部队。又与人一起攻打爰戚和亢父，曹参攻入，率先登城，被升为五大夫。

之后，并没有休战，而是向北援救东阿，进攻章邯的军队，攻陷陈县，一直追到濮阳。攻打定陶，夺取临济。还向南援救雍丘，进攻秦朝军队，秦军战败，秦将李由被曹参所杀，还俘虏了秦朝的一名军侯。当时，秦将章邯打败了项梁的军队，杀了项梁，沛公和项羽无力抵抗，只好率军东归。楚怀王任命沛公为砀郡长，统率砀郡的军队。沛公受封之后，马上就封曹参为执帛，号称建成君，不久，又升为戚县县令，属于砀郡。

从此以后，曹参就开始跟从沛公。攻打东郡尉的军队，在成武南打败敌军。在成阳南进攻王离的军队，打败他们之后乘胜追击，大破王离的军队。接着追击败军，一直追到了开封，顺便进攻赵贲的军队，打败了他，把赵贲围困在开封城中。之后，向西

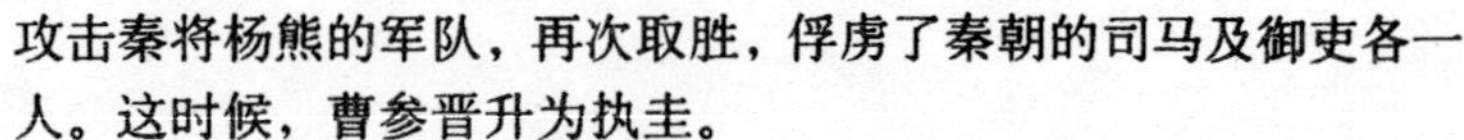

攻击秦将杨熊的军队，再次取胜，俘虏了秦朝的司马及御史各一人。这时候，曹参晋升为执圭。

之后，又随从沛公进攻阳武，攻占缑氏等地，封锁了黄河渡口。然后回师，在尸北进攻赵贲，打败了他。再随从沛公向南进攻犨县，与秦军在阳城外交战，攻陷了敌阵，占领了宛县，俘虏了南阳郡守，平定了南阳全郡。再随从沛公向西进攻武关、蛲关，占领了这两个地区。之后，再向前推进，在蓝田南边正面进攻秦军，又趁夜在蓝田北边偷袭秦军，秦军大败，于是攻占咸阳，灭了秦朝。

项羽进了关中之后，封沛公为汉王，汉王封曹参为建成侯。曹参随从汉王到达汉中，晋升为将军。在汉中，曹参仍然南征北战，随从汉王平定三秦，攻打下了辩地、故道、雍县等地。又攻打章平的军队，夺取了壤乡。在壤东及高栎攻打三秦，大败三秦军队。之后，再次包围章平，章平突围逃走。于是攻击赵贲和内史保的军队，打败了他们。然后向东，夺取了咸阳，改名为新城。

曹参曾率军镇守景陵二十天，三秦派章平等进攻曹参，曹参出击，大败敌军。曹参善于军事，曾把秦国最杰出的将领章邯围困在废丘。还在定陶攻打秦国另外一位大将龙且和项他，大败秦军。楚汉战争的时候，又攻占了砀县、萧县、彭城，进攻项羽的军队。曹参曾以中尉的身分围攻并夺取了雍丘。汉将正武在外黄反叛，程处在燕县反叛，曹参率军前往平定叛乱，把他们都打败了。柱天侯在衍氏反叛，曹参又击败叛军，收复了衍氏。在昆阳攻打羽婴，追到叶县，回师进攻武强，乘势打到荥阳。

曹参自从在汉中做了将军中尉以后，随从汉王进攻诸侯和项羽，打了好几年。差不多是所向披靡。因为他善于用兵打仗，所以能者多劳，从来没有休息过。

高祖二年，曹参被封为代理左丞相，率军进驻关中。一个月后，魏王豹反叛，曹参以代理左丞相的身分与韩信率军东征，进攻魏军，俘虏了魏的将领王襄；然后，在曲阳进攻魏王，追到武垣，活捉了魏王豹。然后，又攻占平阳城，俘虏了魏王的母亲、妻妾、儿女，魏国所有土地全部被占领，共得五十二座城。占领之后，汉王把平阳赐给了曹参，作为奖赏。

之后，又随从韩信进攻赵相国夏说的军队，杀了夏说。韩信和张耳又率军去攻打成安君，而曹参回师，去围攻赵国的戚将军，戚将军突围逃跑，曹参追击并杀了他。这个时候，韩信已经打败了赵国，向东攻打齐国。曹参于是随从韩信，打败齐国的驻军，夺取了一城。不久，又随韩信攻打龙且的军队，杀了龙且，俘虏他的部将周兰。齐国很快被平定了，共得七十余县。齐王田广、丞相田光、代理留守丞相许章，还有胶东将军田既，全部都被俘虏。齐国已经被消灭，韩信当了齐王，然后领兵抵达陈县，与汉王回合，一起打败了项羽。而曹参留在了齐国，来平定齐国尚未降服的地区。

楚霸王项羽死去之后，天下平定，汉王当了皇帝，成为汉高祖。韩信被封为楚王。曹参归还了汉朝的丞相印，被任命为齐的

相国。高帝六年，赏赐列侯爵位，曹参与诸侯剖符为凭，让受封者世世代代相传不绝。曹参的食邑是平阳，有一万零六百三十户，封号叫做平阳侯，以前所封的食邑取消。

成为相国之后，曹参仍然为国出征。陈地叛乱，曹参以齐相国的身分率军出征，攻打叛军部将张春，打败了他。后来，黥布又反叛，曹参以相国的身份随从齐悼惠王率领步兵和车骑十二万人，与高祖刘邦会合，一起攻打黥布的军队，大破敌军。

曹参军功卓著。他总共打下了两个侯国，一百二十二个县，俘虏诸侯王二人，诸侯丞相三人，将军六人，大莫敖、郡守、司马、军候、御史各一人。

无为而治

汉孝惠帝元年，不再允许诸侯国设置相国，于是曹参被任命为齐国的丞相。

曹参担任齐国丞相的时候，齐国统辖七十座城。当时，天下刚刚平定，齐国的悼惠王年轻，曹参想把齐王辅佐好，于是召来所有长老和书生，询问安抚百姓的办法。到会的儒生有好几百人，一人说一套，各持己见，让曹参无所适从。

后来，曹参听说胶西有位盖公，精通黄老学说，于是就派人携带厚礼去请他。见到盖公后，盖公对曹参说，治理国家的最佳途径，就是崇尚清静无为，让百姓自行安定。盖公还举出了很多事实上的例子，来证明自己的观点，把所有道理都一一陈述清楚。曹参很佩服，于是让出自己的正堂，请盖公住进去。曹参治理国家，主要的办法就是采用黄老学说。他做齐相九年，齐国安定，百姓乐业，所有人都大力称赞他是贤明的丞相。

汉惠帝二年，相国萧何去世。曹参听到了这个消息，马上告诉门客，让他赶快收拾行装，准备出发，说：“我就要人朝当相国啦！”不久，朝廷果然派人来召曹参。曹参离开齐国时，嘱咐自己的后任丞相说："齐国的监狱，只能作为威慑手段，尽可能不要寄予厚望。运用刑罚要慎重，不要轻易用刑。不过，监狱不能撤消，即使坏人非常少，也不要撤消。"后任丞相问："你就要走了，可以把担任丞相的更多经验都告诉我。请问，治理国家还有比这更重要的事吗？”曹参说："其实这就是最重要的经验了。监狱的职能是惩恶劝善，所以非常重要。如果你没有恰当地对待它，甚至撤消它，那么坏人去哪里容身呢？因此，应该把它摆在头等位置。"

曹参原先地位低贱的时候，和萧何的关系很好。后来，他们都飞黄腾达了，官至将军、相国，就产生了隔阂。萧何临终的时候，向惠帝推荐贤臣，只推荐了曹参一人。曹参接替萧何，做了汉朝的相国，他承继萧何的事业，办事方式没有任何变更，一切都遵循萧何制定的法度。

曹参在郡国官吏中物色那些不善言辞、稳重厚道的长者，找到后立即召来，任命为自己的副手。而那些在语言文字上讲究细枝末节的人，或者想求名求利的人，曹参总是把他们拒之门外。

曹参推崇无为而治，并沿袭萧何的法度，所以没有什么急迫的事情做，于是就日夜痛饮美酒。卿大夫以下各级官吏以及宾客见曹参整天无所事事，就上门来进言劝告。可是客人一到，曹参就会拿出醇厚的美酒，堵住他们的嘴，过一会儿，来客想进言，曹参就又递酒让他们喝，直到喝醉离去，始终不给来客开口劝谏的机会。慢慢地，大家就习以为常了，大家也都开始效仿曹参，饮酒作乐。

相国住宅的后园靠近官吏的宿舍，官吏的宿舍里整天纵酒高歌、喧闹无比。曹参的随从官吏住在后园，难得清净，对这种状况非常厌恶，但又无可奈何。于是，他们请曹参到后园游玩，听官吏们醉酒高歌、狂呼乱叫。随从的官吏本希望相国把他们召来治罪，可是曹参却反而让随从的官吏取酒，摆设座位，然后痛饮起来，也高歌欢呼，与官吏们相应和。

曹参不喜欢把事情闹大，看到别人有小过失，总是尽可能隐瞒掩盖，所以，相府里总是平安无事，天下太平。

汉惠帝怪罪相国曹参不理政事，心里想：“作为相国，他无所事事，这岂不是轻视我吗？”于是，惠帝对曹参的儿子说：“你回家去，尽可能平心静气地试着问你父亲：‘高祖刚刚永别了群臣，新皇帝还年轻。你身为相国，整天饮酒作乐，总是不向皇帝请示汇报工作，你是依据什么来治理国家大事的呢？’你这样问他，但是不要说是我让你问的。”

曹参的儿子假日回家，闲暇时陪同父亲，把惠帝的话转变成自己的意思，规劝曹参。曹参闻言大怒，打了他二百大板，然后对儿子说：“赶快进宫去侍奉皇帝。天下大事你不应当乱说。”

上朝时，惠帝责备曹参：“为什么要惩治你儿子呢？是我叫他劝你的。”

曹参马上脱帽谢罪说：“请陛下自己仔细想想，要论圣明英

武，你和高帝相比，谁更强？”

皇上答：“我怎么敢跟先帝相比呢！”

曹参说：“陛下看来，我的才能和萧何相比，谁更厉害呢？”

皇上答：“好象萧何更强一点。”

曹参说：“陛下说得很对。高帝和萧何平定了天下，法令已经明确了。如今，陛下只要垂衣拱手，我只要谨守自己的职责，遵循已有的法度不变，不就行了吗？”

惠帝说：“好，我懂了。你不用再说啦！”

曹参做汉朝的相国，一共三年。去世后，谥号懿侯。百姓歌颂曹参说：“萧何制定法规，明白划一，国家有法可依。曹参接替他，遵循定制而不改变，没有使萧何的成果付诸东流。曹参执行他清静无为政策，造福海内，百姓因而安定统一。”

第三十五章
留侯世家

中国历史名著文库

多病刺客文人将军

留侯张良，字子房，祖先是韩国人。祖父名叫开地，做过韩昭侯、宣惠王、襄哀王的丞相。父亲名叫平，做过釐王、悼惠王的丞相。悼惠王二十三年，平去世。平去世二十年后，秦国灭亡了韩国。

张良生得晚，没有在韩国做过官。韩国灭亡时，张良家里有奴仆三百人。张良的弟弟死了，张家不用厚礼埋葬，而是变卖了全部家产，出钱寻求刺客，要谋刺秦王，为韩国报仇。之所以这么忠于自己的国家，是因为张良的祖父和父亲在韩国做过五代丞相。

韩国灭亡后，张良曾经到淮阳去学习礼法，到东方去拜访仓海君。在那里，他找到了一个大力士，为他制作了一个铁锤，重达一百二十斤。秦始皇到东方巡游，张良和大力士趁机袭击秦始皇，打偏了，误中了为秦始皇赶车的。两人失败逃跑，藏起来了。秦始皇大怒，在全国大肆搜捕，缉拿这两个刺客。张良于是改名换姓，逃到了下邳，隐居起来。

有一天，张良无事闲逛，到下邳桥上优哉游哉地漫步。这时候，有一个老头儿，身穿粗布短衣，走到张良跟前，故意把鞋甩到了桥下。然后，老头儿瞪着张良说："小子，下去把鞋给我捡上来！"张良很惊愕，想揍他一顿。但因为他年纪太大，就强忍怒火，下去把鞋捡了上来。老头儿又说："把鞋给我穿上！"张良已经为他捡了鞋，所以干脆就做好事做到底，跪下来给老头儿穿鞋。老头儿趾高气昂地伸出脚，把鞋穿上，然后站起来，大笑着离去。

张良感到莫名其妙，怎么也想不清楚是怎么回事，就望着老人的身影发呆。老头儿走出了很远，又返回来，对张良说："你这小子值得教导。五天以后拂晓，来这里和我相会。"张良觉得这件

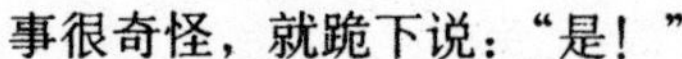

事很奇怪，就跪下说："是！"

五天以后，天刚蒙蒙亮，张良按时前往。老头儿已经等在那里了，他发怒说："跟长者约会，反而后到，这是什么道理！"老头儿说完，准备离去，告诉张良说："五天以后早点来。"

五天以后，鸡刚叫，张良就去了。老头儿又先在那里，又发怒说："你又来晚了，为什么？"老头儿于是离去，说："五天以后，再早点来。"

五天以后，张良不到半夜就去了。过了一会，老头儿也来了，高兴地说："这样才对。"随后就拿出一部书，说："读完这部书，就可以做帝王的老师了。十年以后，你会事业有成。十三年以后，你到济北来见我，毂城山下的黄石就是我！"说完，就离去了，再也没有说别的话。从此，就再也没有见过这位老父。天亮以后，张良看老父送的书，原来是《太公兵法》。张良觉得这部书不同寻常，所以经常诵读和研究它。

张良隐居在下邳，仗义行侠。项伯曾经杀过人，与张良一样，也隐居起来。十年过去了，陈涉等人起兵反秦，张良于是也聚集青年一百多人起事。当时，景驹自立为楚王，驻扎在留县。张良想去投靠他，路上遇见了沛公刘邦。沛公正率领几千人，攻打下邳以西的地方。张良对沛公印象很好，就归附了他。沛公任命张良为将。张良多次根据《太公兵法》向沛公献策，沛公非常赏识，常常采纳他的计策。而张良对其他人说这些计策，他们都不能领悟。张良说："沛公大概真的是天授之才吧！"于是就跟定了沛公，不再考虑去见景驹。

后来，沛公到了薛地，拜见项梁。项梁拥立楚怀王之后，张良又劝项梁说："你现在已经拥立了楚王的后代，还应该再立另外几个人。韩国公子里面，横阳君韩成最贤能，可以立他为王，这样可以增加自己的党羽。"项梁于是派张良找到韩成，立他为韩王，并任命张良为韩国的司徒，与韩王率领一千多人去攻取韩国原有的土地，夺得了几座城邑，可是总是立即被秦军又夺了回去，于是韩军便在颍川一带打游击战。

沛公从洛阳打过来，张良率军随从沛公，一起攻占了韩国的

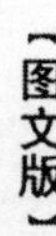

十余座城邑，打败了秦将杨熊的军队。之后，沛公让韩王留守阳翟，自己和张良一同南下，攻占宛城，向西进入武关。沛公计划出动两万兵力，进攻秦朝蛲关的守军，张良劝谏说："秦军还很强大，我们不能轻易进攻。我听说蛲关的守将是屠户的儿子，市侩之人容易被利益打动，我们可以争取招降他。希望沛公先按兵不动，留守军营，先派五万人出去，在各个山头上多悬挂旗帜，作为疑兵，吓唬守将；然后，再派郦食其携带金银财宝去收买他。"

果然，秦将背叛了秦朝，愿意跟沛公联合，一起去袭击咸阳。沛公想接受秦将的投降。张良说："守将想反叛，但是士兵不一定听从。士兵不听从，那就很危险。不如趁敌人懈怠，马上攻打他们。"沛公于是率军出击，大破秦军，追击败军到蓝田，再次交战，秦军彻底溃败。沛公于是到达了咸阳，秦王子婴向沛公投降。

沛公进入秦宫，看见宫室、帷帐、狗马、贵重宝物、美女数

以千计，就动了心，想留在宫里不走。樊哙劝谏沛公，建议他出去居住，可是沛公不听。张良说："秦朝因为奢华而暴虐，所以沛公你才能打到这里。替全天下铲除暴秦，就应该以朴素为本。可是现在，你刚刚进入秦都，就开始享乐，这正是人们所说的'助桀为虐'啊！俗话说，'忠言逆耳利于行，良药苦口利于病'，希望沛公能听从樊哙的话。"沛公权衡利弊，这才很不情愿地率军出宫，驻扎在灞上。

项羽率军到达鸿门，想攻杀沛公，项羽的手下项伯是张良的好朋友，担心张良在沛公那里受牵连，于是就连夜赶到沛公军营，私下里会见张良，劝张良和自己一起离开。张良说："我替韩王辅佐沛公，现在情况紧急，逃走太不合道义。"于是就把全部情况都告诉了沛公。

沛公大吃一惊："哎呀，应该怎么办好呢？"

张良问："沛公真的是想背叛项羽吗？"

沛公说："是小人教我把守函谷关，不让诸侯进来，说这样就可以占据全部秦地称王，我一时糊涂，所以听从了他的建议。"

张良问："沛公自己估计，你能击退项羽吗？"

沛公沉默良久，说："当然没有这个能力。现在怎么办好呢？"

于是张良坚决邀请项伯，让他会见沛公。沛公请项伯共饮，向他祝福，还结为亲家。然后，拜托项伯去向项羽详细说明，让他相信，沛公从来没有想过要背叛他，之所以派兵把守函谷关，是为了防备其他强盗。后来，沛公去拜见项羽，两人和解。

汉元年正月，沛公被封为汉王，统辖巴蜀。汉王赐给张良黄金百镒，珍珠二斗，张良把所有这些东西全都送给了项伯。汉王还让张良厚赠项伯，让项伯替他请求得到汉中地区。项王答应了，于是汉王得到了汉中地区。汉王到封国去，张良送到褒中，劝告汉王说："汉王您应该烧毁所经过的栈道，向天下显示永不返回的决心。这样，项王才会安心。"汉王听从，于是一边行进，一边烧毁了经过的栈道。

当时，项王还是有些担心沛公会对自己造成威胁。张良劝告项王说："汉王烧毁了栈道，这表明他已经没有返回的想法了。"随后，张良又把齐国田荣反叛的事，以书面形式报告给项王。因此，项王不再担忧西边的汉王，而是发兵北进，去进攻齐国。

项王怨恨韩王，抱怨韩王曾经让张良去辅佐沛公，于是就不让韩王到封国去，后来又把他贬为侯，最后把他杀死在彭城。张良逃跑，从小道投奔汉王，当时汉王已经回师平定三秦了。汉王封张良为成信侯，让他随军东进，去攻打楚军。打到了彭城，汉军大败，撤军逃跑。

跑到了下邑，汉王下马，靠着马鞍问张良："我想拿出函谷关以东，作为封赏，请问，谁能和我一起建功立业呢？他可以得到我的封赏。"

张良进言说："九江王黥布是个人选，他是楚国的猛将，但与项王有些隔阂。另外，彭越在梁地反叛楚王。这两个人马上就可以利用。而汉王的将领里面，只有韩信可以托付大事，独当一面。如果把函谷关拿出来作为封赏，那么应该封赏给这三个人。这样，楚国肯定就可以打败。"

汉王于是派人去游说九江王黥布，又派人去联络彭越。后来，魏王豹反叛汉王，汉王派韩信率军讨伐，乘机攻占了燕、代、齐、赵等国。可以说，汉王最终打败楚国，正是靠这三个人的力量。

张良体弱多病，从未曾单独挂帅出征，一直是作为出谋划策的臣子，跟随汉王。

汉三年，项羽把汉王围困在了荥阳，汉王忧虑万分，像热锅上的蚂蚁。汉王于是找大臣郦食其商量，讨论怎么才能解围，并且削弱楚国的势力。

郦食其说："从前，商汤攻灭夏桀，把夏朝的后代封在了杞国。周武王讨伐商纣王，把商朝后代封在了宋国。如今呢，秦朝不施行德政，抛弃了道义，侵略诸侯国，消灭了六国的后代，使他们没有立锥之地。在这种情况下，陛下如果能重新拥立六国的后代，使他们接受陛下的印绶，服从陛下的安排，这样一来，六国的君臣百姓必定会感戴陛下的恩德，必定会向往陛下的德义，甘愿做陛下的臣民。随着德义的推行，陛下就可以称霸，那么楚王也必定会打扮得整整齐齐地前来朝拜。"

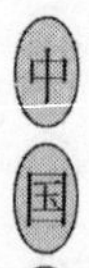
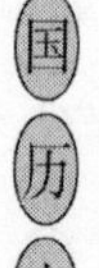

汉王说："好！快去刻好大印，先生可以带着它出发了。"

还没等郦食其启程，张良就从外面回来，拜见汉王。当时汉王正在吃饭，随口说："你来以前，有个客人为我策划了一个削弱楚国势力的办法。"接着，就把郦食其的话原原本本地告诉了张良，还问道："你觉得怎么样？"

张良问："是谁替陛下筹划这种计策？要是按照这种计策实行，那么陛下的大事可就完蛋了！"

汉王说："为什么这么说呢？"

张良回答："臣请求借用你面前的筷子，为大王讲解一下目前的形势。"然后接着说："从前商汤讨伐夏桀，把夏朝的后代封在杞国，那是因为，商汤知道自己能置夏桀于死地。可是如今，陛下能置项王于死地吗？"

汉王答："不能。"

张良说："这是不能那样做的第一个原因。当初，周武王讨伐商纣王，把商朝后代封在宋国，那是估计能够得到纣王的头颅。可是如今，陛下能够得到项王的头颅吗？"

汉王答："不能。"

张良说："这是不能那样做的第二个原因。当初，周武王攻人殷朝的都城，表彰商容的德行，释放了被囚禁的箕子，修葺比干的坟墓。可是如今，陛下能修葺圣人的坟墓，表彰贤人的德行，在智者的门前向他们致敬吗？"

汉王说："不能。"

张良说："这是不能那样做的第三个原因。当初，周武王曾发放巨桥的陈米，散发掉鹿台的存钱，赏赐贫苦百姓。可是如今，陛下能散发府库的粮食和钱财，来赏赐贫苦百姓吗？"

汉王说："不能。"

张良说："这是不能那样做的第四个原因。殷朝灭亡以后，周武王废弃了兵车，改做日常乘坐的车，把武器都倒置存放，盖上虎皮，向天下表示再也不动用兵器。可是如今，陛下能停止征战，推行文治，不再用兵打仗吗？"

汉王说："不能。"

张良说:“这是不能那样做的第五个原因。周武王把战马散放在华山的南边,表示没有用处了。可是如今,陛下能让战马休息、不再使用吗?”

汉王说:“不能。”

张良说:“这是不能那样做的第六个原因。周武王把牛放牧在桃林北边,表示不再运送辎重了。可是如今,陛下能放牧牛群,不再运送辎重吗?”

汉王说:“不能。”

张良说:“这是不能那样做的第七个原因。另外,天下的游士背井离乡,随从陛下走南闯北、风餐露宿,只是希望能得到一小块封地。如今要是恢复六国,立韩、魏、燕、赵、齐、楚的后代,那么,天下的游士就会各自回乡,去侍奉他们的君主,伴随他们的亲人和旧友,那么,谁和陛下一起打天下呢?这是不能那样做的第八个原因。目前,我们的任务很明确,就是要削弱楚国,让楚国不再强大,否则,封立了六国的后代,他们就会屈服于楚国,如果到了那个地步,陛下怎么能使他们臣服呢?总之,陛下如果采用客人的计谋,那么陛下的大事可就完蛋啦!”

汉王后怕,一点饭也吃不下了,吐出了嘴里的食物,大骂道:“这个笨儒生,差一点败坏了老子的大事!”于是马上下令,销毁了那些印绶。

汉四年,韩信攻占了齐国,想自立为王。汉王大怒,张良劝说汉王,于是汉王派张良授予韩信齐王印绶,把一场叛乱消灭在了萌芽之中。

决胜千里之外

汉六年正月,封赏功臣。张良不曾有过战功,高帝说,“运筹帷幄之中,决胜千里之外,这是张良的功劳。他可以自己选择齐国的三万户做为封邑。”

张良说：“起初，我在下邳起事，无意之中在留县碰到了皇上，这是上天把我赏赐给陛下。陛下采用我的计策，常常侥幸奏效，这是我的幸运。把我封在留县就可以了，不敢承受三万户的封赏。”于是，封张良为留侯，与萧何等人一起受封。

皇上封赏了大功臣二十多人，其余大臣日夜争功，功劳大小无法决定，也无法及时封赏。有一天，高帝在洛阳南宫，从空中阁道望见诸位将领，发现他们总是坐在沙地上讨论。高帝奇怪：“他们在说什么呢？”

留侯张良回答：“陛下还不知道吗？他们在商量谋反！”

皇上说：“天下已经安定了，为什么还要谋反呢？怎么可能呢？”

留侯回答：“陛下当初也是个平民，靠这些人夺得了天下。现在陛下做了天子，所封赏的都是您亲近的萧何、曹参等老朋友，所诛杀的都是您最怨恨的人。现在这些将领们计算各自的功劳，认为天下的土地不够封赏，于是担心陛下不能全部封赏，并且还害怕被您怀疑而遭诛杀，所以他们聚在一起，图谋造反。”

皇上于是忧虑地问：“那我该怎么办？”

留侯说：“皇上最憎恨，而且群臣都知道的，是谁？”

皇上回答：“雍齿早就跟我仇，曾经多次让我受到侮辱。我想杀了他，只是因为他的功劳大，所以我才没有下手。”

留侯说：“现在您应该马上先封赏雍齿，做给群臣看，群臣见雍齿也受到了封赏，那么大家就知道自己也能受封，就会坚信不疑了。”

皇上立即摆酒设宴，封雍齿为什方侯。同时，催促丞相和御史尽快评定各位大臣的功劳，进行封赏。酒宴结束后，群臣都高兴地说：“连得罪了皇上的雍齿都被封为侯，我们这些人就用不着担心了。”

高帝安定天下之后，刘敬建议高帝说：“应该定都关中。”高帝犹豫不决。大臣们大多劝高帝定都洛阳，他们说：“洛阳是好地方。东面有成皋，西面有山有水，背靠着黄河，正面是伊水和洛水，这样的地形很容易把守，很坚固，靠得住。”

留侯不同意：“洛阳虽然有这些优点，比较坚固，但是它的中心地区太狭小，方圆不过几百里，而且土地贫瘠；另外，因为地形的原因，所以住在这里容易四面受敌。而关中地区则不同，左有崤山、函谷关，右有陇山、岷山，很安全；而且沃野千里，南边可以控制巴蜀的富饶资源，北边就是利于放牧的草原；在那里定都，可以依靠三面的险阻而固守，只用东方一面来控制诸侯。如果诸侯安定，那么可以用黄河、渭水转运天下的粮食，西上供给京都；如果诸侯叛乱，那么可以顺流而下，运送军队粮草。这就是所谓‘金城千里，天府之国’啊！刘敬的建议是正确的。”

高帝听取了刘敬和张良的意见，当天就起驾，定都关中。

留侯张良随从高帝进入关中。留侯身体自小多病，来到关中之后，就静居调养，不吃五谷，闭门不出一年多。

皇上想废掉太子，准备改立戚夫人的儿子赵王刘如意。很多大臣进谏劝阻，但是高帝态度很坚决，谁的意见也不听。吕后毫无办法，很惶恐，不知道如何是好。有人给吕后出主意说：“留侯善于谋略筹划，而且高帝信任他。你可以找留侯帮忙。”

吕后于是就派建成侯吕释之去胁迫留侯，说：“你一直是高帝的谋臣，现在高帝抛弃了成规，要更换太子，这样大的事，你怎么能袖手旁观，高枕无忧睡大觉呢？”

留侯回答：“当初高帝多次身陷困境，侥幸采用了我的计策。如今天下安定了，因为偏爱的缘故想换太子，这是亲骨肉之间的事，我们大臣都是外人，纵然我们一百多人都去进谏，恐怕也不会有什么用处。”

吕释之语气强硬地要求说：“你一定得给我想出个妙计！”

留侯说：“好吧！这件事呢，不能靠用口舌争辩来取胜，吵吵嚷嚷的没什么用处。现在，高帝贵为天子，谁都听命于他。而不听从高帝的，全天下只有四个人。这四个人年纪很大了，都认为高帝傲慢、不尊重人，所以逃到山里隐居去了。他们四人重视道义，不肯做汉朝的臣子。然而皇上很敬重这四个人。你可以准备大量的金银财宝，让太子写封信，言辞要谦恭，再准备安稳舒适的车辆，派说客去恳请他们四个人，那么他们应当会来。来了以后，要把他们当做贵宾，让他们常常随从太子上朝。高帝看到他们，必定会感到奇怪，因而询问他们。一问他们，高帝就可以知道这四个人贤能。高帝看到有四个贤能的人辅佐太子，那么这对太子将是一大帮助。”于是，吕后让人携带太子的书信，带着丰厚的礼物，万分恭敬地去迎请这四个人。四人到来，以贵宾的身分安顿在建成侯吕释之家里。

汉十一年，黥布反叛，皇上正好生病，想任命太子为主将，出兵去讨伐叛军。这四个人商议说：“我们之所以到这里来，就是为了保全太子。如果让太子出兵平叛，那么就大事不好了。”于是四人劝告建成侯说：“太子率军出征，如果立了战功，那么也得不到多少好处；如果无功而返，那么从此就要遭殃了。况且，与太子一起出征的将领，都是曾经和皇上一起平定天下的猛将，如果让

太子统率他们，就相当于让羊统率狼，他们不可能心服口服地为太子卖力，这样一来，太子必然无法建立战功。

“你应该赶快去找吕后，让她找个机会向皇上哭诉说：‘黥布，是全天下有名的猛将，善于用兵打仗。如今各位将领都是跟陛下一起打过天下的，都是陛下的同辈人，如果让太子统率这些人，无异于让羊去统率狼，没有人会听太子指挥的。而且，如果让黥布听到这一部署，他就会大张旗鼓地向西推进。所以，为了国家大计，还是皇上亲自出征的好。皇上虽然患病，但是在战车里坐阵，躺着让人护理你，这样，众将就不敢不尽力。皇上虽然会吃些苦，但是妻儿还是希望皇上能自强不息。’”

于是吕后找机会向皇上哭诉。皇上说：“我本来就觉得这小子不够派遣的条件，唉，还是我自己去吧！”于是皇上就亲自率军出征。群臣留守，送皇上到灞上。留侯有病，勉强起来送行，送到了曲攸，拜见皇上说：“我本来应该随驾出征，但病情实在太重，没办法。楚人勇猛善战，希望皇上不要跟他们争一时的高低。”趁机还劝谏皇上说：“让太子做将军，监督关中军队吧！”皇上说：“子房你虽然病重，但一定要强打精神，辅佐太子。”当时，叔孙通做太傅，留侯做少傅，都在辅佐太子。

汉十二年，高帝镇压了黥布的反叛，从前线归来。病情更加严重了，就更想更换太子。留侯谏争，高帝不听，留侯于是就在家养病，不再理会这件事。太傅叔孙通引用古今事例来劝告，舍命争保太子。高帝假装答应，但还是准备更换太子。

有一次宴会，在摆设酒席时，太子在皇上身旁侍奉。那四个人跟随着太子，他们的年龄都已经八十多岁，须眉雪白，衣冠奇特。

皇上见了，感到奇怪，问道：“他们是干什么的？”四个人依次上前，说出了自己的姓名，分别叫做东园公，角里先生，绮里季，夏黄公。皇上听了四个人的名字，大惊，说：“我访求你们多年了，你们总是逃避我，如今你们为什么主动来随从我儿子呢？”四人都说：“陛下轻视士人，一张口就骂人，我们几个重视道义，不愿受这份侮辱，所以就逃到深山，躲藏起来。我们听说太子仁

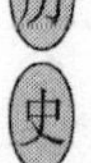

义孝顺，对待别人能够恭敬有礼，而且敬慕士人，全天下人都伸长脖子想来为太子拚命效力，所以我们也来了。”皇上说：“好吧，烦劳各位好好地调教太子。”

四人祝福完毕，快步离去。高帝目送他们远去，然后召唤戚夫人，指着这四个人说：“我本想更换太子。但是，那四个人辅佐太子，太子的羽翼已经形成，无法更换了。以后，吕后就真的是你的主人了。”戚夫人听了，痛哭流涕。皇上安慰她说：“你为我跳楚舞，我为你唱楚歌吧！”随即歌唱道：“天鹅高飞，展翅千里。羽翼已成，纵横四海。纵横四海，无可奈何！虽有短箭，尚有何用？”高帝连唱几遍，戚夫人只是不停地叹息流泪。然后，皇上起身离去，酒宴不欢而散。

最终，没有更换太子。这全是留侯招来的这四个人的力量。

留侯曾随从高帝进攻代地，在马邑城下贡献奇计，还曾建议拜萧何为相国。他与高帝畅所欲言，从容不迫地谈论天下，内容非常多，因为与天下的存亡没有什么重大关系，所以没有记载。

留侯宣称：“我家世世代代出任韩相。韩国灭亡之后，我家又不吝惜万金资产，为韩国向强秦报仇，天下都受到震动。如今，我凭借三寸之舌成为帝王的军师，封得万户食邑，成为列侯，这是平民所能达到的最高点，对于我张良来说，已经非常满足了。现在我已经无所企盼，我愿意抛弃人间俗务，随从赤松子去遨游。”

于是，留侯开始学习气功和辟谷的方法，奉行导引之术，以便让自己轻身。当时，恰好高帝逝世，吕后感激留侯的恩德，怕他会伤了身体，就强迫他吃饭，说：“人生在世，就像白驹过隙那样短暂，何必这样自讨苦吃啊！”留侯不得已，勉强听从了吕后的建议，重新开始进食。

八年后，留侯去世。谥号叫做文成侯。儿子不疑袭封侯位。

当初，张良张子房在下邳桥上，遇见了那个给他《太公兵法》的老父。十三年后，他随从高帝路过济北，果然在谷城山下见到了黄石，便取了回来，当做最贵重的宝物来祭祀。留侯去世之后，把这块黄石也安葬在了他的墓里。后人扫墓和祭祀留侯时，也一并祭祀黄石。

张良的儿子不疑，在孝文帝五年犯了罪，被剥夺了封国。

张良一生，为汉朝立下了巨大的功劳。高帝说："运筹帷幄之中，决胜千里之外，我比不上子房。"很多人都会因此而认为，这个人应该高大强壮，形象魁伟。见到他的画像，相貌却像一个妇人美女般的柔弱。大概正如孔子所说："以貌取人，用在子羽身上就有失误。"对于留侯张良，也可以这样说。

第三十六章

陈丞相世家

中国历史名著文库

破席做门少年时

陈平，是阳武县户牖乡人。小的时候，家境贫穷，喜欢读书。家里有三十亩田地，陈平和哥哥陈伯住在一起。平常，陈伯耕田种地，陈平就在外面交游求学。

陈平长得又高又大，而且相貌英俊。有人问陈平："你家里那么穷，你到底吃了什么东西，胖成这个样子？"

当时，陈平和他的嫂子都在场。嫂子嫌恶陈平不顾家庭，不下田劳动，就说："也不过是吃点糠里的粗屑罢了。有这样的小叔子，还不如没有！"陈平的哥哥陈伯听到这些话，把他的妻子赶走抛弃了。

陈平长成大人，应该娶妻了。可是，富家女儿没有人肯嫁给他，而娶穷家的女儿，陈平还不愿意，觉得丢脸。就这样过了好几年。户牖有个叫张负的富人，他的孙女五次嫁人，丈夫总是早死，没有人再敢娶她。可是陈平不怕，愿意娶她。当时，乡邑中有丧事，陈平因为家里贫穷，就去帮助料理丧事，经常是早出晚归，出力帮忙。张负在丧家见到了陈平，就盯着身材魁梧的陈平仔细看。陈平很晚才离开，张负尾随到陈平家里，他家就在靠外城墙的偏僻小巷里，用破席当门，然而门外却有很多贵人留下的车辙。

张负回去之后，对他儿子张仲说："我准备把孙女嫁给陈平。"

张仲说："陈平家里太穷，又游手好闲，全县人都讥笑他无所作为。为什么偏偏要把女儿嫁给他呢？"

张负答："像陈平这样相貌堂堂的人，怎么可能一直贫贱下去呢？"张负坚持己见，终于把孙女嫁给了陈平。因为陈平家里穷，张负就借给他钱行聘礼，又给他一些购买酒肉的钱举行婚礼。张负告诫孙女说："不要因为陈家贫穷的缘故，就待人家不恭敬。侍

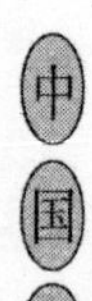

奉哥哥陈伯要像侍奉父亲一样，侍奉嫂子要像侍奉母亲一样。”陈平娶了张家的女儿以后，生活上开始宽裕起来了，交游的范围于是越来越广。

乡里祭祀社神，陈平主刀分肉，祭肉分得非常均匀。父老们说：“好啊，陈家小子主刀分祭肉就是公平！”陈平感叹：“唉，要是让我陈平治理天下，那可要比分这块肉还更公平呢！”

陈涉起义后，在陈县称王。然后，陈涉派周市平定魏地，与秦军在临济交战。在此之前，陈平已经辞别了陈伯，与一些同龄人前往临济，去侍奉魏王。魏王任命他为太仆。陈平向魏王献计，魏王不采纳；又有人陷害他，陈平只好逃走。

很久以后，项羽攻城略地打到了黄河，陈平前去投靠，随项羽入关打败秦军，立下战功，获得了项羽的封赏，被赐予卿级爵位。项羽到了彭城，在那里自封为西楚霸王。

可是不久，殷王背叛了楚国，项羽于是封陈平为武信君，让他率领魏王留在楚国的部队，前去镇压殷王。陈平出击，一举降服殷王，班师回朝。项王拜陈平为都尉，赐给黄金二十镒。没过多久，汉王攻占了殷地。项羽大怒，准备杀掉平定殷地的官员。陈平害怕自身难保，就封好项羽赐给自己的黄金和印绶，派人还给项王，然后只身一人抄小道逃走。

渡黄河的时候，船夫见他身材魁伟，气度不凡，而且单身独行，怀疑他是战败逃亡的将领，猜想他腰中应当藏有金玉宝器，于是就盯住他不放，想杀掉他。陈平害怕，于是解开衣服，赤身露体地帮船夫撑船。船夫见他一无所有，就打消了杀人的念头。

陈平投靠了汉军，通过魏无知的引见，被汉王召见。陈平等七个人同时进去拜见汉王，汉王赏赐他们酒食。汉王说：“吃饱吃好，然后就到宾馆休息去吧！”陈平说：“我是为要紧的事而来的，我要说的话今天非说不可，否则就晚了！”于是汉王就和陈平交谈，觉得陈平是个人才，很欣赏他。汉王问：“你在楚军里面担任什么官职？”陈平回答：“当都尉。”汉王于是立刻就任命陈平为都尉，还让他做自己坐车时的陪乘人，主管监护军队。

陈平得宠，众将领一片哗然，都不服气：“一个楚国的逃兵，大王连他的本领是高是低都不知道，就跟他同乘一辆车，还让他监督军中的老将！这是什么世道啊！”汉王听到这些议论，不生气，反而更加宠信陈平。不久，汉王带着陈平东进，去讨伐项王。进军到彭城之后，与楚军交战，被楚军打败。汉王率军撤退，沿途收集散兵，到了荥阳，任命陈平为亚将，隶属于韩王，驻扎在广武。

绛侯、灌婴等都向汉王进献谗言，陷害陈平说：“陈平他虽然魁梧美貌，可是也不过像点缀帽子的美玉罢了，未必有什么奇才大略。我们听说，陈平在家的时候，与嫂子私通；侍奉魏王呢，也不能容身，只好逃走去归附楚王；在楚王那里也做不好，只好又逃亡归附汉王。如今大王却偏偏器重他，授予高官，还让他监护军队。我们还听说，陈平总是敲诈各位将领，给的钱多，就能得到好的职位，给钱少，就只能得到次要的职位。总之，陈平是个

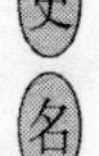

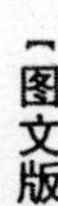

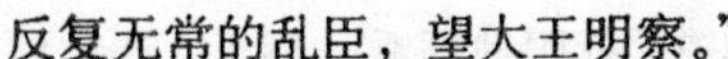

反复无常的乱臣，望大王明察。”

汉王相信了这些话，对陈平产生了怀疑，于是召见当初引荐陈平的魏无知，当面进行责问。魏无知说：“我看中陈平的是才能，而陛下刚才所讲的是品行。当今，品行高尚的有尾生和孝己，而他们对于战争的胜负却没有任何用处，陛下当然就没有闲工夫任用他们。现在楚汉相争，我推荐善于出奇谋的人，只考虑他的计谋是否有利于国家，其他就不考虑。即使陈平真的与嫂子私通，还接受钱财，那又有什么了不起的呢？”

汉王又召来陈平责问：“先生先是侍奉魏王，不投合，于是投奔楚王；与楚王也不投合，于是又来跟随我。如果你是讲信义的人，能这样三心二意吗？”

陈平说：“我侍奉魏王，魏王不能采纳我的计谋，所以我才离开他，去侍奉项王。项王不能够信任人，他能信任和宠爱的，不是项氏族人就是妻家兄弟，虽然有奇才也不任用，于是我只好离开楚王。听说汉王善于任用各路人才，所以才来归顺大王。我空身前来，一无所有，如果不接受一点钱财，就连办事的费用都没有。如果我的计谋有值得采纳的，希望大王能采用；假如连一点值得采纳的都没有，那么钱财都还在，请允许我把钱财封存好，送给官府，只希望在离去的时候，能保全我的尸骨。”

汉王听了，向陈平道歉，还给了他丰厚的赏赐，任命他做护军中尉，监督所有将领。众将领这才不敢再说什么。

楚汉战争之初，汉军经常战败。有一次，楚军急攻，切断了汉军的运粮通道，把汉王困在荥阳。汉王被围困了很长时间之后，有些沉不住气了，想割让荥阳以西地区，同楚军讲和，可是项王不答应。

汉王非常忧虑，对陈平说：“全天下都乱哄哄的，什么时候才能安定啊！”

陈平说：“项王这个人，对人很恭敬，所以清廉忠诚的士人大多归顺了他。可是，等到论功行赏的时候，项王却很吝啬，所以士人跟他相处久了，也就因此有了二心。大王您呢，待人傲慢，不注意礼仪，所以清廉忠诚的士人不来效力。然而，大王舍得给人官爵、食邑，那些不顾廉耻、贪图财利的士人于是就来投归汉王。你们两位，只要能各自取长补短，那么只要招一招手，就可以安定天下。然而，大王还是喜欢任意侮辱人，不能得到廉节的士人。不过，楚军还是有可以扰乱的地方。项王身边，刚直的臣子有亚父范增、钟离昧、龙且、周殷等人，也不过几人罢了。大王如果能拿出几万斤黄金，实行反间计，离间楚国的君臣关系，让他们互相怀疑，那么肯定会奏效。项王这个人多疑，容易听信谗言，这样楚国内部必然互相残杀。然后汉王趁机发兵，进攻他们，那么打败楚军就易如反掌了。"

汉王认为有道理，于是拿出四万斤黄金，任凭陈平支配，从不过问他的开支情况。

陈平把黄金用在了楚军内部，专门进行离间活动。条件成熟之后，就开始到处释放谣言，说将领钟离昧等人替项王领兵出征，功劳很多，然而终究还是不能割地封王，他们实在受不了了，想跟汉王联合，消灭项氏，瓜分楚国的土地，然后各自称王。

项羽果然产生疑心，不再信任钟离昧等人，还专门派人到汉王那里探听虚实。汉王用非常郑重的礼节欢迎项王的使臣，让人端来丰盛的菜肴，好好招待。见到了项王的使臣之后，汉王马上假装吃惊地说："我还以为是亚父的使臣呢，原来是项王派来的！"说完，就让人把菜肴端走，换些粗劣的饭菜来给项王的使臣吃。项王的使臣返回，详细地告诉了项王。项王果然开始怀疑亚父。亚父听说项王怀疑他，大怒说："天下大局已定，君王你自己干吧！只希望你能恩准我活着回乡养老。"亚父真的回乡养老，但是还没有到达彭城，就因为背上的毒疮发作，死去了。

当时，汉王和陈平还被楚军围困在荥阳。听到楚军内部不和，就准备趁机逃脱。陈平在夜里派两千名妇女跑出荥阳城东门，楚军于是去追击她们，陈平就和汉王马上从荥阳城西门逃走。于是汉王进入了关中，收集散兵游勇，再次向东进军。

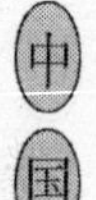

足智多谋屡建奇功

淮阴侯韩信攻破了齐国，自立为齐王，然后派使者向汉王报告。汉王大怒，当着使者的面痛骂韩信，陈平暗地里踩汉王的脚。汉王恍然大悟，于是收敛了怒气，以优厚的待遇款待使者，并派张良去封立韩信为齐王。

汉王多次采用陈平的奇谋计策，终于消灭了楚国，取得天下。后来，韩信因为军功卓著，被封为楚王。

汉六年，有人告发楚王韩信谋反。高帝刘邦向各位将领征求意见，将领们说："赶快出兵攻打他，把这小子活埋算了。"

高帝没有表态。退朝之后，去问陈平，陈平一再推辞，不愿说出自己的意见，而是反问高帝："将领们都说了些什么？"高帝于是把将领们的话一一讲给他听。

陈平问："韩信谋反这件事，还有其他人知道吗？"

高帝回答："没有其他人了。"

陈平问："韩信知道自己被告发了吗？"

高帝说："不知道。"

陈平问："陛下的精锐部队和韩信的部队相比，谁更强大一些？"

高帝说："还是他们厉害一些。"

陈平问："陛下的将领之中，用兵打仗，有人能超过韩信吗？"

高帝说："没有人能赶上他。"

陈平说："如今陛下的兵不如他的兵精，将领也赶不上韩信善战，如果发兵去攻打他，这是促使他起兵反叛啊，这样做很危险。"

高帝问："那该怎么办呢？"

陈平说："古代天子有时候要到各地视察，去会见诸侯。南方有个云梦泽，陛下可以效仿古代天子，假装出游云梦泽，在陈县会见诸侯。陈县在楚国的边界，韩信听说天子出游，肯定不会有什么疑心，不可能有所防备，会到郊外迎拜陛下，拜见时，陛下可以乘机逮捕他。这样逮捕他，只要一个力士就能办到。"

高帝觉得这个办法不错，于是派使臣通告诸侯，让大家到陈县相会，说："我将南下，到云梦地区去巡游。"高帝启程，还没到达陈县，楚王韩信果然来到郊外迎接。高帝预先安排好了力士，见韩信到了，立即把他逮住绑了起来，装在后面的车里。韩信大喊："天下已经平定，我知道自己没有用了，所以你要杀我！"高帝回头对韩信说："不要喊了，你蓄谋造反，谁都看得出来！"

抓住了韩信之后，高帝在陈县会见诸侯，然后彻底平定了楚地。回到洛阳之后，赦免了韩信，降为淮阴侯。

陈平被封为户牖侯，并且剖分符信作为凭证，要陈家世世代代相传不绝。陈平推辞说："我没有什么功劳，不能受封。"

高帝奇怪："我这么多次采用先生的计谋，克敌制胜，这不是功劳是什么呢？"

陈平回答："如果不是魏无知引见，我怎么可能入朝为官呢？"

高帝很感动，说："像先生你这样，可以说是不忘本了。"于是又赏赐了魏无知。

第二年，陈平以护军中尉的身份随从高帝，到代地攻打反叛的韩王。行军到了平城之后，无意中被匈奴包围，整整七天没吃上饭。这时候，高帝采用了陈平的奇计，派使臣与匈奴单于阏氏取得了联系，这样包围才得以解除。高帝脱身出来以后，陈平的奇计一直没有公开，直到现在也没有人知道平城突围的内幕。

高帝突围，向南进发，回师首都。路过曲逆的时候，高帝登上城楼，望见县城的房屋都非常宽大，感慨说："好壮观的县！我走遍天下，不知道见过多少郡县，只有洛阳和这个县如此壮观。"回头问御史："曲逆县有多少户居民？"御史回答："当初秦朝的时候，有三万多户，秦汉之间战乱频繁，很多人逃亡了，现在只剩下了五千户。"高帝于是就诏令御史，改封陈平为曲逆侯，这个县都给他作食邑，取消了以前封的户牖乡。

这以后，陈平还多次以护军中尉的身份随从高帝出征，讨伐黥布等人的反叛。他总共出过六次奇计，每次都能奏效，每次奏效之后，高帝都增加他的封邑，一共增封了六次。有的奇计非常秘密，世间没有人知道。

高帝讨伐平定了黥布以后，从前线回来，受伤病重。这时候，燕王卢绾反叛，高帝派樊哙以相国的身份率军讨伐。樊哙启程之后，有人跑来对高帝说樊哙的坏话。高帝听了，发怒说："樊哙见我生病，就盼我早死。"

高帝于是召来绛侯周勃和陈平，在病床上下诏说："你与陈平赶快乘车去代替樊哙领兵，陈平到达军中，要立即砍下樊哙的头！"两人受命后，立刻乘车急行，在路上，两个人边走边商议

说："樊哙，是高帝的老朋友，功劳很大，而且又是吕后的妹夫，和高帝是亲上加亲，地位显贵。高帝现在一时愤怒，想杀他，但恐怕将来会后悔。我们应该把他囚禁起来，交给高帝，由高帝自己诛杀他。"两人主意已定，就没有到达樊哙军中，而是在将要到达的时候就建造土坛，用高帝的符节召见樊哙。樊哙前来接受诏令，立即被反绑双手押上囚车，送到长安，交给高帝处理。绛侯周勃代替他领兵，率领军队平定燕国的反叛。

陈平在回京的路上听说高帝逝世，他害怕吕后的妹妹进谗言，吕后发怒，于是赶忙乘车先行。在路上，陈平遇见了朝廷的使臣，使臣诏令陈平和灌婴驻守荥阳。陈平接受诏命之后，马上又驱车赶到宫里。面对去世的高帝，陈平哭得非常哀痛，还乘机在高帝灵前向吕后上奏受诏出使的经过。吕后明白了事情的真相，哀怜他，说："你辛苦了，出去好好休息吧！"陈平还是害怕谗言加身，因此坚决请求留在宫里守灵。吕后于是就任命他为郎中令，说："好好辅佐教导孝惠帝吧！"这样，陈平才杜绝了吕后妹妹的谗言。樊哙被押回长安，马上就被赦免，并恢复了爵邑。

孝惠帝六年，相国曹参去世，安国侯王陵被任命为右丞相，陈平为左丞相。

王陵，沛县人，当初是沛县里的豪强。高祖地位低贱的时候，像对待兄长一样对待王陵。王陵修养不高，爱感情用事，说话直爽。高祖在沛县起兵，入关打到咸阳时，王陵也聚集了兵众好几千人，驻扎在南阳，不肯服从沛公。后来，汉王回师攻打项羽，王陵率军归属了汉王。项羽逮捕了王陵的母亲，安置在军营里面，王陵的使臣来看她时，项羽就想用王陵的母亲来招降王陵。

在送别使臣的时候，王陵的母亲哭着说："请替老妇我转告王陵，要好好地侍奉汉王。汉王，是宽厚长者，值得追随。千万不要因为老妇我的缘故，对他怀有什么三心二意。我愿以一死送别使臣！"随后就拔剑自刎。项王大怒，烹煮了她的尸体。从此，王陵则一心跟随汉王，平定了天下。王陵和雍齿的关系密切，而雍齿是高帝的仇人，再加上王陵本来无意随从高帝，所以受封较晚，封号为安国侯。

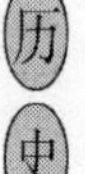

安国侯王陵做了右丞相以后两年，孝惠帝去世。高后想封吕氏子弟为王，征求王陵的意见，王陵直言道："不行！"又征求陈平的意见，陈平说："可以。"吕太后于是假意提升王陵为皇帝的太傅，实际上不重用他，把他架空了。王陵生气，称病辞职，闭门不出，后来干脆就不去上朝拜见皇帝。这样过了七年，就去世了。

王陵被免去丞相职务后，吕太后就调任陈平做右丞相，让辟阳侯审食其做左丞相。左丞相不设办事处，常常在宫中处理政务。

审食其也是沛县人。当初，汉王在彭城战败逃跑时，楚军抓了太上皇和吕后作为人质，审食其以家臣的身分侍奉吕后。后来，审食其跟随高帝打败了项羽，被封为侯，并且受到吕后宠幸。再后来，他当了左丞相，住在宫中，百官都得通过他决断大事。

吕后的妹妹总是忘不了樊哙的事，一直对陈平不满，多次向吕后进谗言说："陈平做丞相，总是不做正事，整天饮酒，还玩弄妇女。"陈平听到后，不当回事，照样饮酒玩乐，比以前还厉害。吕太后听说后，暗自高兴，觉得陈平越是不务正业，自己就越是可以为所欲为。她当着妹妹的面宽慰陈平："俗话说'小孩和妇女的话不可信'，我妹妹的话我不相信。只要你对得起我，不妨碍我，那就什么都好办。用不着怕我妹妹说坏话。"

吕太后每次立吕氏子弟为王，陈平都假装听从。等到吕太后一逝世，陈平马上找到太尉周勃，合谋反对吕氏，不久之后，终于诛杀了吕氏宗族，然后拥立孝文帝继位。在整个反对吕氏的事件中，陈平是主谋。

孝文帝即位，认为太尉周勃亲自率军诛杀吕氏，功劳最大，所以想奖赏他。正好这个时候，陈平想把右丞相的位置让给周勃，于是就称病引退。文帝觉得陈平病得很奇怪，就很好奇地探问病因。陈平说："高祖的时候，周勃的功劳不如我陈平。可是要说到诛杀吕氏，我的功劳可就不如周勃了。我愿意把右丞相的职位让给周勃。"

孝文帝本来正想奖赏周勃，现在陈平主动空出了好位置，于是就任命周勃为右丞相，位次列为第一。陈平则调为左丞相，位次列为第二。赏赐陈平黄金千斤，增加食邑三千户。

没过多久，孝文帝已经对全国大事了如指掌了，于是就想考一考大臣们。上朝的时候，文帝问右丞相周勃："全国一年要办理多少件诉讼案？"周勃谢罪说："不知道。"孝文帝又问："全国每年钱粮的收支有多少？"周勃又不知道，只好再次谢罪，而且又惭愧有焦急，弄得汗流浃背。

孝文帝又问左丞相陈平。陈平回答："诉讼和收支，各有各的主管人，你可以问他们。"

孝文帝问："主管人是谁？"

陈平答："陛下如果问诉讼方面的事，可以问廷尉；钱粮收支方面的事，可以问治粟内史。"

孝文帝很不高兴："如果各有各的主管人，那要你干什么？你主管的是些什么事呢？"

陈平谢罪说："陛下不知道我才智低下，误任我为宰相，臣诚惶诚恐！我有个不成熟的看法，我认为，宰相的职责，对上是要辅佐天子，顺应四时节令；对下是要帮助百姓，帮助万物适时生长；对外呢，要镇抚蛮夷之地以及诸侯；对内呢，要亲附百姓，让公卿大夫都能胜任他们的职责。"

孝文帝听了，鼓掌称赞陈平说得好。

右丞相周勃更显得惭愧，退朝后埋怨陈平说："你平时怎么不教我回答！让我丢尽了脸！"陈平笑着回答说："你身为丞相，难道丞相的职责也要别人告诉吗？如果陛下问起长安盗贼的确切数目，你难道也想勉强回答吗？"周勃听了，更加惭愧，自知才能比陈平差得太远了。没过多久，周勃称病，请求免去右丞相的职务。于是，陈平就既是左丞相，又是右丞相，成了合二为一的丞相。

孝文帝二年，丞相陈平去世，谥号献侯。

过了一些年，陈平的后代子孙霸占了别人的妻子，被判处死刑，封国被废除。从此以后，陈家后代就沦落为了平民。

第三十七章

绛侯周勃世家

中国历史名著文库

质朴少文大将军

绛侯周勃，沛县人。祖先本来是在卷县，后来才迁到了沛县。周勃年轻时候很穷，靠给人编织蚕箔维持生活，谁家有丧事了，他就去为人家吹箫奏挽歌，挣一点儿辛苦钱。周勃虽然穷，但是勇敢，力气也大，是个能拉动强弓的勇士。

高祖做了沛公，刚刚起兵的时候，周勃就随从高祖攻打胡陵，占领了方与。后来，方与反叛，周勃又带军平叛，打败了叛军。之后，又多次进攻秦军，攻下很多城池。在攻占下邑时，周勃身先士卒，最先登上城墙，最后大获全胜。高祖欣赏他的勇敢，赐给他五大夫爵位。高祖信任他，所以在自己率军进攻秦朝猛将章邯的时候，让周勃率军殿后，作为接应。

进攻留桑时，周勃又是身先士卒，最先登上城墙。在以后的多次战役中，周勃攻城略地，拿下了甄城、宛朐、卷县等很多城池，还俘虏了单父的县令等秦国官吏，威镇秦军。进攻秦朝重镇开封的时候，周勃的部队也是最先赶到城下，人数也最多。后来，秦朝的章邯打败了项梁的军队，杀了项梁，沛公和项羽只好率军退到砀郡。从最初在沛县起义，一直到回师砀郡，一共一年零两个月。这段时间里，周勃表现都很突出。

楚怀王封沛公为安武侯，出任砀郡长官。周勃被沛公任命为虎贲令，随从沛公平定魏地。魏地平定之后，进攻东郡、长社、颍阳、缑氏、武关、蛲关等地，打败了秦将王离、赵贲等人。最后在蓝田大败秦军，攻入咸阳，消灭了秦朝。

项羽到达关中，封沛公为汉王，汉王封周勃为威武侯。之后，周勃再次随从汉王，进入汉中征战。先是攻打秦朝各地，打败秦朝各大将领。秦朝势力被大大削弱之后，周勃等人就转而攻打项羽。项羽战死之后，周勃趁机向东平定楚地，攻占了二十二个县。

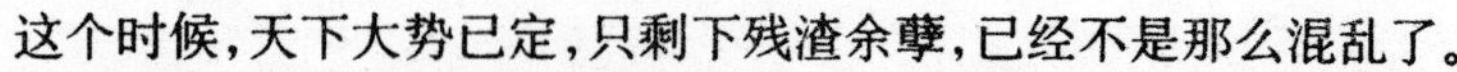

这个时候，天下大势已定，只剩下残渣余孽，已经不是那么混乱了。

周勃这个时候，既是侯爵，也是带兵的将军。燕王臧荼反叛，他随从高祖去平叛，在易县城下，大败叛军。周勃的士兵在最恰当的位置上阻击叛军，功劳最多。为了表彰周勃，高祖赐给周勃列侯爵位，并剖分符信，保证爵位世代相传不绝。还赐给他绛县八千一百八十户作为食邑，号称绛侯。

之后，周勃又以将军身份随从高祖出兵，在代地进攻反叛的韩王信，降服了霍人县。然后继续进军，到达武泉，在那里攻击匈奴的骑兵，把匈奴兵打得抱头鼠窜。不过，当时韩王信以及匈奴的军队众多而且分散，虽然打败了其中的一些军队，但另外的那些军队就开始在别处作威作福。于是周勃与汉王南来北往，纵横东西，在太原、晋阳等很多地方，与韩王信和匈奴的骑兵展开决战，几乎是战无不胜。在碧石一役中，韩王信的军队被周勃打散，然后，周勃率军追击八十里，韩王的军队只能疲于奔命，毫无还手之力。

在平叛的过程中，周勃率领的士兵多次阻击敌军，战绩突出，功劳最大。于是，周勃被晋升为太尉。

燕王卢绾等人又反叛。这个时候，周勃已经是相国。他以相国的身分接替樊哙为将，平定叛军，攻占了蓟县，俘虏了卢绾的大将抵、丞相偃、郡守陉、太尉弱、御史大夫施，并毁灭了浑都城。之后，又与卢绾的主力部队交战，在沮阳打败卢绾的军队，然后乘胜追击，一直打到长城，消灭了卢绾。卢绾曾占有的所有地方，都被平定。上谷郡的十二个县，右北平郡的十六个县，辽西、辽东两郡的二十九个县，渔阳郡的二十二个县，都被清理得一干二净。

在多年以来的征战生涯之中，周勃可以说是战功卓著。总计：随从高祖俘虏相国一人，丞相二人，将军、将领各三人；单独打垮敌军两支，攻占城池三座，平定五个郡，七十九个县，俘虏丞相、将军各一人。

周勃性格质朴无华，憨厚老实，高祖信任他，认为他可以托付大事。周勃不喜欢繁文缛节，也不喜欢太多的礼数，每次召见

儒生和说客，他总是随便坐着，对他们说：“有什么就说什么吧！说吧！”

周勃平定燕地反叛，回朝之后，高祖已经逝世了。于是，他开始以列侯的身份侍奉孝惠帝。孝惠帝六年，设置太尉的官职，周勃被任命为太尉。

十年过去了，高后逝世。那个时候，吕氏已经掌握了汉朝的大权。吕禄以赵王的身份做汉朝的上将军，吕产以吕王的身份做汉朝的相国，他们操纵着汉朝的军政大权，想颠覆刘氏的天下，用吕氏取而代之。当时，几乎所有大臣，甚至包括刘邦的后代在内，都形同虚设。周勃身为太尉，竟然连军营的大门都走不进去；陈平身为丞相，竟然无权过问政事。于是，周勃和陈平共谋，终于诛灭了吕氏宗族，拥立了孝文皇帝。

文帝即位后，任命周勃为右丞相，赏赐黄金五千斤，食邑一万户。一个多月后，有人提醒周勃说："你诛杀了吕氏宗族，拥立了新皇帝，威震天下。你还受到丰厚的赏赐，处在群臣之首的地位上，深得皇帝的宠信。这样下去，总有一天，你会大祸临头！"周勃想想有道理，心里害怕，也感到自己处境危险，于是辞职，请求归还相印。文帝答应了他的请求。

一年以后，丞相陈平去世，周勃又被文帝任命为丞相。过了十多个月，文帝对周勃说："前些天，我下诏命令列侯到自己的封国去，可是还有些人没走。丞相是我最器重的人，你先到封国去吧，给大家带个头！"于是，周勃被免去了丞相职务，下放到了封国。

到封国一年多，周勃一直担心皇帝不信任自己，担心自己的安危。每次河东郡守、和郡尉巡视各县，到达绛县的时候，绛侯周勃总是害怕被他们暗算，所以就经常身披铠甲与他们会见，还命令家里人手持武器，做好应战准备。这样做了几次之后，就有人向皇帝上书，诬告周勃准备谋反。文帝把这件事交给廷尉处理，廷尉又交给手下办理。周勃被逮捕，进行审问。周勃很害怕，不知道怎么答辩才好。

狱吏见周勃语无伦次，就不再把他当回事，渐渐开始欺凌侮辱他。周勃用一千斤黄金贿赂狱吏，狱吏于是就在公文背面写了几个字，提示周勃说："让公主为你作证。"公主，是孝文帝的女儿，嫁给了周勃的长子周胜之，所以狱吏给周勃出主意，让她出面作证。

周勃以前得到过很多加封和赏赐，他都送给了薄昭。现在周勃岌岌可危、性命攸关了，薄昭出面了，为周勃向薄太后说情。薄太后也认为周勃根本不可能反叛。文帝朝见太后的时候，太后顺手抓起头巾掷向文帝，大声说："想当年，绛侯拿着皇帝的印玺，在北军统率部队，重兵在握。他不在那时谋反，如今身居小小的绛县，却反而要叛乱吗？"当时，文帝已经看过了周勃在狱中的供词，知道周勃无罪，就向太后谢罪说："狱吏刚刚查证清楚，我早就要释放他了！"于是派使臣带着节符赦免绛侯，恢复了他的爵位和封邑。

绛侯出狱后，感慨自己的监狱中的遭遇说："我曾经统率百万大军，可是，直到今天，我才知道，狱吏可是很尊贵的啊！"

绛侯重新回到了封国。孝文帝十一年，去世，谥号为武侯。

饿死的周亚夫

周勃死后，儿子周胜之继承侯位。过了六年，他与所娶的公主感情不合，又犯了杀人罪，所以被废除了封国。于是，绛侯的爵位绝封一年。文帝感激周勃为汉朝出了不少力，不愿绛侯爵位断绝，就从周勃的儿子中选择了贤能的周亚夫，封为条侯，接续绛侯的爵位。

周亚夫在还没有被封侯的时候，许负给他相面，说："三年以后，你肯定会被封为侯；再过八年，你会做到将军和丞相，掌握国家大政，地位尊贵，责任重大，在群臣之中独一无二。可是，这以后再过九年，你会饿死。"

周亚夫笑着说："我父亲的侯位已经由我哥哥继承了，即使他死了，也应当是他的儿子继位。我周亚夫怎么可能被封侯呢？再说，如果我真的能像你说的那样富贵，怎么又会饿死呢？请你指

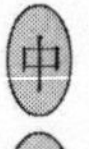

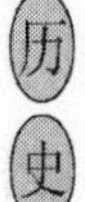
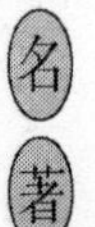

教我，说得明白一些。”

许负指着他的嘴说：“你嘴边有竖纹入口，这是饿死的面相。”

过了三年，周亚夫的哥哥周胜之犯罪，被免去侯位。孝文帝想从周勃的儿子中选择贤能的人，大家都一致推荐周亚夫，于是文帝封周亚夫为条侯，接续绛侯的爵位。

文帝后元六年，匈奴大举入侵。为防御匈奴，文帝任命刘札为将军，驻军灞上；徐厉为将军，驻军棘门；周亚夫为将军，驻军细柳。

文帝亲自去慰问驻军。在灞上和棘门的军营，都是直接策马扬鞭，疾驰而入，驻地的将军和下属军官都是骑马进进出出。后来，文帝到达细柳军营，军中将士都披挂铠甲，手持锐利的兵器，张开弓弩，拉满弓弦，严阵以待。天子的先导跑进军营，被拦在了门外，进不去。先导说：“天子就快到了！把大门打开！”把守军门的都尉说：“将军命令过：‘军中只听将军的命令，不听天子的诏令。’我们是按照将军的旨意行事。”过了不久，文帝到达，还是被拦住，不许进入。于是，文帝就派出使臣，带着符节诏令将军周亚夫说：“我要进营慰劳军队。”周亚夫这才传令打开军营大门。

大门打开，守卫营门的军官对文帝的随从人员说：“将军规定，军营中不准车马快跑。”天子于是就命令车夫拉紧缰绳，缓慢行进。到了军营中心，将军周亚夫手持武器拱手道：“穿铠甲、戴头盔的将士，无法跪拜，请准许我用军礼参见皇上。”

天子对周亚夫的军营非常满意，心里深受感动。在军营里，天子先是检阅了军队，靠在车前横木上向官兵致敬。之后，天子向周亚夫致谢，敬重地慰劳了周亚夫。

出了军门，天子带来的群臣终于按捺不住，问天子为什么这么容忍周亚夫。文帝说：“这才是真正的将军呀！以前在霸上和棘门军营所看到的，简直就像儿戏，他们的军营很容易遭受袭击，他们的将军也很容易被俘虏。可是周亚夫，你们都看到了，匈奴怎么可能冒犯他呢！”说完，天子还意犹未尽，称赞了很久。

一个多月后，匈奴没有什么大动作，于是撤回了三支驻军。撤军之后，周亚夫被文帝任命为中尉。

文帝快要逝世的时候，告诫太子说：“国家如果有什么巨变，周亚夫是能担当重任的人，可以让他领兵。”文帝逝世以后，景帝任命周亚夫为车骑将军。

孝景帝三年，吴、楚等七国叛乱。周亚夫代行太尉职务，率军镇压吴楚叛军。他向景帝请示说：“楚兵勇猛善战，要是和他们正面交战，我们会吃大亏。希望您允许我暂时放弃梁国，先让他们占领一段时间，我们趁机派兵，切断他们的运粮道路，这样就能制伏他们。”景帝批准了这一作战策略。

周亚夫调集大军，到了荥阳。当时，吴国军队正在攻打梁国，梁国危在旦夕，请求救援。可是周亚夫却领兵走开，去了昌邑，然后挖深沟、垒高墙，坚守不战。梁国急得像热锅上的蚂蚁，天天派使臣向周亚夫请求救援，周亚夫认为坚守有利，就是不肯前去救援。

梁王生气，于是绕过周亚夫，直接上书景帝，景帝于是派使臣传诏给周亚夫，命令他援救梁国。可是周亚夫不执行景帝的诏令，还是坚守营垒，就是不出兵援救，而是派弓高侯率领轻骑兵，去截断吴楚叛军后方的运粮道路。吴国叛军被断了粮食，饥饿无比，屡次挑战，可是周亚夫始终不应战。夜间，周亚夫军营混乱，是汉军自己内讧，一直打到周亚夫的营帐外面，可是太尉周亚夫却若无其事，始终舒舒服服地躺在床上，连起来看一看都没有。过了一会儿，内讧平息，又恢复了安定。

吴军越来越饥饿，从东南角攻打汉营。可是，太尉周亚夫却让将士防备西北角，只用极少的兵力来迎击东南角。不久，吴国的精兵果然急袭西北角，但遇到强兵把守，无法取胜。当时，吴兵已经饥饿得东倒西歪，只能撤退。他们一撤退，周亚夫就派精兵追击，结果，吴军溃不成军，作鸟兽散。吴王濞抛弃了他的大部队，率领几千精兵逃亡，想去江南丹徒自保。汉军没有给他们机会，乘胜追击，把他们全部俘虏了，然后，又悬赏千斤，捉拿吴王。一个多月后，越人斩了吴王的头前来领赏。

周亚夫平叛吴楚叛乱，从防守到进攻，总共三个月。最后，吴楚叛军被彻底打垮，局势稳定，没有后患。直到这个时候，将领们才认识到，太尉周亚夫的计谋实在是太高明了。不过，由于这次平叛，梁王却对太尉恨之入骨。

周亚夫率军回朝，从代理太尉晋升为正式的太尉。五年以后，升任为丞相，非常受景帝器重。后来，景帝准备废掉栗太子，周亚夫极力劝阻，没有奏效，反而得罪了景帝，景帝从此疏远了周亚夫。另外，梁王每次朝见，常常向太后讲周亚夫的短处。

窦太后请求景帝说："皇后的哥哥王信应该封侯了。"景帝推辞说："当初的南皮侯窦彭祖、章武侯窦广国，很有政绩，先帝都不封他们为侯，直到到我即位之后，才封他们。王信比不上他们，现在还不能封侯。"窦太后坚持说："时代变了，君主不同，做事的方法也不应该相同。我哥哥窦长君在世的时候，竟然不能被封侯，死后才封他的儿子窦彭祖为侯，我现在还非常恼恨这件事。皇

上还是赶快封王信为侯吧！”

景帝动了怜悯之心，就对太后说：“让我和丞相商议一下再说。”景帝找到丞相商议，周亚夫说：“高皇帝规定：‘不是刘氏子弟不准封王，不是有功之臣不准封侯。谁不遵守规定，天下人可以共同讨伐他。’如今王信虽然是皇后的哥哥，但没有立下什么功劳，给他封侯就是违背规定。”景帝沉默不语，只得作罢。

后来，匈奴王唯徐卢等五人跑来归降汉朝，景帝想封他们为侯，以供后人仿效。丞相周亚夫不同意：“他们背叛自己的君主，投降了陛下。如果陛下封他们为侯，就是鼓励背叛，这样一来，我们还如何去责备那些不忠的臣子呢？”景帝没有听从周亚夫的意见，还是坚持把唯徐卢等人都封为侯。周亚夫因此称病休养，不再过问朝政。景帝中元三年，周亚夫因病免去了丞相职务。

不久之后，景帝召见周亚夫入宫，赏赐食物。可是，宴席上只放大块的肉，大得不得了，没有切过，又不放筷子。周亚夫心里不高兴，回头喊管宴席的官员拿筷子来。景帝看着他，笑嘻嘻地说：“这些肉都不能满足你的需要吗？”周亚夫很生气，但还是站起来脱帽谢罪。景帝起身，周亚夫就趁机快步走出去，跑掉了。景帝睁大眼睛看着他出去，说：“这家伙满腹牢骚，不能让他担任少主的大臣啊！”

没过不久，周亚夫的儿子从制造皇家器具的官员那里，为父亲购买了五百件供殉葬用的盔甲盾牌。盔甲盾牌很重，搬运起来很辛苦，但雇工没有得到工钱。雇工很气愤，他知道这是偷买皇家专用器物，就上告周亚夫的儿子要谋反。景帝看到雇工的上书，就把这件事交给官吏查办。官吏责问周亚夫，周亚夫拒绝回答。景帝责骂他说：“你不用回答了！你想干什么，我清清楚楚！”马上下令，把周亚夫交给廷尉治罪。廷尉责问周亚夫：“你是不是想造反？”周亚夫回答：“我买的器物都是殉葬品，怎么能说我要造反呢？”廷尉说：“即使你不想在活着的时候造反，也想死后造反吧？”

廷尉的逼供越来越厉害，周亚夫非常痛苦。他刚刚被逮捕的时候，曾经想自杀，夫人劝阻他，他才没有死。可是在廷尉的监狱里，他实在受不了了。他不再吃饭，绝食五天之后，吐血而死。

周亚夫死了，周家封国被废除。一年后，景帝觉得过意不去，于是改封绛侯周勃的另一个儿子周坚为平曲侯，接续绛侯的爵位。十九年以后，平曲侯去世，谥号为共侯。儿子建德继承侯位，后来担任了太子太傅的职务。不久，由于贡献给皇上的金子成色不好，被宣布有罪，封国被废除。

周亚夫的结局，果然如许负所预言的那样，饿死了。

第三十八章

梁孝王世家

中国历史名著文库

势威权重富可敌国

梁孝王刘武，是孝文帝的儿子，与孝景帝是同母兄弟，母亲是窦太后。

孝文帝一共有四个儿子：长子即太子，就是后来的孝景帝；次子名武，就是梁孝王；三子名参；四子名胜。孝文帝二年，次子刘武被封为代王，两年后，被转封为淮阳王，到了孝文帝十二年，又转封为梁王。

梁孝王经常逗留在京师，陪伴在景帝左右，有时候一留就是两年，然后才返回封国。当时，景帝还没有确立太子，国家传给谁还不一定。景帝和梁王在一起喝酒，曾经不加思考地随口说："我死后，传位给你。"梁王立刻推辞了一番。他知道这只是随口说说而已，但是心里还是抑制不住惊喜。窦太后知道了，也很高兴。

这年春天，吴、楚、齐、赵等七国起兵反叛。吴楚联军首先攻打梁国的棘壁，杀了好几万人。梁孝王据守睢阳城，派韩安国和张羽等人为大将军，去抗击吴楚叛军。吴楚联军受到阻击，无法越过梁国西进，与太尉周亚夫等对垒僵持，长达三个月。后来，吴楚联军战败。在抗击叛军的过程中，梁军功不可没，他们所消灭和俘虏的叛军数目，一点也不比汉军少。

第二年，汉朝确立了太子。梁国因为与朝廷关系最亲近，立有战功，国家又大，所以皇上把全天下最肥沃富饶的地区封给了梁孝王。地界大而富饶，北到泰山，西到高阳，有四十多座城，多数是大县。

梁孝王是窦太后的小儿子，深受母亲宠爱，也被皇上重视，赏赐得来的金银财宝不计其数。于是梁孝王建造了东苑，纵横三百多里；还扩展睢阳城，大到方圆七十里。在城内，又大兴土木，建造各式各样的宫殿，在空中架设长长的通道，从宫殿连接到平台，

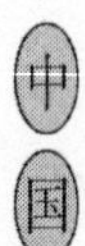
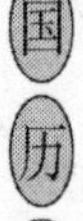

长达三十多里。当时的梁孝王，拥有朝廷赐给的天子旌旗，外出的时候车马成群，盛况不亚于天子。出宫的时候，要清理道路，赶走行人，入宫的时候，要严加警戒、如临大敌。同时，梁孝王还招揽了天下豪杰，自崤山以东的游士，没有不向往梁国的，像齐国的羊胜、公孙诡和邹阳等人，就来到梁国出力。公孙诡善于奇谋邪计，初次拜见梁孝王，梁孝王就赐给他一千斤黄金，官职做到中尉，并且得到称号为公孙将军。

梁国还制造了大量的兵器，弓弩、戈矛达到几十万件。国库充实，里面的金钱将近一百亿，珠宝、玉器甚至比京师还要多。

二十九年十月，梁孝王进京朝见景帝。景帝派出使臣，拿着符节，乘坐驷马大车，到关前郑重地迎接梁王。梁王朝见完毕，上疏请求留在京师。因为他是太后至亲，所以理所当然地得到了皇帝的允许，于是梁孝王就留在了京师。在京师，梁孝王入宫就与景帝同坐辇车，出宫就同车游猎，一起到上林苑中射猎鸟兽。从梁国带来的官员，也可以随意出入于天子的宫殿，与汉朝的官吏没有区别。

十一月，景帝废了栗太子。窦太后很想立梁孝王做继承人，就去劝说景帝。大臣及袁盎等人不同意窦太后的想法，就搬出有关立太子的法规，劝阻景帝。景帝听从了大臣们的规劝，不再理会窦太后的建议，也不再提让梁孝王当继承人的事了。梁孝王知道了，于是告辞回国。

同年夏天，景帝立胶东王为太子，梁孝王的梦想彻底泡汤。梁孝王于是对袁盎等人怀恨在心，就和羊胜、公孙诡等人谋划，暗中派人去刺杀袁盎等人。

刺客来刺杀袁盎，袁盎躲开了，回头望着刺客说："我是袁将军，你不会是认错人了吧？"刺客大喊："杀的就是你！"一剑刺去，刺中了袁盎，然后就跑掉了，把剑留在了袁盎身上。袁盎查看刺客的剑，是新造的。询问长安城中制做刀剑的工匠，工匠说："这把剑是梁国的郎官某人定做的。"于是，获得了线索，刺客也被抓住了。

审案的官吏顺藤摸瓜、穷本究源，最后找到了梁孝王那里。梁孝王谋反，已经是不争的事实，光是要杀的大臣就有十多人。窦太后焦急万分，吃不下饭，日夜哭泣不止。景帝非常忧虑，向公卿大臣们征求处理办法，大臣们认为派田叔和吕季主去处理最合适，不但能平息事端，还能解除太后的痛苦。于是景帝就派这两个人去处理这个案件。

两人到了梁国，查清整个事件之后，就一把火把梁孝王谋反的供词统统烧掉，空着手回到京师，向景帝汇报。景帝问："这件事办得怎么样？"二人回答："梁孝王不知情。策划这件事的，只不过是他的幸臣羊胜和公孙诡等人。我们已经按照法律杀了他们，梁孝王平安无恙。"景帝听了，非常高兴，说："好，赶快去觐见太后，告诉她！"窦太后听说后，马上坐起来吃饭，心情恢复了平静。

事情虽然平息了，但是从此以后，景帝对梁孝王很怨恨。梁孝王害怕，就通过长公主向太后认罪，然后才得到宽恕。

等到景帝的怨气消解得差不多了，梁孝王再次上书，请求朝见。到了函谷关后，臣下茅兰给梁孝王出了个主意，让他乘坐布车，只带两名随从先入关，藏在长公主的园子里。汉朝派使臣来迎接梁孝王的时候，梁孝王已经偷偷入关了，可是随从车骑都停在关外，谁也不知道梁孝王在什么地方。太后听说了，以为梁孝王出了意外，痛哭流涕地说："皇上杀了我的儿子！"景帝听了，也为此感到有口难言，非常忧虑。这个时候，梁孝王背着刑具出现了，俯伏在宫门前来谢罪。太后和景帝看到了，都非常高兴。三人相对哭泣，感情又跟从前一样了。随后，景帝把梁孝王的全部随从官员召入关中，在城内休息。然而，景帝已经疏远了梁孝王，不可能像以前那样和他同乘辇车了。

三十五年冬天，梁孝王再次入京朝见，上疏想留在京师，没有得到景帝的允许。梁孝王回国，闷闷不乐，神情恍惚。后来，到北边的良山打猎，有人献上了一头牛，足长在背上，梁孝王看了，很不舒服。六月中旬，梁孝王得了热病，不到六天就去世了。去世之后，谥号为孝王。

梁孝王生前，非常孝敬母亲，每次听说太后生病，都吃不香，睡不好，所以才常常想留在长安侍奉她。太后因此也很宠爱他。梁孝王病故，窦太后哭得非常伤心，吃不下饭，还抱怨说："皇上最后还是杀了我的儿子！"

景帝既悲哀又忧虑，不知所措，就与长公主商量，看怎么办才好。他们决定，准备把梁国分成五个国家，把梁孝王的五个儿子全都封赏为王，五个女儿也全部都赐给汤沐邑。然后，他们把这些措施上报给太后，太后才高兴，还特地多吃了一餐。

夺樽结仇

梁孝王在世的时候，财产多得数以亿万计，怎么数也数不清。

死后，府库剩余的黄金还有四十多万斤，其它的财物加起来，也都相当于这个数。

梁孝王死后，长子刘买继位为梁王，这就是共王。共王在位七年去世，儿子刘襄继位，就是平王。

平王的母亲是陈太后，祖母是李太后。平王的王后姓任，叫任王后，深受平王宠爱。当初，梁孝王生前，手里有一只樽，是无价之宝。梁孝王晚年，告诫自己的后代，要很好地保存这只樽，绝对不能送人。任王后听说有这么一回事，就非常想得到这只神奇的宝樽。平王的祖母李太后说："先王留下了遗命，不准把宝樽送人。其它的宝物也价值亿万，可以随便挑选。"可是，任王后偏偏只想得到这只樽。平王心疼王后，就派人打开府库，取走宝樽，赐给了王后。

李太后闻讯，大怒。恰好在这个时候，汉朝的使臣来到了梁

国，太后就想亲自去把这件事告诉汉使。平王和任王后害怕汉朝王室知道，就拦阻她，去把门关上，李太后争着要开门出去，可是手指被门缝夹住了，怎么也打不开门，就没有能见到汉朝的使臣。

李太后曾经偷偷与食官长及郎中尹霸等人通奸，平王和任王后知道李太后的秘密，这时候就以此来要挟李太后，李太后被人抓住了把柄，也就老实了，这件事只好作罢。虽然作罢，但是李太后与任王后之间从此结仇。李太后去世之前，在生病的时候，任王后从来都没有露过面，从来都没有请安探病，后来李太后病故，任王后也不居丧守孝。

夺樽结仇的事似乎到此为止了，可是实际上不然。

过了一些年，到了元朔年间，睢阳有个叫类犴反的人，他的父亲被人侮辱，类犴反时刻准备着报复这个人。有一次，这个人和淮阳太守的客人同车外出，太守的客人先下车走开了，类犴反就跑过去，把仇人杀死在了车上，然后逃得远远的。淮阳太守大怒，出动了大批人马搜捕类犴反，没抓到类犴反，就逮捕了他的亲属。类犴反知道梁国王宫秘事，就向朝廷上书报告，详细陈说平王和祖母争夺宝樽的事情。汉朝朝廷的所有官吏都知道了这件事，想借此来打击梁国的高官，便把上书呈报给天子。

天子让人调查，果然有这样的事。公卿大臣于是就请求天子，说应该把平王废为平民。天子不想把事情闹得太大，就说："李太后有淫乱行为，罪行最大。梁平王是因为没有好的太师太傅教导，才陷在不义的境地，他的罪行不大，有情可原。"

最后，梁国八个城的封地被废除，任王后被斩首示众。平王刘襄继续在位，一共在位三十九年才去世，死后谥号为平王，儿子无伤继位为梁王。

梁孝王的儿子里面，还有其他几个，但都没有平王更为引人注目，这里就不多介绍了。

第三十九章

伯夷管晏列传

中国历史名著文库

伯夷叔齐不食周粟

据说，尧帝将要退位的时候，把帝位让给了舜，舜在位一些年，又让位给了禹。无论是舜，还是禹，获得帝位都是很不容易的。首先，要经过很多人的推荐，才有机会得到一个职位；然后，任职几十年，如果真的很有功绩，才能被委以重任，管理天下。这说明，天下是最贵重的财宝，帝王是最尊贵的职位！

可是，却有人对最贵重的财宝、最尊贵的职位不感兴趣。据说，尧帝曾想把天下让给许由，可是许由不肯接受，认为那是一种耻辱，所以就隐居起来，谁也找不到他了。到了夏朝的时候，又有卞随、务光这样的隐士，也和许由一样，不愿意统治天下，不愿意做帝王。这到底是怎么回事呢？

伯夷和叔齐，是孤竹君的两个儿子。孤竹君年岁大了，准备让叔齐来继承自己的位置，成为国君。孤竹君去世以后，叔齐把君位让给了伯夷。伯夷推辞说："应该由你继承君位，这是父亲的遗命。"可是叔齐还是坚持让伯夷继位，伯夷坚决不从，于是就逃离了。伯夷逃离之后，叔齐还是不肯继承君位，也逃离了。

两个人都逃走不见了，国都里的人没办法，只好让孤竹君中间的那个儿子继承君位。

伯夷、叔齐逃走之后，听说西伯（也就是后来的周文王）善待老人，心想，为什么不去归附他呢？于是他们就出发去找西伯。可是，当他们到达的时候，西伯已经去世了。

当时，西伯的儿子周武王没有服丧，而是用车载着父亲的牌位，向东去征伐商纣王。伯夷、叔齐挡住武王的车马进谏说："父亲死了不安葬，却要发动战争，这样做，怎么能合乎孝道呢？而且，你作为臣子，却要去杀害君王，怎么能合乎仁义呢？"

周武王听了，很生气，想杀掉他们。太公望不同意："他们是有义气的人，杀不得！”于是扶起两人，让他们赶快离开。

周武王讨伐商纣王，大获全胜，平定了天下，天下人都来归顺周朝。但是，伯夷、叔齐却认为，归顺周朝是可耻的。他们坚持自己的看法，坚持不向周朝妥协，坚决不吃周朝的粮食。他们隐居在首阳山，采摘野菜充饥度日。饿得快死的时候，作了一首歌，歌词是：“登上西山啊，采摘那里的野菜！以暴臣取代暴君啊，你们不知道自己的错误！神农、虞舜、夏禹的时代一去不复返了，我的归宿到底在哪里？唉，命运如此艰难，不如死去！”最后，他们都饿死在了首阳山上。

大家经常说：“天道大公无私，总是帮助好人。”像伯夷、叔齐这样的人，到底是不是好人呢？他们那么善良，那么讲究节操，那么严格地要求自己的行为，但是最后的结局竟然是饿死在首阳山。再说孔子的七十二门徒，颜渊是最好学的人，人品也最无可挑剔，但是颜渊却非常穷困，连最粗劣的饭食都吃不饱，最终早死。

老天为什么总是报应好人，为什么总是放纵坏人呢？盗跖天天杀害无辜，甚至吃人肉、喝人血，残暴放纵到了极点，聚集了同伙几千人，横行天下，无恶不作，反而享尽天年。这到底是怎么回事呢？近代也是如此，那些行为不正、专门违法乱纪的人，却一辈子安逸快乐。有的人走路怕踩伤了蚂蚁，该说话的时候才敢说话，从不搞邪门歪道，坏事绝对不敢去做，可是反而会一辈子遭殃。这样的事情，简直数也数不完。

如果这就是天道，那么，这样的天道是对呢，还是错？

贤相管仲

管仲名夷吾，颍上人。年轻的时候，有个好朋友叫做鲍叔牙，鲍叔牙知道管仲贤良而有才能，很欣赏他，两人非常谈得来。管仲曾因贫困欺骗过鲍叔牙，可是鲍叔牙并没有怀恨在心，一直都

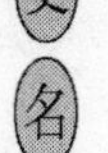

很友好地对待他，从不提起这件事。

鲍叔牙去侍奉齐公子小白，管仲去侍奉公子纠。纠和小白两人争权，互相敌对，所以管仲和鲍叔牙也就成了两个阵营里的人了。不过，他们的私人关系还是很好。后来，小白即位，成了齐桓公，而公子纠失败去世。管仲作为公子纠的谋臣，被齐桓公小白抓了起来。鲍叔牙了解管仲的才能，就向齐桓公推荐管仲，于是管仲被释放，而且得到任用。

管仲被任用之后，因为才能出众，不久就掌握了齐国的大政，齐桓公因此而称霸，多次会合诸侯，一度统治天下，都是靠管仲的计谋。

管仲一直感激鲍叔牙，他说："当初我处境艰难、一贫如洗的时候，曾经和鲍叔牙一起做生意。在分配钱财时，我经常给自己多分点，鲍叔牙都知道，但是并不认为我贪财，因为他知道我贫

困。我还曾经替鲍叔牙出主意，但是主意没出好，反而使他进退维谷。可是，鲍叔牙不认为我愚蠢，因为他知道，办事能否成功，与时机也有关系。我还曾经几次做官，但几次都被君王罢免，可是鲍叔牙没有因此而怀疑我的才能，因为他知道，我没有碰上合适的机会。我还打过几次仗，但都败退了，可是鲍叔牙并不认为我胆怯，因为他知道我有个老母亲。公子纠失败以后，召忽为此自杀，我没有自杀，而是被抓起来，遭到了侮辱。鲍叔牙没有因此而把我看作无耻之徒，因为他知道，我不会因为小事而羞耻，而是以功业不能闻名天下为耻。可以说，生育我的是父母，而了解我的是鲍叔牙。"

鲍叔牙向齐桓公推荐了管仲以后，管仲得到重用，鲍叔牙自己反而要听从管仲指挥。但是鲍叔牙没有怨言。管仲的子孙世世代代在齐国作官，有的封邑经过十几代而不灭绝，还有人成为著名的大夫，为齐国立下了很大的功劳。可是，天下人并不怎么记得管仲的贤能，而是称道鲍叔牙的知人善任。

管仲做了齐相、掌管了政务以后，利用齐国处在东海之滨的有利条件，大力发展运输业，还做买卖积累资财，使小小的齐国迅速富裕起来，军事力量也得到了增强，人民信心十足，安居乐业。

管仲一向认为："国家富裕，人民才会懂得礼节；丰衣足食，人民才会有荣誉心。身居高位的人遵守法度，上下左右才会团结一致。如果人民不知道礼义廉耻，那么国家就会灭亡。向人民发布命令，要合乎人性人心，政令必须符合民心，只有这样才能够实行下去。民众需要什么，就应该考虑满足他们；民众不需要的，就应该尽可能废除。

管仲处理政务，善于根据事务的轻重缓急，谨慎地权衡利弊得失。齐桓公曾经因为少姬而发怒，南下袭击蔡国，管仲趁机劝谏，顺路征伐楚国，找个理由说楚国没有向周朝进贡包茅。有一次，齐桓公本来是北上征伐山戎，而管仲趁机出使燕国，劝说燕国实行召公的政教。在柯地会盟时，齐桓公本想背弃跟曹沫的盟约，而管仲则顺应形势，让齐桓公守约，各诸侯国因此都归服了齐国。

管仲功勋卓著，其财富可以和国君相比，还拥有与诸侯们相

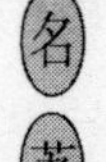

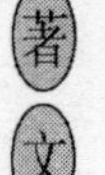

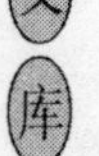

同规模的土台，但是，因为他的确为齐国立下了无与伦比的功劳，所以齐国人并不认为他奢侈。

管仲死后，齐国仍然遵循他的政令，齐国的强盛，在很大程度上是因为管仲的缘故。

三朝元老晏子

管仲去世之后，过了一百多年，齐国又出了个贤相，名叫晏子。

晏子名婴，是莱地人。他服侍过齐灵公、齐庄公、齐景公，是几朝元老。在生活上，晏子非常俭朴节约，在工作上，则以国家利益为己任，废寝忘食，受到了齐国人的敬重。即使在做了齐相以后，饮食上照样还是素餐，偶尔吃肉，也从不超过两样；他的侍妾，从来不许穿丝织品。在朝廷上，只要是国君对他说到的事，他都正面回答，知无不言，言无不尽；没对他说到的事，他从不打听。国家有道的时候，他就服从命令；无道的时候，他就斟酌而行。因为这些方面的不凡表现，他连续三朝都名镇诸侯。

当时，有个才华出众的人，叫做越石父。越石父得罪了人，被抓了起来。晏子外出时，恰好在路上遇到他，便解下自己车子左边的马，把越石父赎了出来，然后让他上车，带到自己家里。回家之后，晏子有事，没有向越石父告辞，就走开了。

过了一会儿，越石父找到晏子，请求离去。晏子感到很惊奇，整理好衣帽道歉说：“我晏婴虽然还不够仁慈，但是也把您从困境中救了出来，您为什么这么快就请求离去呢？”

越石父说：“我听说，君子如果没有人了解自己，就会感到委屈；如果得到了解，就会觉得舒畅。我被囚禁的时候，别人是不了解我的。先生赎买了我，是因为您了解我；了解我却不以礼相待，那我倒不如仍被囚禁。”

晏子知道越石父挑理，马上表示道歉，从此把他奉为贵宾。

晏子做了齐相以后，有一次外出时，他车夫的妻子从门缝里偷偷观看她的丈夫。当时，她的丈夫替齐相驾车，顶着大车盖，鞭打着驾车的马，得意扬扬，非常自以为是。

车夫回家之后，他的妻子要求离开他。车夫很奇怪，就问她为什么，妻子说："晏子身高不到六尺，却做了齐相，名镇诸侯。今天我见他外出，总是若有所思，待人总是显出谦卑的样子。而你身高八尺，却给人做仆役驾车，而且神情张扬、自以为是，显得很满足，我讨厌你这个样子，因此要离开。"这些话对车夫的触动很大，从此以后，他开始收敛自己，表现越来越谦恭。晏子发现了，奇怪地问他原因，车夫就把实情告诉了晏子。晏子觉得车夫善于改过，有潜力，就向桓公推荐他做了大夫。

晏子就是这样知人善任，为国家网罗了不少人才。在他的带动下，这些人都成了齐国的贤臣。

第四十章

老庄韩非列传

中国历史名著文库

老庄无为

老子是楚国人，姓李，名耳，字聃，做过周朝掌管藏书室的史官。

孔子来到周朝都城，找到老子，向他请教礼制。老子说："您所说的那种懂礼的人，早就已经去世，连尸骨都找不到了，只留下了一点有关礼制的只言片语。我不懂礼制，没有什么好说的。我只知道，君子如果遇到合适的时机，就可以去做官；如果遇不到合适的时机，就应该随遇而安，不该去强求。我听说，会做生意的商人，总是把货物严密地收藏起来，仿佛什么也没有；君子如果有高尚的德行，总是在表面上看起来很愚钝。所以说，做人用不着太外露、太强求。抛弃您的傲气和过高的理想吧！这些对您的身体没有好处。我所要告诉您的，就是这些罢了。"

孔子离开周都后，对学生们说："鸟，我知道它能飞；鱼，我知道它能游；兽，我知道它能跑。能跑的兽可以用网去捉它；能游的鱼可以用线去钓它；能飞的鸟可以用箭去射它。至于龙，我无法知道它是怎样乘着风云而升天的，从而也就无法知道怎么样才能对付它。我今天看到老子，与龙是多么相象啊！"

老子研究道德，据说研究得很深。他的学说以消灭自我和不求名分为宗旨。他在周朝的都城住了好多年，后来看到周朝实在太衰落，就离开了。走到散关的时候，关令尹喜说："您就要隐居了，请为我写本书作为纪念吧！"

老子于是就写了一本书，分上下两篇，一共五千多字，内容都是阐述道德的。书写完之后，老子就离开了，谁也不知道他最后的归宿。

老子大概活了一百六十多岁，也有人说是两百多岁。因为他研究道德，调养自己的心灵，所以有益于健康长寿。

老子最优秀的学生是庄子，庄子是蒙地人，名叫周。庄周曾经担任过蒙地漆园的官吏，和梁惠王、齐宣王是同代人。他的学问广博，几乎在所有方面都做过探索，然而他的指导思想是来自老子的学说。

庄子著书十多万字，大体上都是寓言之类。他写了《渔父》、《盗跖》、《胠箧》等文章，用来反驳孔子学派，同时也用来阐明老子的观点。庄子善于文辞，善于描摹事物、抒发情感，喜欢攻击儒家、墨家，当代最有名的学者，都受到过他的攻击。他的言辞潇洒自如、随心所欲，才气很高但是常常得罪人，因此，王公大人和平民百姓都不喜欢他。

楚威王听说庄周贤能，就派遣使者用厚礼去邀请他，许诺要任用他为国相。庄周笑着对使者说："千金的确是很大的一笔钱，卿相的确是很尊贵的职位。但是，您难道没见过郊祭时所用的牛吗？饲养它几年，让它穿上有花纹的衣服，为的是把它送进太庙作祭品。到了那个时候，即使它想做一只孤独的小猪，也做不到了！您赶快离开吧，不要玷污了我！我宁可在污水沟里滚爬，自娱自乐，也不愿被统治者所束缚；我宁可终身不做官，只要心里轻松愉快就行！"

韩非崇法

韩非是韩国的贵族子弟。他喜欢法制方面的学说，但他的基础却是来自老子。韩非天生口吃，不善言谈，然而善于著书立说。他和李斯一起跟荀子学习，李斯虽然也学得很好，但连自己也承认比不上韩非。

韩非看到韩国越来越衰弱，心里很痛心，多次上书进谏韩王，但韩王不能采用他的意见。当时，韩王治国无道，不致力于修治国家的法制，不能很好地驾驭臣下，也不能为了富国强兵而任用贤能。相反，韩王喜欢那些浮夸淫侈的害人精，把他们都安置在真正有能力的人上面，而廉洁正直的人却得不到宽容和任用。韩非对这种状况相当不满，他考察历史上的先例与得失，写了《孤愤》、《五蠹》、《内外储》、《说林》、《说难》等多篇文章，一共十多万字。韩非的文章严谨扎实，立论滴水不漏，而且气势排山倒海，非常感人。

有人把韩非的书传到了秦国。秦王嬴政读了之后，感叹说："唉呀！我如果有机会见到这个人，跟他交往，那么就是死去也不遗憾了！"丞相李斯说："这是韩非所著的书，他就在韩国。"秦国因此立刻进攻韩国。

韩王安一向不喜欢韩非，也不重用他，现在秦兵压境，情况紧急了，才不得不派韩非出使秦国。秦王终于见到了韩非，对韩非一见如故，很欣赏他。但是由于韩非是韩国人，所以一时还无

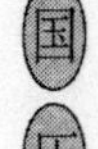
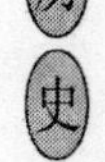

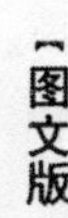

法信任和重用他。

这个时候，李斯、姚贾心里很害怕，害怕韩非受宠，影响自己的地位，就想陷害韩非。他们在秦王面前诽谤韩非说："韩非是韩国的贵族子弟，不可能为大王所用。现在大王想吞并诸侯各国，韩非作为韩国人，肯定会帮助韩国，不可能帮助秦国，这是人之常情。现在大王把他留在秦国，让他了解我们的国家，然后还准备放他回去，这可是后患无穷啊！不如找个罪名杀掉他！"秦王想想有道理，就下令惩罚韩非。李斯得令，派人送毒药给韩非，让他自杀。

韩非不想自杀，想面见秦王，当面陈述辩解，但李斯不给他机会，韩非没有办法，只好服毒自杀。后来，秦王悔悟了，派人来赦免韩非，但已经晚了。

第四十一章
司马屈原列传

中国历史名著文库

司马兵法

司马穰苴是田完的后代。

齐景公的时候，晋国征伐齐国的东阿和甄城，同时，燕国也侵犯河上，齐国军队两面受敌，抵挡不住，大败。齐景公为此而忧虑万分。

这时候，晏婴向齐景公推荐田穰苴："穰苴虽然是田氏的偏房所生，但是他有文功武略，文才能归服众人，武功能威逼敌人，希望君王能给他个机会试一试。"齐景公没有更好的选择，就召见了穰苴，跟他谈论军事。两人谈论得非常愉快，齐景公感到非常满意，就任用穰苴为将军，率军去抵抗燕、晋两国的军队。

穰苴要求景公说："我出身卑贱，君王把我从平民之中提拔起来，安排在大夫的上面，恐怕士兵们一时无法适应，不可能马上亲附我，百姓也不会信任。我出身卑微，权势轻薄，希望您能派一个备受敬重的人来督察军队，配合我。"齐景公答应了他，派庄贾前往督察军队。

穰苴辞别了齐景公，与庄贾约定说："明天正午，我们在军营门口会合。"第二天，穰苴一大早就先出发，尽快赶到了军营，立木表、下漏水计时等待庄贾。

虽然穰苴那么认真，但是庄贾并不着急。他一向地位显贵、待人骄横，觉得带领自己的军队并且自己作为监军，用不着太紧急。父亲的下属为他送行，留他饮酒，他就坐下来痛饮。

已经是正午了，但庄贾还没有到来。穰苴就不再等待，仆倒了木表，放掉了漏壶里的水，然后进入军营，巡视军队，整治士兵，宣布守则。这些工作做完，已经是傍晚时分了，这时候庄贾才醉醺醺地来到。

穰苴问："为什么迟到？"

庄贾歉疚地说："大家为我送行，因此耽搁了。"

穰苴严厉地说："将帅一旦接受命令，就应该忘记自己的家庭；身在军队，要受纪律的约束，就应该忘记自己的亲属；击鼓进军的危急时刻，就要忘掉自己的生命。如今敌国入侵，大敌当前，国内人心惶惶、骚乱不安，士兵们在边境上日晒雨淋，风餐露宿，连国君也睡不安席，食不甘味，你还敢说什么送行？"

说完，穰苴叫来军法官问道："依照军队法令，约定时间却迟到了的人，应该怎么处理？"

军法官回答："应当斩首。"

庄贾一听，吓得半死，派人飞马报告齐景公，请求救命。可是，派去的人刚出发不久，庄贾就被拉了出去，斩首示众。全军士兵大为震惊。

过了很久，齐景公派使者带着符节来赦免庄贾，使者飞马进入军营。穰苴说："将帅在外，国君的命令有时可以不接受。"然后，又问军法官说："飞马闯入军营，依法应该怎么处置？"

军法官说："应当斩首。"

使者非常害怕。穰苴说："国君的使者，不能杀。但是违反了军纪，必须要有所表示。"于是便杀了使者的随从，砍了车子左边的车杆，杀了左边驾车的马，来告诫全军。之后，穰苴打发使者回去报告国君，然后就率军出发了。

穰苴讲究军纪，非常严厉，但是对于士兵的生活非常关心。士兵的宿舍、水井、炉灶、饮食、诊病、医药，他都亲自安排。他甚至把自己的粮食和其他物资全部都拿来款待士兵，特别照顾那些瘦弱的人，而自己的饮食则与士兵一样。这样过了三天以后，整编军队，决定出征与留守的名额。士兵们感戴穰苴将军，连生病的都要求出征，争先恐后，都想为他去决一死战。

晋国的军队听说了这种情况，很害怕，没等齐军到来，就撤军离开了。燕国的军队听到了这种情况，也渡过黄河，向北撤兵。这时候，齐军趁势追击他们，一举收复了沦陷的国土，然后领兵凯旋而归。

齐景公带领着各位大夫到郊外迎接，气氛非常热烈。穰苴虽然非常疲劳，但是仍然坚持自己的职分，慰劳军队礼毕，然后才回寝室休息。齐景公欣赏穰苴的为人和能力，于是封赏他为大司马。此后，田氏在齐国一天天地尊贵起来。

大夫鲍牧、高昭子、国惠子等人对田氏的兴盛很担心，想陷害穰苴，就在齐景公面前诽谤他。齐景公听信谗言，就辞退了穰苴。穰苴被辞退之后不久，就生病去世了。他的后代田乞、田豹等人为穰苴感到不公，从此怨恨高昭子、国惠子等人。过了一些年，田常谋杀了齐简公，消灭了高昭子、国惠子家族。到了田常的曾孙田和的时候，就自立为齐侯；而到了田和的孙子田因齐的时候，就开始称为齐威王。齐威王田因齐带兵打仗，完全仿照穰苴的做法，威力无比，因而各诸侯国都朝服齐国。

后来，齐威王指派大臣整理古代的《司马兵法》，把穰苴的兵法也附在了里面，因而命名为《司马穰苴兵法》。

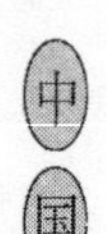
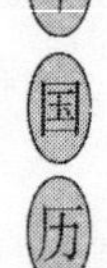

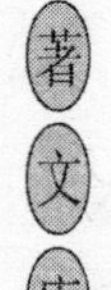

屈原投江

屈原，是楚怀王时期的大臣。他博闻强记，深通治国之道，并且长于辞令，善于与人交往。对内，屈原可以与君王商议国事，颁发命令；对外，他可以接待宾客，应付诸侯。楚怀王十分信任他。

楚怀王手下，有个上官大夫，官位与屈原平级。上官大夫为了争夺宠信，很嫉妒屈原的才能。有一次，楚怀王指派屈原制订法令，屈原刚起草，还没有定稿，上官大夫看见了，想夺取这份

草稿，屈原不给。上官大夫于是面见楚怀王，诽谤屈原说："大王总是委派屈原制订法令，屈原很得意。每颁布一项法令，屈原就夸耀自己的功劳，扬言到：'除了我，没有谁能做得出来'。"怀王听了，非常恼怒，从此就疏远了屈原。

屈原觉得委屈，对楚怀王的轻信和愚昧也感到痛心。忧愁之极，就写了《离骚》，借古讽今，表现了自己心志的无比高洁，抒发了自己出污泥而不染的处世态度。

屈原被贬之后，楚国朝廷里就没有了主心骨。当时，秦国打算攻打齐国，而齐国跟楚国关系很好，秦惠王怕楚国帮助齐国，很忧虑，就派张仪假装离开秦国，带了丰厚的礼物去投靠楚国，欺骗楚怀王说："秦国憎恨齐国，楚国如果能跟齐国断交，秦国愿意献出商、於一带六百里土地。"楚怀王贪心，听信了张仪的鬼话，急忙跟齐国断交，然后就派使者到秦国去接受土地。

这时候，张仪耍赖说："我跟楚怀王约定的是六里，没听说过六百里。"楚国使者愤然回国，报告楚怀王。楚怀王被耍弄，非常愤怒，大肆兴兵攻打秦国。秦国出兵迎战，大败楚军，杀了八万人，俘虏了楚军将领，还乘势夺取了楚国汉中一带地区。楚怀王不服，就出动了全国兵力，深入到秦国境内，与秦军在蓝田交战。魏国听到这个消息，就趁机袭击楚国，一直打到了邓邑。楚军惶恐，只好从秦国撤军回国。

本来，齐国是楚国的盟友，但是楚怀王已经主动与齐国断交，所以，虽然现在楚国处境艰难，但齐国一直袖手旁观，不肯援救。

第二年，秦国说愿意割让汉中地区，跟楚国议和。楚怀王说："我不要土地，只要能得到张仪就行。"张仪听后，就对秦王说："我一个张仪就能抵得上汉中土地，太抬举我了，请让我到楚国去。"张仪到了楚国，用丰厚的礼物贿赂楚国重臣靳尚，还编造花言巧语打动了楚怀王的宠姬郑袖。郑袖替张仪求情，楚怀王心软，就释放了张仪。当时，屈原已经被疏远，官职也没有了，正在国外逗留，等他回国后，马上向楚怀王进谏："为什么不杀张仪？"楚怀王后悔了，派人追捕张仪，可是没能追上。

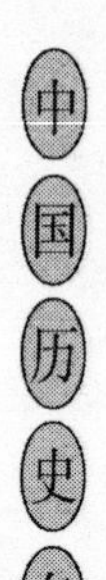

秦昭王为了进一步吞并楚国，就跟楚国结为姻亲，还邀请楚怀王去秦国会晤。楚怀王打算前往，屈原不同意："秦国是虎狼一样凶狠的国家，不可信任，不要去！"可是楚怀王的小儿子子兰劝楚怀王前往："秦国这么友好，为什么要拒绝人家的好意呢？一定要去！"

结果，楚怀王终于还是去了秦国。一进入武关，秦国的伏兵就断了楚怀王的退路，就地扣留楚怀王，要求割让土地。楚怀王坚决不从，并且看准了机会逃了出来，到了赵国。赵国不敢接纳，他只好又回到秦国，最后死在了秦国。

楚怀王的长子楚顷襄王继位，他的弟弟子兰担任令尹。

楚国人知道，如果不是因为子兰，楚怀王不会到秦国去，不至于客死他乡，所以，楚国人都很讨厌子兰。屈原对子兰更是恨之入骨，并且写文章来表达自己对楚国的眷恋，还有对奸臣和小人的愤慨。

子兰看到屈原的文章，大为恼怒，指使别人在顷襄王面前说屈原的坏话，顷襄王发怒，就把屈原放逐到了更偏远的地方。

屈原来到江边，披头散发，慢步低吟，一副容貌憔悴、精神落魄的样子。

一位渔翁看见了就问他："您不就是三闾大夫吗？怎么到了这里？"

屈原回答说："世道黑暗，唯我清白；众人昏醉，独我清醒。因此，我被放逐了。"

渔翁说："圣人，应该能够顺应时势。世道混浊，那您为什么不随波逐流？大家都喝醉了，那您为什么不也跟着喝一点？为什么偏要孤芳自赏，以至于落得个被放逐的下场呢？"

屈原说："我听说，刚洗了头的人，必定要弹一弹帽子，刚洗过澡的人，必定会抖一抖衣服。是啊，谁愿意让自己清洁的身体，去接触污秽的东西呢？我宁愿投江自尽、葬身鱼腹，也不愿让自己委曲求全、成为世俗小人！"

最后，屈原抱着石头，沉入汨罗江自尽了。

屈原去世以后，楚国有宋玉、唐勒、景差等人，都喜欢学习屈原的辞赋，但是都不敢直言进谏。于是，楚国小人当道，一天比一天衰弱，几十年以后，终于灭亡在了秦国手里。

第四十二章

孙子吴起列传

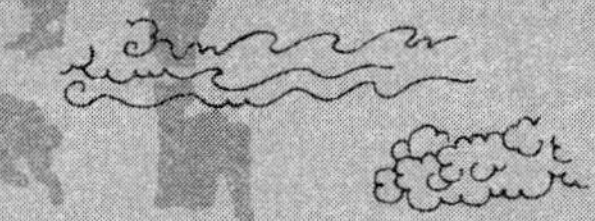

中国历史名著文库

孙武和孙膑

孙子名武，齐国人。

孙武精通兵法，因而受到吴王阖庐的接见。阖庐说："你的十三篇兵法，我都读过了，很不错。能用来试一试练兵吗？"

孙武回答："当然可以。"

阖庐问："能用妇女来试一试吗？"

孙武回答："没问题。"

阖庐于是把宫里的美女都叫出来，一共有一百八十人。孙武把她们分成两队，分别让吴王宠爱的两个侍妾做队长，叫她们都拿着戟站好。孙武问她们："你们知道你们的心、左右手和后背吗？"美女们齐声回答："知道！"孙武说："向前看，就是朝心胸所对的方向看；向左转，就是朝左手方向转动；向右转，就是朝右手方向转动；向后转，就是朝后背方向转动。"美女们回答："是，知道啦！"

规则说清楚之后，就摆设了斧钺等武器，然后再次三令五申有关规则。等一切都已经妥当，孙武就击鼓命令她们向右转，可是美女们哈哈大笑，笑弯了腰。孙武严肃地说："规则不明确，号令不熟悉，这都是将领的过错，是两个队长带的不好！要是再带不好，就惩罚你们！"又三令五申之后，再次击鼓命令她们向左转，可是美女们又大笑起来，又笑得东倒西歪。

孙武生气，要杀掉左右两队长。吴王在台上观看，见孙武要杀自己宠爱的侍妾，大吃一惊，急忙派人传令说："我已经知道将军善于用兵了。如果没有了这两个侍妾，我会食不甘味，希望不要杀她们。"孙武说："我既然已经奉命做了将领，那么将在外，君令有所不受。"于是坚持己见，杀了两个队长来示众。然后，又任命另外两个人做队长。再次击鼓为号，美女们左转、右转、前进、

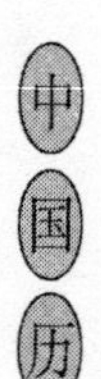

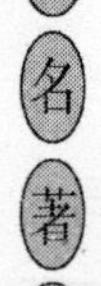

后退、下跪、起立，都符合规则要求，再没有人敢吭声。

这时，孙武派人报告吴王说："队伍已经训练整齐，大王可以下去看一看，大王可以任意调遣她们，即使赴汤蹈火也在所不惜。"吴王还在为那两个侍妾伤心，说："请将军停止训练，回馆舍去吧，我不忍心下去观看。"孙武于是说："看来，大王只是爱好我的理论而已，并不是真的想把我的理论付之于实践。"

从此以后，阖庐知道孙武善于用兵，就任用他为将军。由于孙武参与了吴国的军事，所以吴国军力大增。吴国向西攻破强大的楚国，进驻郢都；向北威震齐国、晋国，在诸侯中扬名称霸，都有孙武的功劳。

孙武去世一百多年以后，有个后代叫做孙膑，也擅长兵法。

孙膑曾经和庞涓一起，向鬼谷子学习兵法。后来，庞涓去了魏国，被魏惠王任命为将军。庞涓虽然贵为将军，但他知道自己的才能比不上孙膑，心里很不平衡，便暗中派人召见孙膑，想残害他。孙膑来到以后，庞涓就借口孙膑犯法，私自对他施行刑罚，砍断了他的两只脚，并且在他脸上刺字，想让他从今以后不再见人，无法再威胁自己的地位。

恰好在这个时候，齐国的使者到了魏国，孙膑听说了，就以罪犯的身份偷偷会见齐国使者，并说服他把自己带回齐国。齐国的使者认为孙膑是个奇特的人，便偷偷地把他藏起来，用车带回齐国。齐国的将领田忌知道了，就友好地以客人的礼遇来接待孙膑。

田忌经常与齐国的贵族子弟赛马赌钱。孙膑注意到，那些马分为上、中、下三等，每一等的脚力大致相同，差不了多远。于是孙膑给田忌出主意说："您尽管下大赌注，我保证能让您获胜。"田忌听信了他的话，就跟齐王和其他贵族子弟赛马，押下了千金赌注。等到比赛开始，孙武说："现在用您的下等马去对付他们的上等马，用您的上等马对付他们的中等马，拿您的中等马对付他们的下等马。"比赛之后，结果是田忌一负两胜，赢得了齐王和贵族子弟的所有赌注。

趁这个机会，田忌向齐威王推荐了孙膑。齐威王向孙膑请教兵法，获益匪浅，就把他当作老师看待。

后来，魏国征伐赵国，赵国危在旦夕，急忙向齐国求救。齐威王想让孙膑做将帅，带兵出征，孙膑推辞说：“我是受过刑罚而侥幸活命的人，不宜做将帅。”于是齐威王就任命田忌为将帅，而孙膑做军师，坐在斗篷车里随军出征，专门替田忌出谋划策。

田忌想率军直接前往赵国，与魏军开战。孙膑劝阻说：“要想解开杂乱纠缠的东西，绝对要讲究技巧，不能只知道捏紧拳头使劲；劝解斗殴的人，也不能插手进去搏斗，否则容易伤了自己。处理这样的问题，应该避实击虚。如今，梁国攻打赵国，精锐部队都在国外竭尽全力，而老弱病残必定在国内为军人提供后援，必定是疲劳不堪。您与其到赵国去跟魏军硬碰硬，不如率军急奔魏国的大梁，占据它的交通要道，冲击它最空虚的地方，这样一来，它必定会舍弃赵国，回来解救自己。这样，我们一举两得，既解

除了赵国的危机，又能挫败疲于奔命的魏军。”

田忌听从了孙膑的建议。魏国军队果然离开了赵国，跟齐国军队在桂陵交战，齐军大胜，魏军失败撤退。

十三年后，魏国和赵国联合，进攻韩国，韩国向齐国告急。齐国派田忌带兵前去救援，直奔魏国的大梁。正在围攻韩国的魏将庞涓听到了消息，马上离开韩国，回国防守，当时，齐国军队已经越过韩国的边境了。

孙膑听说庞涓已经回师魏国，就对田忌说：“魏国士兵向来强悍，很轻视齐国的士兵，把齐国士兵称做胆小鬼。善于作战的人，应该利用这种情况，变不利为有利。兵法说：行军百里，会使主帅无精打采；行军五十里，会使全军一半人半途而废，走不到目的地。我们现在远道而来，按理说应该在途中损失很多人马。我们可以让庞涓以为我们的确是这样。请马上命令齐国军队，进入魏国境内的第一天，要建筑供十万人伙食的炉灶，第二天建筑五万人的炉灶，第三天只建筑三万人的炉灶。”

庞涓行军的第三天，听说了齐军一天比一天少的消息，非常高兴地说：“我早就知道齐国军队胆小，进入我们的国境才三天，逃跑的士兵就已经超过半数了。”庞涓于是就舍弃了他的步兵，只带着精锐部队日夜兼程追逐齐军。

孙膑计算好了庞涓的行程，晚上应当到达马陵。马陵道路狭窄，而且两旁地势险要，可以埋伏军队，于是孙膑就在这里设兵埋伏，还把一棵大树的树皮削掉，在白色的树干上写了几个字：“庞涓必定死在这棵大树底下。”同时，孙膑命令齐军中善于射箭的一万人，在道路两旁埋伏，约定说：“晚上只要一见到火光亮起来，就一齐朝这里射箭。”晚上，庞涓果然到了马陵，来到了被削掉树皮的大树下，模模糊糊地看到白色的地方写着字，就取火把来照。那上面的字还没读完，齐国军队就万箭齐发，魏国军队一片混乱，溃不成军。庞涓自己知道自己中了埋伏，败局已定，就刎颈自杀，死前还不服气地说：“他妈的！还是成全了这小子的名声！”

齐军乘胜出击，彻底打垮了魏国的军队，还俘虏了魏惠王的太子。孙膑因为这次胜利而名扬天下，他的兵法著作开始在天下流传，影响非常深远。

善战将军吴起

吴起是卫国人，喜欢用兵之道，曾经向孔子的弟子曾参学习兵法。

后来，吴起到了鲁国。齐国人进攻鲁国时，鲁国本打算让吴起带兵抗齐，但吴起的妻子是齐国人，因而鲁国信不过他，就想把这个任务交给别人。吴起当时醉心于功成名就，于是杀了他的妻子，来表明他与齐国并不亲密。鲁国于是就任命他为将帅，让他带兵进攻齐国。结果，吴起大败齐军，立下了战功。

鲁国有人非常厌恶吴起，就去劝说鲁君："吴起为人不正，喜欢猜疑，待人残忍。他年轻的时候，家里积累了千金资财，他把这些钱都用来游历求官，什么官都没有求到，但把钱花得一干二净，家境开始破落。同乡人讥笑他，吴起便杀了那些人，一共有三十多名。杀人之后，吴起逃跑，不得不离开卫国。在跟他的母亲诀别时，吴起咬牙切齿地发誓说：'我吴起如果做不了卿相，就誓不再回卫国！'过了没多久，他母亲死了，但吴起始终没有回家。他的老师曾参因为这件事而鄙视他，以至于跟吴起绝交。吴起于是来到鲁国，学习兵法来侍奉国君。国君怀疑他的忠诚，吴起就杀死妻子来谋求将帅的职位。鲁国是个小国，没有多大实力，如果这样一个国家却以善战闻名，那么诸侯国就会把鲁国看成一个威胁，也就有了灭亡鲁国的借口。再说，鲁国和卫国是兄弟国，任用吴起，就是对不起卫国。"鲁国国君听了，开始疏远吴起，后来干脆辞退了他。

吴起被辞退后，听说魏文侯贤明，就想去侍奉他。魏文侯问李克："吴起是个什么样的人？"李克回答："吴起贪财好色，为

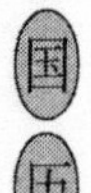
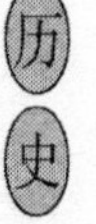

人也不好。但是要说带兵打仗，即使司马穰苴也无法超过他。”于是魏文侯任用了吴起，让他做将帅，去攻打秦国，攻占了五个城。

吴起身为将帅，却与士兵们打成一片，与最下等的士兵生活在一起，饮食起居没有分别。他睡觉不铺席子，行军不骑马乘车，还亲自背负军粮，与士兵一起劳动。有个士兵生了毒疮，吴起就亲自为他吮吸脓汁。

士兵的母亲听说了这件事，哭了起来。有人问：“你儿子是士兵，将军却亲自吮吸他的毒疮，你还嫌不够吗，哭什么？”

士兵的母亲回答：“不能这么看。当初，我儿子的父亲也在吴将军手下当兵，也生了毒疮，吴将军也给他吸吮毒疮，他非常感动，于是在战斗中勇往直前、决不后退，终于死在了敌人的手里。吴将军现在又给我儿子吮吸毒疮，我不知道儿子将会死在哪里。所以我替他哭泣。”

魏文侯因为吴起善于带兵打仗，廉洁公正，能够获得士兵的爱戴，就任命他为西河太守，来抵御秦国和韩国。

魏文侯死后，吴起侍奉文侯的儿子魏武侯。有一次，魏武侯沿黄河顺流而下，在河流中间，回头对吴起感叹说：“壮美啊，山河如此险固！这可是魏国的珍宝啊！”吴起回答说：“国家的珍宝，在于国君的恩德，而不在于山河的险固。从前三苗氏左有洞庭湖、右有彭蠡湖，但是因为不讲求德行信义，被夏禹所灭。从前的夏桀，左有黄河、济水，右有泰山、华山，南有伊阙山，北有羊肠坂，但他不施行仁政，最后被商汤流放。殷纣的国都，左有孟门山，右有太行山，北有常山，南有黄河，但他不行德政，被周武王所杀。由此看来，国家的珍宝在于国君的恩德，而不在于山河的险固。如果国君不施恩德，连这艘船上的人都会成为仇敌。”魏武侯说：“好。”

吴起做西河太守，很有政绩，名声很大。当时，魏国设置了相国，由田文担任。吴起自以为劳苦功高，却没有得到相国的位置，很不高兴。

他找到田文说：“我们来比一比谁更有功劳，你看怎么样？”

田文说：“可以。”

吴起于是问道：“统率三军，使士兵们乐于死战，让敌国不敢暗算我国，在这一点上，您和我相比，谁更厉害？”

田文回答：“我不如您。”

吴起又问：“管理百官，亲服百姓，充实仓库，您和我相比，谁更有办法？”

田文答：“我不如您。”

吴起再问：“镇守西河，让秦国军队不敢侵扰我们，让韩国和赵国也顺服听从我国，在这一点上，您和我相比，谁更有能力？”

田文说：“我还是不如您。”

吴起说：“这三条，您都在我下面，可是职位却排在我上面，这是为什么？”

田文回答说：“国君年少，国内人心惶惶，大臣无所适从，百姓无法安心。在这样一种情况下，是应该把国家托付给您呢，还

是托付给我？”

吴起沉默了很久，最后说：“还是托付给您好了。”

田文于是说：“这就是我职位排在您上面的原因。”这时吴起才知道自己确实不如田文。

田文死后，公叔做相国，娶了魏公主为妻。公叔害怕吴起，想把吴起赶走，他的仆人说：“赶走吴起，太容易啦！”公叔问：“你说怎么办？”他的仆人说：“吴起为人清高，喜欢名声。您可以向魏武侯进言说：‘吴起是个贤明的人，但君侯的国家小，又与强大的秦国接壤，我担心吴起不可能一直留在魏国，他肯定会有自己的打算。’魏武侯如果问：‘怎么办？’那您就趁机对魏武侯说：‘可以试着把魏公主重新许配给他，吴起要是有久留的心意，就肯定会接受她；如果没有久留的心意，那就一定会推辞。可以用这个办法试探他。’然后，您可以找个机会，邀请吴起跟您一起回家，让公主生气而对您表示蔑视。吴起见到公主连您都敢蔑视，就肯定会推辞。”

果然，吴起见到公主蔑视魏国的相国，就谢绝了魏武侯。魏武侯于是怀疑吴起对魏国的诚意，不再信任他了。吴起遭到怀疑，害怕获罪，就离开了魏国，立即前往楚国。

楚悼王听说吴起贤明，所以吴起一到楚国，就被任命为相国。吴起上任之后，大刀阔斧进行改革。他明确了各种法规，审定了各种命令，裁减无关紧要的官员，废除了贵族的一些特权。更重要的是，他提高了军费，安定了军人的思想，大大加强了楚国的军队。军队加强之后，楚国开始四面出击，向南平定了百越，向北兼并了陈国和蔡国，击退了三晋，向西讨伐秦国。

楚国的强盛，让各位诸侯非常忧虑。而吴起的出众政绩，也让楚国的贵族心里嫉妒，都想谋害吴起。等到楚悼王去世，楚国宗室大臣马上发生内乱，群起攻杀吴起。吴起跑到楚悼王尸体那里，伏在上面，痛哭流涕。追杀吴起的那伙人趁势射杀吴起，同时也射中了楚悼王的尸体。

不久之后，太子登位，命令令尹把射杀吴起并射中了楚悼王尸体的人全部处死。因为射杀吴起而被灭族的有七十多家。